冴えない大学生は
イケメン会社役員に溺愛される

倉掛《くらかけ》柾人《まさと》
サーシング株式会社の常務取締役。容姿や体躯に恵まれた、誰もが認めるいい男。だが、その愛し方は——？
山村《やまむら》朔弥《さくや》
田舎から上京し、K大学に通う大学生。綺麗な顔立ちをしているが容姿には無頓着で、自己肯定感が低い。失恋をきっかけにヤケ酒をしていて——？
登場人物紹介

和紗《かずさ》奈都美《なつみ》
サーシング株式会社の開発部長。柾人の大学の同期で、共に会社を立ち上げた創設メンバーの一人。
宮本《みやもと》真由里《まゆり》
サーシング株式会社の開発部の社員。甘い喋り口調だが、実はしっかり者。
蕗谷《ふきや》唯《ゆい》
将一の息子兼恋人。可愛らしい顔立ちと屈託のない笑顔が魅力。
蕗谷《ふきや》将一《しょういち》
サーシング株式会社の代表取締役。唯を手に入れるためならば手段を選ばない性格。

目次

冴えない大学生は
イケメン会社役員に溺愛される

第一章

新しい年度が始まったばかりの四月。桜も盛りを過ぎ、花弁が絨毯《じゅうたん》のようにアスファルトに敷き詰められては、踏まれても美しい色を保ってすぐにその上に新たな花弁を落としていた。

なにかを始めるのには丁度よいこの季節に出歩く人は多いだろう。

だが、夜と呼ぶには少し早い時間の新宿二丁目では開いている店は少ない。そんな数少ない中の一店では、もう複数の客が静かにマスターが作るカクテルを楽しんでいた。

その中で一人カウンター席に腰掛け、山村朔弥《やまむらさくや》は慣れない酒を喉に流し込んでいた。

ただ苦いばかりで、なにが美味しいのかわからない液体を、勢いに任せて呑み続けているのに、ちっとも楽しい気持ちがやってこない苛立ちを、どうすることもできずにいる。

「もう山村ちゃん呑みすぎよぉ。それじゃお酒が可哀想よ」

ちょび髭を生やしたマスターが、板についたお姉言葉《ねえことば》で話しかけてきても、いつものように言葉を返すことができないでいた。

「いいでしょ、オレの酒なんですから！」

荒々しい口調を投げ出して、マスターを驚かせた。

いつもの朔弥は言葉少なく、話してもどこか遠慮がちで声を荒らげることはなかったからだ。

またグラスに口を付け、苦いとしか思えない酒を流し込む。喉が焼け、鼻からは強い薬品のような匂いが抜けていく。酒に慣れていない朔弥にとっては、薬を飲んだほうがましな味だ。

顔が歪むのを堪えてグッと呑み込んでいく。注がれたばかりの酒はもう空となり、ボール状の氷だけが残された。

「……ちょっとはピッチを緩めなさいね」

朔弥のことを気にかけながらもこれ以上は言うまいと、マスターはいつものように真っ白なクロスでグラスを磨き始めた。都会特有の距離感にまた、淋しさが注ぎ込まれる。朔弥は泣きそうになるのを唇を噛み締めて堪えた。

昨日、付き合っていた恋人・市川《いちかわ》に別れを告げられた。

なにも知らない朔弥に酒の味と男同士の恋愛を教えた市川は、いつもの人を喰ったような嗤《わら》い方をして言った。

『会社のオエラがたの娘を紹介されたから、その女と結婚するわ。だからもう連絡してくんな。まぁオレが調教した身体だし、気が向いたらまた相手してやるよ』

抱き合った後の傷む身体を引きずって見送った玄関で、何も言えず扉の向こうへと消えるその背中を呆然と見ているしかできなかった。

言葉が出てこなかった。暇つぶしの相手なんだと言わんばかりの物言いに、なにも言い返せなかった。

年上で遊び上手で、やることなすことすべてが自信に満ち溢れたように見えた市川は、要するにただの自分勝手な人間だったのだ。

今呑んでいるウイスキーボトルも、市川に言われるがままにキープしたものだ。大学生で、親からの仕送りだけで生活している朔弥には痛い出費だったが、それでも彼が喜んでくれるならと生活費を削って入れたのだ。

あまりの仕打ちにどうしたらいいのかわからず、こうしてやけ酒をするくらいしか思いつかない。しかも二人で何度も訪れたこの店の、いつもの席で。

（怒れば良かったのかな、オレ……）

ふざけるなと怒鳴《どな》り散らし、感情のまま殴れば、こんなにもモヤモヤとした気持ちにならなかったのかもしれないが、朔弥にはそれができなかった。

大学進学を期に田舎から単身で上京してきた淋しさや不安が心を小さくさせていた。「また相手してやる」なんて傲慢《ごうまん》な言い方にすら縋り付きそうになるほど、知り合いが誰もいない大都市は朔弥の心を孤独にしたのだ。

救ってくれたのは市川だった。やっと自分の居場所ができた、彼にならなにをされてもいいとずっと付き従っていた。孤独から逃げるように依存したのがいけなかったのか。文句の一つも言えないまま、ゴミのように簡単に捨てられてしまった。

朔弥は、大学に友達がいない。どの学生も輝いていて眩しく映り、朔弥が声をかけたら笑われてしまうんじゃないかと恐かった。

そして、自分から話しかけることもできず、愛想よく振舞うこともできない……自己肯定感の低さからくる仄暗さを纏う朔弥に、誰も話しかけてはこなかった。

当たり前だ。ひどく淋しい笑みを浮かべ、また酒を煽《あお》った。

(本当、オレってなにやってもダメな人間だ)

上京する前に父と兄にかけられた言葉が頭に蘇る。

『お前みたいな無能は、どこに行っても出来損ないの役立たずだ。東京に出たからって変わるわけがないから、人様に迷惑をかけることだけは絶対にするな!』

本当にその通りだと思う。

(こんなオレだから捨てられて当然なのかも)

けれど悲しいという感情が消えることはない。

朔弥は、涙を拾い上げるようにグッと顔を傾けて酒を呑み干した。唇に当たる氷の温度が心の温度に似ている。いっそこのまま誰かにボロボロにされたかった。くたびれた雑巾《ぞうきん》のようにめちゃくちゃにされて捨てられたなら、今度こそ思い残すことなんてなにもないだろう。

明日からやってくる孤独な日々の到来も、気にしなくて済む。

市川へと向かう小さな期待すらなくしたなら、すべてを捨ててしまえるかもしれない。自分ではできないから誰かに……ちらりと後ろのテーブル席にいる人々を見ようとして、できなかった。勇気が出ない。

『弄《もてあそ》んで捨ててください』

なんて言ったらきっと笑われるだろう。そうでなくても自分がこの場にふさわしくないことは、朔弥が一番わかっている。子供の来る場所じゃないとあしらわれるのが関の山だ。

でも、朔弥にはここ以外の場所が思いつかなかった。

「そのお酒はあまり好きじゃないのかい？」

低いのに妙に通る声が近くから聞こえてきた。

少し揺れる視界を巡らせると、一つ空いたスツールのむこうに、この店で何度か見かけたことのある顔があった。いつもお洒落《しゃれ》で高そうな服を身に着け、優しげな雰囲気と清潔感を醸し出す背の高い男……

「美味しくないなら無理して呑まないほうがいい」

そう言うと、男は朔弥の前に炭酸の泡がはじけるオレンジ色のカクテルを置き、朔弥が今まで呑んでいたグラスを自分の元へと寄せていく。仕草の一部始終にそつがなく、声も出せないまま、ただ呆気にとられるしかなかった。

綺麗な指先がグラスを揺らすように持ち上げ、香りを嗅いだ後に薄い琥珀色《こはくいろ》の癖の強い酒を灯りに翳《かざ》した。

「アイラウイスキーかな。なかなか好みがわかれるけど、若いのにこれを呑むなんて珍しい」

「……ぁっ」

なんの躊躇いもない様子で、男は口に含んでいく。

「うん、アイラウイスキーだ。これをあのピッチで呑んだらすぐに潰れてしまうよ。ここで潰れたら大変なことになるのは知っているだろう」

だって、新宿二丁目だからね。

冗談のように言ってまた舐めるように一口含んでいく。

こんな小さな店にいるのが不思議なほど整った精悍《せいかん》な顔が、甘く溶けるような笑みを浮かべた。

不思議と朔弥の身体の深い場所が温かくなるのを感じた。回ったアルコールのせいでなく、頬が熱くなる。

「そのカクテルを呑んでごらん。きっと君に合うよ、さくや君」

「……なんで、名前……」

「なんでだろうね。さぁ呑んでみて」

勧められるまま、細い足のグラスに手を伸ばした。

「あ……」

「ミモザというんだ。呑みやすいように白のスパークリングワインにしてもらったんだが、どう?」

「うん、ジュース……みたい」

「でもアルコールは入っているから、あまり呑みすぎないほうがいい」

声が近くなった。

そして、男の身体も。

ふわりとシトラスの香りが鼻腔《びこう》を擽《くすぐ》った。当たり前のように肩を近づけ、隣のスツールに移ってきた。とても自然な仕草で。

一瞬、ざわっと周囲が騒がしくなったが、それはすでに酔いの回った朔弥の耳には届かなかった。

もう一口、甘いカクテルを口に運ぶ。あの苦味ばかりを抱いた心の中が、すーっと爽やかな呑みごたえのミモザに、不快な感情が押し流され軽くなっていく。

当たった肩が、少しも嫌じゃない。

「ひとりでここにいるのは珍しいね。いつもの……パートナーは？」

再び口をつけようとしたグラスを、ため息とともにテーブルに置いた。一瞬舞い上がった心がまた沈むの感じる。

「振られました……ううん、違うな。多分あの人の中でオレは、恋人でもなんでもなかったんだ……暇つぶしができる相手……うん、きっとそう」

自分がとても惨めで、嘲笑うような恋人の顔がまた脳裏に蘇る。その記憶を消したくて、忘れたくて酒を呑んでいるのに。

「まだ辛そうだ。よかったら話を聞くよ。それだけでも気持ちは晴れるだろう」

男の声があまりにも優しくて、朔弥は導かれるままに胸の内を吐露《とろ》した。

悲しかった出来事も、辛かったあの瞬間も。なにもかもをゆっくりと。

「このウイスキー、あの人にねだられて入れたんです……そうしたらお前と呑めるって言われて……まだ半分も空いてないのに」

ポロポロと言葉が落ちていく。あんなに無茶な呑み方をしてもちっとも感じなかった酔いが、今になって回ってきているのがわかった。

（ちゃんと酔ってたんだ）

自認して、また投げやりのように嗤《わら》った。そうでもしなければ惨めでしかたない。

実家にいた時から感情を抑えつけることに慣れているせいで、想いを表に出すのが下手になってしまった。こんな時でもつい隠してしまいたくなる。

甘いカクテルは朔弥の気持ちを潤し、男の絶妙なタイミングの相槌《あいづち》はそれでいいんだと励ましてくれているようだった。

自分が付き合っていると思っていた一年間の想いを、長い時間をかけて漸《ようや》くすべて吐き出した時、男はその大きな手で朔弥の背中を撫でた。

「随分とバカなヤツだ。君の魅力をなにも知らなかったんだな。泣くことはない」

初めて、朔弥は自分が泣いていることに気づいた。視界の端で、何杯目になるかわからないミモザのグラスが揺れる。誰かの前で泣くなんて久しくなかったのに……いい男がみっともないと思いながらも止めることができなかった。

「すみません……なんでオレ泣いてるんだろ。本当にすみません」

ただ顔を知っているだけという男の前で、気を張ることができない。自分を保てない。

情けない姿を見せているのに、居心地の悪さは不思議と感じなかった。

優しい掌と笑みが許してくれているからか。

手の甲で涙を拭っていると、綺麗にアイロンがあてられたハンカチがスッと差し出された。

「これを使いなさい」

「……すみませっ」

「気にしなくていい、さくや君にあげるよ」

「あはは……そんなに優しくされたらオレ、勘違いしちゃいますよ」

朔弥なりの精一杯の冗談。なのに、男は笑い飛ばしはしなかった。

「そのつもりだと言ったらどうする？」

まっすぐに朔弥の目を見て言った。

「あ……でもオレ、あなたの名前も知らないのに」

「そうだったね、これを。私の名刺だ」

ジャケットの内ポケットから名刺ケースを取り出し、手慣れた仕草で朔弥の前に一枚の名刺を置いた。

『サーシング株式会社　常務取締役　倉掛柾人《くらかけまさと》』

「倉掛だ。あとはなにを知りたい？　なんでも答えるよ……だから私の恋人になってくれないかい」

「えっ？」

驚いて男……柾人の顔を初めてじっくりと見た。少し彫りの濃い精悍《せいかん》な面差し。そして立ち居振る舞いや穏やかな喋り方は上品で誠実さが伺える。

（この人なら……）

こんな大人の見本みたいな人が相手だったら。例えぼろ雑巾《ぞうきん》のように遊ばれて、これからの未来をもすべて捨てることになっても、未練はなに一つ残らないだろう。

そんな投げやりな気持ちが朔弥の心に芽生えた。

◇

柾人はじっと朔弥を見つめた。大きな目が零れ落ちそうな程に見開き驚いている。

当たり前だ。なにせ彼からしたら急に現れた人間に突然、告白されたのだから。

だが、柾人はこの機会をずっと待っていた。

初めて朔弥を見たのは半年前だった。今のようにカウンター席に座り、どうしていいのかわからず不安そうにしていた。隣に腰掛けた男はなにか喋っていたが、一度も朔弥を見ることはなかった。

不安と淋しさとが綯《な》い交ぜになったような表情から目が離せなかった。隣にいるのが自分なら、あんな顔をさせないのに。ふと湧き上がった感情を言い表すなら、一目惚れだろうか。泣くのを堪えたような笑い方に目が離せなくなった。

それから柾人は暇を見つけては、このバーに通い朔弥を探した。

遭遇する機会はあまりなかったが、それでも見かけるたびに泣きそうな瞳は変わらなかった。

幸せな恋愛をしていないことはわかっていたが、いつも隣にいる男は所有者ぶった仕草で朔弥を侍らせ、誰も寄せ付けなかった。

だから僥倖《ぎょうこう》だ。朔弥が一人でいたことも、失恋しやけ酒を呷っている日に自分がここにいることも。

他の誰かが朔弥に話しかける前にと声をかけたのだが。恋愛慣れしていないのか、朔弥の戸惑いが柾人をたじろがせた。恋人がいたのだから男同士の恋愛を知っているだろうに、あまりにも反応が初心《うぶ》すぎる。こんな場所だ、失恋したと泣いても、話しかけてきた相手に期待を込めた視線を送るのが常だ。だが朔弥の目には哀しみだけが宿り必死に笑おうとして顔を歪めるばかりだ。どう手を出していいかわからなくなる。

だが、ここで怯んではいられない。店の常連の何割かは朔弥を狙っていることは知っている。捕食動物のような繊細《せんさい》な容姿にほっそりとした体躯《たいく》、それと自信なさげな仕草は、妙に男心を擽《くすぐ》り、一部の嗜虐性《しぎゃくせい》を持った者たちにとっては喉から手が出るほど魅力的なのだ。

本人にその自覚があるかどうかわからないが、柾人はそういった性癖の人間が彼を舌なめずりしているような目で見ているのに気付いていた。

守ってもらう手を持たない虐待児特有の仕草に、諦めと期待が交互にやってくる表情。僅かな優しさにすら喜び、その一瞬を求める為に襲ってくる苦痛を耐えてしまう。

その特徴を知っている人間は、決して見逃しはしない。すぐにでも捕まえ、従服させようとするだろう。

その手から自分が守ってやりたい。

かつての自分を思い出させるから。幸い柾人は手を差し伸べてくれる人に会えた。

だが彼はどうか。

今まで独占してきた男がそれをするとは到底思えない。己を盲信《もうしん》する朔弥を見せびらかすだけ見せびらかして、愛情を欠片も注いでいないのは、端から見てもわかるほどだ。

だからこそ、あの男から剥がして自分の腕の中に閉じ込めたくなる。

今日、ここで朔弥を自分の恋人にしなければ二度と会えない、そんな言いようのない焦燥《しょうそう》に駆られた。

「新しい恋で忘れてしまわないか。相手が私なら嬉しいんだが」

多少強引だと言われようが彼が手に入るなら……

その一途な眼差しを自分に向けてくれるなら、なりふりなど構っていられない。

朔弥と初めて話している事実に浮かれ、手順をすべてすっ飛ばしている自覚も、スマートさに欠けている自覚もある。だが、一刻でも早くと気持ちばかりが焦っていた。できる限り表情には出さず、落ち着きのある大人のふりをしているが。

突然の申し出に戸惑い、どうしていいのかわからなくなっているのだろう。酒で潤んだ朔弥の目が柾人を捉える。身体の奥底が熱くなるのを感じた。ただ見つめられているだけ、なのに。

衝動だった。

気が付けば柾人は、少し開いていた唇に自分のを重ねていた。赤みを帯びた唇から、オレンジと白ワインが混じった甘い香りがする。

再び店内がざわめいた。

ここに長くいてはいけない。本能がそう叫び始めた。

名残惜しいがゆっくりと唇を離す。驚いた綺麗な顔が柾人に笑みをもたらす。

新宿二丁目のバーでまさかの天使との出会いだ。

「場所を変えよう」

カウンターに一万円札を数枚置き、柾人は朔弥の手を引いて店から出た。アイコンタクトだけですべてを理解したマスターは静かに頷き二人を見送った。

戸惑う彼にただ笑いかけて、靖国通《やすくにどお》りに出てタクシーを拾い、自宅まで走らせる。

行き交う車のヘッドライトが所在なさげな朔弥の横顔を照らす。彼が感じている不安を少しでも取り除きたくて、膝の上で固く結ばれた細い手を右手で包んだ。緊張のせいか、肉付きの悪い手は冷たくなっている。

ビクリと身体を震わせ驚き、こちらを向けた朔弥の顔には、怯えと縋るような不安が含まれていた。見つめられてわかった。彼の表情はまるで仔犬《こいぬ》のようだ。しかも捨てられた……。

淋しくて淋しくてたまらない、そんな気持ちが素直に表情に出てくるのだ。

成人はしているだろうにあまりにもまっすぐで、ここがタクシーでなければ抱きしめていただろう。

なんでこんなに可愛いんだ。

「心配しなくていい。これから向かうのは私の家だ。あの店では君とゆっくり話せないと思ったからね」

ライバルが多すぎる。なんて言ったらまた困ったような顔をするだろう。彼は自分がとても魅力的だと知らないから。少し話しただけでわかる、朔弥はあまり自分自身を理解していない。どれだけ自分の存在が人を魅了《みりょう》しているかも。失恋の痛手のせいか、それとも恋人のつれない態度のせいか。どちらにしても柾人にとっては幸運だ。

知らないからこそ、同じように朔弥に好意を寄せていた連中を出し抜くことができた。視線が合ってから声をかけるといった暗黙のルールを忠実に守り、朔弥を舐めるように見ていた者たちにとって、柾人の所業は業腹《ごうはら》だっただろう。

タクシーは渋滞することなく目的地に着いた。

高くそびえるマンションが数棟並んだ一角。その一つに柾人の部屋がある。

建ったばかりでまだ真新しいマンションは、すでに全室売り切れただけあって灯りが無数に灯っている。自分にとっては見慣れた場所だが、朔弥は素直に「すごい」と呟いて見上げていた。

「おいで」

手を差し出すと、おずおずとだが手を伸ばしてきた。

物慣れぬ指に己のを絡ませ、エントランスをくぐり上階へ向かうエレベータに乗り込んだ。

静かに上昇する機械の中でただじっと手だけを握り続ける。朔弥が怖がらないように……少しでも自分に心を向けてくれるように。最上階に近い部屋まで着くのにそれほど時間はかからず、チーンと高い電子音を立てて扉が開く。

一番奥まった場所にある扉を開け、朔弥を促した。

去年購入したばかりの部屋に誰かを招き入れるのは初めてだが、それが朔弥で良かったと感じるのは、自分が片思いをしている間に随分と彼に想いを募らせたからかもしれない。

フットライトが灯る廊下を抜け、扉を開けて先に朔弥を通した。

「うわぁ」

リビングの向こうを見て溜め息のような感嘆が薄桃色の唇から漏れた。

大きく取られたガラス窓の向こうに広がる都心の夜景は、灯りをつけずとも室内を照らしてくれた。相手の表情がわかるほどに。

「気に入った？」

「すごい、東京タワーを真横から見ているみたい……綺麗……」

自分も気に入っている景色を彼も好きになってくれたのが妙に嬉しくて、同時に言いようのない愛おしさが込み上げてきた。

柾人は口を開いたが、言葉を出せないまま固まった。

夜景に視線を向けた朔弥が綻ぶような笑みを浮かべたからだ。

哀しみや諦め、怯えと負の表情ばかりを見ていたから、彼がこんなにも可憐《かれん》な花にも似た笑みを零すなんて想像もしなかった。それは少し幼さの残った顔に見合った無垢《むく》な笑みだった。

あのバーで、あの男の隣では、一度も見せたことのない表情に吸い込まれていく。

もっと見ていたいと希《こいねが》った。

それを隠させるなにかがあったのだろうと予測し、自分が拭い去りたいと切望した。

いつも自分の隣でこんな表情をして欲しい。そのまっすぐで愛らしい目を向けて欲しい。そう願ってしまうほどに、魅了《みりょう》してあまりある淑《しと》やかな美しさだった。

美しいものを見慣れた柾人ですら目を奪われすぐには声が出ない。

柾人が見てきた朔弥は、いつも不安と戸惑いを、長い髪に隠された綺麗な顔に浮かべていた。見る者によっては、庇護欲《ひごよく》や嗜虐心《しぎゃくしん》を煽《あお》って止まない不安定さを宿している。

僅かでも自分を見て欲しいと恋人に向けるその眼差しは、愛を乞《こ》うているようであり、無視してバーのマスターとばかり喋り続ける相手に怒りを覚えた。

自分ならもっと彼を愛せる。

どんな些細《ささい》な仕草すら見逃さず、慈しみ大切にするのに。

そして今見せてくれた笑顔が本来の彼なのだとしたら、柾人にだけ向けて欲しい。ずっと自分だけに見せて欲しい。

なによりも彼がずっと笑っていられるように守ってやりたい。朔弥を悲しませるすべてから。

くっきりとした二重の大きな目を不安に歪めさせたくはない。

そのために、自分はどんな努力も苦労も惜しまないだろう。

夜景に魅了《みりょう》されている朔弥の横顔に魅了《みりょう》され存分に堪能してから、ゆっくりと口を開いた。

「さっきの話の続きをしていいかい？」

「あ……っ」

景色に見惚れて忘れたのか、だんだんと朔弥の頬が赤くなっていく。

「君が良ければ、私の恋人になってくれないかい」

握ったままの手に力を込める。

朔弥の戸惑いは手に取るようにわかった。だがもう引けない。

誰も呼んだことのない場所に躊躇いもなく強引に連れてきたのは、本気で朔弥と恋をしたいと願っているからだ。あの笑顔をすべて自分だけに向けてくれたなら、どれほどの幸せがそこにあるだろうか。淡い色の瞳に自分だけを映してくれたならどれほどの幸福に包まれるのだろうか。これ程までに恋い焦がれてしまったなど彼は知らないだろうが、受け入れて欲しかった。

「……どうしてオレ、なんですか？」

「君は気づいてなかっただろうけど、ずっと見ていたよ。あの店で。いつも淋しそうにしていただろう……私ならそんな顔をさせないのにとずっと思っていたんだ。だから今度は私に愛させてくれないか」

「淋しそう」と言ったとき、細い身体が僅かに震えた。

不安や不信が大きな瞳に宿る。そういう顔をさせたくないのに、彼にはいつも笑っていて欲しいのに。だが怯えた表情は男の嗜虐心《しぎゃくしん》に火を点ける。そういう嗜好《しこう》でなくても泣かせてみたくなりそうだ。

「……オレ、そんなに淋しそうでしたか……同情してしまうくらい」

柾人に絡め取られた指から力が抜け、肩が落ち、細さが強調された心許なさが仕草に現れ、彼自身それがまた相手を煽《あお》るのだと知りもしないだろう。

安心させるように微笑みかけた。

「違う。本当に君は知らないんだね、自分がどれだけ人の目を惹きつけてやまないかを。どれだけ存在するだけで私の心を離さないかを……。罪だね」

本心を伝え、強く手を握った。ただ愛したいのだと伝えるために。

もう一度唇を重ねる。もうミモザの香りはしなかったがそれでもとても甘く、柾人は止めることができない。唇をついばみ舐めてみる。細い身体が怖がらないように優しく撫で、少しずつ深くしていく。わずかに開いた隙間から舌を潜り込ませるとビクリと朔弥の身体が跳ねた。

「つん……」

逃げようとする腰に手を回し引き寄せ密着し、口付けをさらに深くしていく。

奥へと逃げる舌を絡めとり口内をまさぐる。握った手を離さぬまま。

不思議だ。恋人がいたのに、ひどく硬い仕草だ。

まだあの男に未練があるのか。だから腹の奥で黒い感情が渦を巻く。

――嫉妬《しっと》。

彼を手ひどく振った男などすぐにでも忘れさせてやると本気を出した。捕らえた舌を擦《こす》り、快楽の種を植え付けていく。握った手が震える場所を執拗に擽《くすぐ》り、吸い出して歯で甘く先を噛む。

「んっ！」

離れようとする身体を許さず、グミのように何度も舌を噛んでから、そこを己の舌で擦《こす》り続けた。

刺激され敏感になった舌を、今度は優しく舐めれば、朔弥から甘い音が零れ出た。

けれど、彼の舌は動こうとはしない。

（もっと君を溶かさないとダメなのか）

柾人はもっと口付けを深くする。

舌だけではなく歯列も辿り、身体を強張らせる場所は何度も舐め愉悦《ゆえつ》で溶かして、次とばかりに上顎へとターゲットを変える。ザラついた場所を擽《くすぐ》られた朔弥の細い身体が、大きく跳ねた。当然だ、そこは口内にある性感帯の一つなのだから。

舌先で優しい刺激を繰り返すと、朔弥から次第に力が抜けていく。

「あ……んっ」

鼻を抜ける甘い音が続けざまに上がると、柾人はまた舌を嬲《なぶ》り始める。それを数度続ければ、徐々に朔弥がもっととねだるように舌を差し出し、ゆっくりと、だが確実に自分から愉悦《ゆえつ》を求め始める。

たらりと下ろしていた手が柾人の掴み、握り込んだ。

柾人のキスに感じているのが嬉しくて、もっと悦ばせたくなる。濡れた音が暗いリビングを淫《みだ》らな色へと塗り替えていく。幾度となく強張った身体はその次には力が抜けていき、長い口付けから解放する頃には、すべての力が細い身体から抜け、柾人に凭《もた》れかかった。

荒い呼吸を繰り返し、薄い肩が激しく動く。

（やり過ぎてしまったか……）

だが嬉しかった、彼が応えてくれたのが。

もっと朔弥の心に住み着きたくて、強引とわかっていて赤くなった耳に唇を寄せた。

「私の恋人になってくれる？」

細い腰を抱き訊ねた。形の良い頭が小さく頷く。

柾人は強く朔弥を抱きしめた。シャツ越しに伝わる骨の感触。肉付きが薄いのは見てわかったがここまで細いとは。

（もう少し太らせないとな、このままでは倒れてしまう）

今はもう止まらない欲望を優先したい。早く彼のすべてを自分のものだと感じたい。

細い身体を抱き上げリビングから続く寝室の扉を開き、長身の柾人に合わせたキングサイズのベッドに降ろした。

初めての夜だ、ここで失敗はできない。

フットライトのみを点け、彼が怖がらないように……

だが振り向いた朔弥の目に不安と戸惑いが浮かんでいるのを見つけて、怯んだ。かつて振り向いてくれない恋人に朔弥が向けていたのと同じ眼差しだったから。

（だめだ、ここで無理に抱いたら、毀《こわ》れる……）

キスですら戸惑い逃げるように舌を奥へと引っ込ませた彼を自分の欲望のままに扱ったらきっと、先程見せてくれた笑顔は消え二度と垣間見れなくなってしまう。

今、自分の欲望をぶつけるよりも、彼の心を大切に守りたいと感じた。

毀《こわ》したくない、たとえ一片でも欠けてしまったら、もうその心は元には戻らないだろう。自分が毀《こわ》されたあの時と同じように。

伸ばした手を引っ込めた。

「疲れただろう、休みなさい。私はソファで寝るから」

「えっ、……でも……」

不安と困惑を宿したままの目が縋るように見つめてくる。大きな瞳が今にも泣き出しそうだ。安心させるように美しい栗色の髪を撫でた。

(大丈夫、私はそう簡単には手放さないから)

朔弥の元恋人とは違う。なんせ好いてしまった相手を雁字搦《がんじがら》めにしてしまっては、いつも逃げられてしまうのだから。

そんな自分の性癖に苦笑して、アルコールとキスで朧気《おぼろげ》な朔弥をベッドに横たえた。羽毛布団をかけ、子供にするようにトントンと胸の辺りを優しく叩く。

「もう寝なさい、話したいことがあれば明日にしよう。ただし、私が君の恋人であることは忘れないでいてくれると嬉しい」

「そんな……忘れません……」

「その言葉を明日、もう一度確認させてくれ」

無茶な呑み方をして、その後も呑ませたのは軽いとはいえアルコールだ。忘れられても仕方がないし、忘れたところで思い出させるだけの自信はある。

なんせ手放すという選択肢は柾人の中には存在しないのだ。儚く今にも消えてしまいそうな彼が見せたあの笑顔をずっと見続けたい。

（まずは嫌われないようにしないと。いつものようにしてしまいそうだが）

こっそり苦笑して、とろりとした瞳が瞼で隠されるまでベッドに腰かけ、心音と同じ早さで優しく叩けば、心地よい寝息が聞こえ始めた。

無防備な寝顔が淡いライトに映し出される。緊張していた先ほどまでの表情とは違う、穏やかで愛らしい寝顔だ。

柔らかい髪を掻《か》き上げれば、綺麗な顔が露わになる。

大きくくっきりとした二重の目が閉じられ、小ぶりな鼻と薄い唇が彼の線の細さを強調し、余計に儚さが際立つ。それを長い前髪で隠すから誰も気付かないだけだ。もし露わにしたなら、誰もが彼を欲しがるだろう。

なによりも、彼自身がそれを認識していないのに驚いた。こんなにも美しいのに、なぜ本人がわかっていないのか。不思議だが、幸運でもある。

穏やかな彼の寝息をＢＧＭにしてじっくりと寝顔を眺めた。

起きている時の清麗な美しさとは違う庇護欲《ひごよく》を掻《か》き立てる表情に、柾人は知らず笑みを浮かべる。

「これがきっと君の本当の顔なんだね。いつかそれを私に向けてくれ」

願わずにはいられない。それほど心を開いてくれたなら、自分のすべてを受け入れてくれるのではないか。淡い期待がそこにはあった。

なんせ柾人が恋人から別れを告げられる理由はいつだって「執着」しすぎて相手を疲弊させてしまうからだ。

自分の元から離れないように、僅かでも他人に目を向ける隙すら与えないよう愛してしまう。拘束されているようで息苦しいと出奔されることも多いが、この愛し方しかできないでいた。

朔弥が自分のすべてを受け入れてくれればと願わずにはいられない。

「私を愛してくれるといいんだが……」

独りごちるのは悲しい経験が積み重なったからだ。

容姿や体躯《たいく》に恵まれた柾人は、その手の店に行けば常に声をかけられ、相手に困ることはなかった。

しかし、いざ付き合い始めると柾人の強い束縛に相手が窮屈《きゅうくつ》になり、悲鳴を上げてはこっぴどく振られてしまう。ただ自分だけを見て欲しいと願っているだけなのに、他者にとって柾人の想いは重すぎるようで長続きはしない。

もっと愛せばこの腕の中に閉じ込めることができるかもしれないと愛情を深くすれば、別れるまでの期間が短くなってしまった。それでも誰かを愛することを止められない。

己の気持ちを持て余し、どうすればいいかわからないまま今に至っている。

朔弥を手放す選択はない。なんせ半年も彼のことだけを考えてきたのだ。手放すには征人の気持ちは育ちすぎているし、自分の傍にいることが朔弥の幸せに繋がると確信している。少なくとも、今の彼を放っておいて元恋人や問題のある趣向《しゅこう》の者たちの手にかかることは避けたい。

だが、なによりも今はゆっくりと眠って欲しかった。

性急に答えを出すのではなく、彼が柾人を受け入れ「愛されたい」と願い、この腕から出たくないと思うまで彼のペースを大切にしよう。

失恋で傷ついている今、事を進めるのは尚早《しょうそう》だ。もっと朔弥の中が柾人だけでいっぱいになり、彼から求められてからだ。心の中に他の男を住まわせている今ではない。

「君が私を受け入れてくれるまでは、我慢だな」

そう自分に言い聞かせ、ベッドを離れた。できることならば一晩中でも可愛い寝顔を見ていたいが、そうやって性急に求めてすべてを手に入れようとするから離れていくのかもと思い直した。

「まずは酒を抜かなければな」

そして期待してしまった下半身を落ち着かせることも重要だ。

柾人は美しい栗色の髪を撫で、振り切るようにバスルームへと向かった。

◇

とても温かいなにかに包まれる心地よさに、朔弥はなかなか目を開けることができなかった。

柔らかい布団の感触が優しくて、目を開けてしまうのがもったいなかった。ずっとここにいたくなるような感触を堪能するように寝返りを打ってみる。それでも硬い布が頬に押し当てられることはない。

身体を動かしたのに包み込まれる感触は変わらなくて、起きなければという気持ちが逃げていく。

（なんだろ。でも気持ちいい……ずっとこうしてたい）

柔らかい寝具の感触に、自然と頬が緩んでしまう。猫のように擦《こす》り付けゆっくりと呼吸を繰り返す。爽やかな柑橘《かんきつ》類《るい》の香りも安心できる。もっと味わいたくて枕に顔を埋めた。

でもこの香り、どこかで嗅いだような……

(シトラス？)

そんな洒落《しゃれ》たものが朔弥の部屋にあるはずがない。

ここは、どこ？

とても肌触りのいい寝具が手を動かすたびにふわりと纏いつく。それに身体の形にフィットするマットレス……通販で買った安い布団のセットとは大違いの感触に慌てて身体を起こした。

カーテンの隙間から入り込んだ眩しい太陽の光が見せたのは、白を基調とした空間と自分が横たわっていた大きなベッドにサイドチェスト。それ以外の家具は一切ない。

壁には白木のクローゼットの扉が並び、一層広さを引き立てている。

こんな場所、知らない。

どうして自分がここにいるのか記憶を手繰り寄せて、ハッとした。

(そうだオレ……あの人と……)

昨日初めて名前を知った男の部屋に連れてこられたことを思い出した。暗かったから気付かなかったが、こんなにも広い空間だったのかと再度驚く。

「ここ……あの人の家、だよね」

倉掛柾人と名乗った格好いい人。彼の雰囲気にとてもよく似合った部屋だ。

だがどこにも家主の姿はない。見下ろせば、朔弥は昨日着ていた安っぽい服を身に着けたままだ。豪奢な寝具に見合わない薄汚れた服。

（あの人……倉掛さん、本当になにもしなかったんだ……）

少し気持ちが沈んだ。ボロボロにされてまた嗤《わら》われたら、簡単に自分の全部を投げ捨てられたのに、大事にされたら願いが叶わなくなってしまう。

（いや、きっと昨夜だけだ。すぐにオレなんかには飽きるに決まってる）

なんせたいした特技も話術も持っていないのだから、すぐに呆れられてしまうだろう。

耳に心地よい声が蘇る。

『私ならそんな顔をさせないのにとずっと思っていたんだ。だから今度は私に愛させてくれないか』

あれもきっと偽りだ。身体を許すための甘言にすぎないだろう。

一度でも肌を重ねたらきっと、つまらないとすぐに捨てられてしまうだろう。

自嘲《じちょう》して、朔弥はベッドから下りた。

綺麗にベッドを整え使った形跡を消してから、二つある扉のうちベッドに近いスライドドアから出た。

「ぁ……」

大きな窓は燦々《さんさん》と陽光を取り入れ、昨夜とは全く違った景色を映し出している。高層にある部屋だと教えるように、ニョキニョキと生え出たビルと東京湾が窓いっぱいに広がっている。

低い建物などない、いかにも都会といった風景がそこにあった。

こんなところに家を構えられるのだから、よっぽどの稼ぎがあるのだろうと下世話なことを考え、すぐに当たり前だと納得した。

昨日見せてもらった彼の肩書きは『常務取締役』だ。どんな会社かわからないが、役員というのだからこんな立派なマンションに住んでいるのも当然なのかもしれない。

まだ大学生の朔弥には、社会の仕組みなど遠い世界のように感じられる。

景色から部屋の中へと視線を移し見回せば、朔弥が今借りているアパートの部屋が二つほど容易に入る広さにテレビとソファだけが置かれ、他の家具はなにもない広々とした空間が広がっていた。

唯一と言っていいほど存在感を放っている長めのソファから足が飛び出ている。

（本当にリビングで寝てたんだ……）

ゆっくりと近付き覗き見る。

光の下で初めて柾人の顔を見た。

少し彫りの濃い精悍《せいかん》な面差し。形の良い眉。厚い唇にシュッとした鼻筋。短めに整えられた髪型と相まって、まるで俳優かモデルのようだ。

「か……こいい」

素直な感想がそのまま口を衝く。

こんな人が昨夜……

恥ずかしさのあまり固まっていると、凝視していた相手が肩を震わせて笑い出した。

「ありがとう、まさか褒められるとは、嬉しいものだ」

「おっ起きてたんですか！」

「扉の音でね。声をかけるタイミングを逸したんだ、申し訳ない」

柾人はソファに肘をついて頭を起こすと下からゆっくりと朔弥を眺めた。

「さくやくんも綺麗な顔をしているよ。とても私好みだ」

「……冗談はやめてください」

どうしようもなく冴えない容姿なのは、自分が一番よく知っている。長く伸びた髪で隠れているが、誰からも興味を抱かれるものではない。その証拠に今まで告白されたこともなければ、憧れられたこともないのだから。それ以前に、本当に綺麗ならすでに友人の一人くらいできていただろう。

心が沈んでいると、長い手が伸び頬に触れた。

慌てて落とした視線を上げれば、慈しむというにふさわしい穏やかで優しい眼差しがそこにあった。

「冗談じゃないさ、君は自分を知らなすぎると何度も言っただろう。もう少し自覚を持ちなさい。そして私以外の人間にも魅力的に映るんだと理解して、言い寄られないようにしてくれ」

モデルのような男にそんな甘い言葉をかけられ、知らず頬が紅潮した。

「言い寄られたことなんてないです……あなた以外は」

「ならいいが。恋人が他の人に言い寄られるのはいい気がしないからね」

「あなたのほうがよっぽど……」

なにを言っているのか。柾人のほうがよほど言い寄られそうな容姿をしている。精悍《せいかん》で自信に満ちていて、余裕のある仕草すらも頼りがいを感じる。

きっと会社でも綺麗な女の人に言い寄られていそうだ。

なぜか胸が痛んだ。その理由がわからなくてそのまま放置していると、手が伸び朔弥を引き寄せキスをしてきた。

外国映画のように頬に軽く。

「っ！」

「恥ずかしがることはない。恋人なんだからね。さぁ、朝食の用意をするからその間にシャワーを浴びておいで。バスルームは玄関に一番近い扉だ」

勢いよくソファから立ち上がった柾人は、朔弥と違い、部屋着のスウェットの上下を身に付けている。そういうのは皆同じなんだと安堵して、言われたとおりバスルームへと向かう。

「って、ここホテル？」

一個人の自宅にしては広いサニタリースペースはモノトーンで統一され、ミニマルでスタイリッシュだ。装飾が全く施されていないのに豪奢な印象を与える。透明なガラス扉の向こうには大きなバスタブとゆったりとしたシャワースペース。

朔弥が今まで触れたことのない世界がそこに広がっていた。

（別世界の住人なんだ、あの人……）

そんな人間が自分を恋人と蕩けそうな顔で呼ぶのが信じられない。

実はまだ夢の中にいるのではないか。

恋人と思っていた人に裏切られて、現実逃避でこんな妄想をしているのだろうか。

夢か現実かわからない。

夢ならこのまま覚めないで欲しい。

いや、むしろ逆だ。そんな人に捨てられたのなら、今度こそ自暴自棄になれるだろう。

市川の嘲《あざけ》るような顔を思い出し、また気持ちが沈んだ。それを消すようにバスルームに入り、シャワーのお湯を出した。勢い良く噴き出したお湯はすぐに室内を蒸気で覆う。

勝手の違うアメニティに四苦八苦しながら全身を清める。柾人と同じ上品なシトラスの香りに包まれているのがちょっと恥ずかしく、いつも以上に長くお湯にあたった。

バスルームから出ると、洗面台にタオルと脱いだ服が綺麗に畳まれ置かれてあった。

(入るときにはなかったのに……)

柾人が用意したとしか考えられない。

慌てて身支度を整え、廊下の先にあるリビングへと向かうと、キッチンカウンターには豪華な朝食が並んでいた。

「ちょうどよかった、今出来たばかりだから早く食べなさい。嫌いなものがなければいいんだが」

「これ全部……倉掛さんが作った……んですか？」

「一人暮らしが長くてね、簡単なものばかりだが」

焼いた鮭に味噌汁とご飯だけならまだわかるが、卵焼きにほうれん草の白あえ、煮物までもが別々の皿に盛られた、旅館の朝食のようなメニューに驚きを隠せなかった。

「すごい……」

「お褒めに預かりまして。さあ一緒に食べよう。昨夜はなにも食べずに寝たからお腹が空いただろう」

本当にいいのだろうか。

柾人が引いたスツールに腰かけ、来客用の割り箸を手に取ってから、ちらりと彼の顔を見た。

柾人はどこまでも優しく微笑んでいる。

「い……ただきます」

恐る恐ると声をかければ、笑みが深くなった。

「どうぞ召し上がれ」

どうしてそんなに優しく笑うのだろうか、朔弥は不思議でならなかった。嘲笑されることに慣れすぎて、こんな風に笑いかけられたのはいつぶりかもわからない。

だがそんな気持ちも温かい食事を口に含めば軟化する。

「おいしい……」

「良かった、たくさん食べなさい。さくやくんは細すぎて倒れやしないかと心配になる」

「……はい」

確かに朔弥の身体は細い。

食費を切り詰めてきたから、上京の時は丁度よいサイズだったデニムも、今ではウエストをベルトの一番内側の穴で締めなければ落ちてしまうほどだ。

みすぼらしい自分に反して、隣で同じように食事をしている柾人は見るからに逞しい。しっかりとした肩に厚めの胸板は一層ウエストを細く見せている。

男なら誰もが羨む体型に、余計自分のみすぼらしさが浮き彫りにされた朔弥は、こっそりと嘆息した。

気付いたのか、柾人が伸びっぱなしの髪を撫でてきた。

「きちんと食べれば大丈夫だ。これから休みの日は私と一緒に食べよう」

「ぁ……はぃ……でも、面倒じゃ……」

「なに、元々自分で作ってるんだ、それが二人分になったところで手間は変わらないよ」

両親ではない誰かに心配されるなんて、こそばゆくて少し嬉しかった。

食事なんて上京してから……いや実家にいたときですら心配されたことはなかったように思える。

「さくやくんは今いくつなんだい？　あの店で呑んでいたということは二十歳を超えているんだろう？」

「はい……先月二十歳になりました」

誕生日を一人で過ごしたことをぼんやりと思い出す。去年もそうだ、祝ってくれる人が誰もいない部屋で、その日が自分の誕生日だということすら忘れてしまった。でも今年は市川が祝ってくれるかもしれないと僅かな期待を持っていたが、彼からなんの連絡も来なかった。

もしかしたら、その頃から結婚の話が上がっていたのかもしれない。

また気持ちが落ち込みそうになる朔弥に、柾人は箸を止め続けざまに質問をしてきた。

「では今三年生、かな？　どこの大学に通っているんだい？」

「あっ、Ｋ大の経済学部です」

訊かれるがままに通っている大学の名前を口にすると、一瞬きょとんとした後に征人は口の中で
「Ｋ大……そうか……」となにか呟き始めた。朔弥は言いようのない肩身の狭さを感じて俯く。

「すみません、私立で……」

美味しいご飯が目の前にあるのに気持ちが沈んでしまうのは、家族に散々バカにされたからだ。

東京の私立にしか行けない頭なのかと罵られ、地元国立大学至上主義の中、無駄飯食いが金まで食うと言われてきた。

そんなに出来が悪いんだから、大学に入ったらアルバイトするなんて考えずに勉強していろとも。

だから市川にねだられて酒を入れるのにも生活費を切り詰めなければならなかった。

やはり自分は出来損ないなのだろう。

落ち込みが止まらなくなり、気持ちを表すように箸の先が下りてしまう。

「凄いね、Ｋ大に通うなんて。そうそう行ける大学ではないだろう、それだけさくやくんが頑張ったということだ」

「え……？」

予想外の言葉に驚いて、まじまじと柾人の顔を見てしまった。

たいした大学ではないだろうと思っていたのに、バカにされなかったことが意外だった。

「そんな大学に行ってるのか」と言われると思っていたのに、満面の笑みで賞賛されてどう反応していいかわからない。

「K大の経済学部だろう、簡単に入れるところではない。凄く頑張ったのがわかるよ」

そうなのか。だが、柾人の顔にはどこもおだててやろうとする色は存在しなかった。純粋に褒めているのだと感じ、余計に戸惑った。

同じ大学にいる人間とすら接触しない朔弥が、誰かから大学の評判を耳にすることはない。本当にこのまま素直に喜んでいいのだろうか。

柾人はもう一度「凄いね」と言って、すぐにどんな授業をしているのかと訊いてきた。

まだ三年生になったばかりの今、ゼミも始まっていないのでどんな勉強と言ってもわからない。目標のない朔弥は教授に招かれたまま、そのゼミに申し込んだだけと口にするのは、ほんの少し恥ずかしかった。

前年度までの授業の話をすると、柾人はすぐに詳細を話し始めた。

経理関係の資格の話をすれば、いつ頃に試験があるから大変だねとすぐに返ってくる。

これが打てば響くということなのだろうかと思わず感心してしまい、そうかと納得した。

「倉掛さんは役員をやってるからそんなに詳しいんですね」

「そうだね。社長があまり事務仕事をやりたがらないから、どうしても雑務が私のところに回ってくるんだ、嫌でも覚えてしまうよ」

苦笑する仕草ですら様になる。どんな会社か訊いたら迷惑だろうか。けれどこのまま捨てられるのならあまり深入りしない方がいいのかもしれない。

「さくや、というのはどんな字を書くんだい？」

「はじめを意味する『朔』に、弥は弓偏《ゆみへん》の『あまねく』です」

いつも自分の名前を説明する時に使う言葉を口にし、慌てた。これで通じたことは一度もないが、名付けてくれた菩提寺《ぼだいじ》の住職《じゅうしょく》の言葉が頭から離れず、いつもこうして伝えてしまうのだ。

「なるほど、『朔弥』か……とても綺麗な名前だね。君の美しさによく合ってる」

柾人は言葉での説明だけでカウンターに指でさらりと間違うことなく書いた。

「あの説明でわかったなんて……倉掛さんの方が凄いです……」

「そうかい？　とても君に似合った名前だと思うよ。ということは、誕生日は三月一日かな」

「そう、です……」

誕生月は先程の会話でわかったのは理解できるが、名前で日にちまで読まれるとは思いもしなかった。確かに『朔』には『ついたち』の意味も含まれており、名付け親もそのつもりで付けたのだろう。

「一ヶ月ほど過ぎてしまったが、今からお祝いをしようか」

「そんなっ……申し訳ないですよ」

「どうしてだい？」

まだ付き合ったばかりで、しかもすぐに捨てるであろう相手を祝うなんて、時間の無駄ではないのだろうか。

言葉にできず言いよどむと、柾人は「よし、そうしよう」と立ち上がった。彼の前にある皿はすべて空になっている。手を止めたため、朔弥の前の料理はまだたっぷりと残っていた。慌てて胃袋に収めようとするより先に「ゆっくり食べなさい」と止められた。

「そんなに早く食べたら胃に負担がかかってしまうよ。私もシャワーを浴びてくるのでその間に、ね」

長身をまっすぐに立たせ、悠然とした足取りで扉へと向かっていった。

歩く姿も本物のモデルのようで非の打ちどころがない。

この人は、どうして冴えない自分なんかを好きなのだろうか。

不安が嫌と言うほど襲いかかってくる。捨てられるはずなのに、それをわかっているはずなのに、大事にしようという雰囲気を感じ取って、たじろぐ一方で縋り付きたくなる自分がいる。

彼が作った料理をゆっくりと口に運び、美味いとしみじみ噛み締める。シャワーを浴びている間にこんなにもたくさんの品数を用意できるということは、常日頃から料理をしているのだろう。そういうところにも不思議と柾人に対する好感が上がっていった。

（それにあの人……なにもしなかった）

男同士の恋愛は肉体関係が付随《ふずい》するのが当たり前だと思っていたから、余計に柾人が紳士的に映ってしまう。

（でもあんな格好いい人が本当にオレなんかを好きなわけない）

今までもらった言葉もきっと、リップサービスに決まっている。

だから、あまり期待しないようにしないと。

しっかりと自分を見誤らず、期待しないで捨てられようと浮き足立つ心に言い含めても、どうしてだろう、彼の作ったものを口にすると不思議な気持ちが湧きあがってしまう。

「おいしい……」

コンビニやお店のご飯とは全く違う優しい味わいが、頑なになろうとする心をじわりじわりと溶かしていこうとする。

最後の一粒まで食べて、そういえばこんなにきちんと朝食を取ったのはいつぶりだったかと思うほどの満足感が、身体の隅にまで行き渡っていた。使った食器をシンクに置き、水を張る。ゆっくりとキッチンを見回し、スポンジを手に取った。

基本、キッチン回りの配置にそれほど違いはないだろうと洗っていくと、そのそばの扉が開いた。

「そのままにしてくれて構わないのに」

柾人が、食器を洗っている朔弥を素早く見つけ声をかけてくる。

「ごちそうさまです。これくらいはさ……」

させてくださいと言おうとして言葉が固まった。一気に顔が真っ赤になる。

「なっ！」

腰にバスタオルを巻き、フェイスタオルで髪から滴り落ちる水滴を拭っている柾人に驚きながらも、その身体の逞しさに目がいってしまった。

服の上からもしっかりとした身体つきなのはわかっていたが、実際目の前にある隆起した筋肉を露わにした身体は、芸術品そのものだ。

（美術の教科書に載ってた彫刻《ちょうこく》みたいだ……）

ミケランジェロのダビデ像に似た逞しく無駄のない筋肉が歩くたびに美しく動いていた。隠すこともせずに柾人が近づいてくる。

慌てて視線を逸らす。作業に集中しないと戸惑いで食器を割ってしまいそうで恐い。

「手際がいいな」

「オレも一人暮らしして三年目になりますから」

あまり柾人に意識を向けないようにして小鉢を洗っていく。

「大学生で自炊《じすい》しているなんて偉いね。でも君は少し頑張りすぎるような気がするよ」

逞しい腕がするりと朔弥の腰に伸び、抱きついてきた。

半乾きの髪にキスを降らす。

「あの……ちょっと…」

「それが終わったら出かけよう。どこに行きたい？」

「あ……その……オレあんまりそういうの、詳しくないので……」

遊ぶ金すらもない朔弥だ、上京しても家と大学の往復ばかりで、出かけることもあまりなかった。

市川と付き合ってからは新宿二丁目で少し呑むようになったが、それもソフトドリンクばかりだ。

どこかにデートしたこともない。

「そう？　では私の行きたいところでいいかな？　なにか欲しいものはあるかい？」

「いえっ、そういうのは……」

「なにを言っているんだ、誕生日プレゼントなんだから欲しいものを言ってくれると嬉しい」

優しいのに強引な言葉に、けれどなにも思いつかない。

「本当になくて……」

「わかった。では私が贈りたい物にさせてもらうよ」

またチュッと髪にキスを落として、柾人は寝室への扉に消えていった。

(出かけるんだ……でもこんな格好でいいのかな?)

昨日着た服は、ヨレヨレのシャツにサイズの合わないデニムと野暮《やぼ》ったいことこの上ない。下着だけは新しいのが用意されていたが……と下着のことを思い出して顔が真っ赤になった。

(そうだ、下着! ご飯で忘れてたけど、この下着どうしよう……)

着替えの中には朔弥が履いていた下着だけがなく、代わりに真新しい下着が置かれてはいたが、その形にびっくりした。布の面積が少なく股間《こかん》の形まで露わにするビキニブリーフだ。

ただの下着だと思って身に着けたが予想外に小さく、だがその下着を着けぬままデニムを履くことも出来ず……。その時の葛藤《かっとう》を思い出して、また顔が真っ赤になる。

ボクサーパンツですら自分の中では少し背伸びをしたつもりだったが、それ以上に大人な下着に動揺を隠せない。柾人が戻ってくる前に平常心に戻らないとと洗い物に集中し、食洗機に入れていった。四苦八苦して乾燥機能だけ使い、やっと皿洗いは完了した。

最初から食洗機を使えばもっと簡単だったのではと思ったが、なんせそんな文明の利器は朔弥の実家にも今のアパートにもない。ついつい手洗いしたが、柾人はそれを嘲笑うこともせず、それがあるとも口にしなかった。

朔弥に恥をかかせない気遣いにちょっとだけ胸が温かくなる。

綺麗に身支度を調えた柾人がまたリビングへとやってきた。

昨日とは違ったラフな格好だ。Vネックの黒いシャツにジャケットを合わせ、朔弥と同じようにデニムパンツを履いただけなのに、やはり格好いい。

つい見惚れて、自分の情けない格好が浮きだった。隣を歩くのが恥ずかしい。そう思ってしまうのに、柾人は全く気にしないのか朔弥を連れ出した。

マンションの地下にある駐車場の中でも少し古めの型の車の前に立つ。

「これ、倉掛さんの車ですか？」

少し意外だった。

身に着けている物や家の雰囲気からは、高そうな外国車に乗っているイメージだからだ。

外国車ではあるが、柾人の車は少し趣《おもむき》が異っていた。アンティークと言うほど古くはなく、だからといって新車と言うほど新しくもない。酷く中途半端な印象を受けた。

「あぁ、少し古いけれどね、私の宝物なんだ」

とても愛おしそうに柾人がボンネットを撫でた。その手つきが優しくて、目が離せない。

車を好きな男は多い。だがそれは「持ち物」として愛着を持っているケースが一般的で、柾人の表情も仕草もそれとは違うような気がした。本当に慈しんでいるというにふさわしい手つきだ。

車は古いのに綺麗に磨き上げられている。ワックスを丁寧に塗っているのが、薄暗い駐車場の中でも見て取れた。中も綺麗に掃除されていて、とても大事に乗っているのを一目で感じた。

そんな「宝物」に自分が乗っても大丈夫なのだろうか。

促され助手席に腰掛けた。古い外国車特有の左ハンドルを慣れた手つきで握った柾人は、滑るように車を走らせた。

古さを感じさせない足回りは、それだけマメに手入れしていることを物語っている。

(本当に大事にしているんだ)

とても丁寧な運転で車は高速へと入りすぐに流れに乗ると、迷うことなく首都高湾岸線《しゅとこうわんがんせん》を走り横浜方面へと進んだ。

「どこにいくんですか?」

「それは着いてからのお楽しみだ」

海の見える道をひた走り、車が駐まったのは太平洋が見渡せる海岸だった。

どこまでも広がる青空と波の白と相まってとても美しい。鼻腔《びこう》を擽《くすぐ》る潮の香りがまた新鮮で、遠くの人々の音を掻《か》き消すほどの波音が終わりない音楽のように鼓膜《こまく》を震わせた。

(海ってこんな所なんだ……)

東京に出てきてもなにも知らないままだと気付かされる。

同時に、世界がこんなに輝いているのも知らなかった。

ビルばかりが建ち並ぶ都会の無機質な森の中を歩いては、迷子になった子供のような感覚を拭えないでいた朔弥の心に、ただ寄せては引く単調ともとれる景色がするりと入り込み、さざめく気持ちが凪《な》いでいく。

「綺麗……」

感嘆の言葉しか出ない。

「私の好きな光景だ。あまりこの辺りを知らないと言っていたから君に見せたかったんだが、気に入ったようで嬉しいよ」

よく通る低い声が波音を掻《か》き分けて朔弥へと届く。

見上げれば、柾人が遠くをまっすぐに見つめていた。

（なんで……あっ）

どうしてだろう、彼は自分を見ているのが当たり前に思うのは。

（そうだ……会ってからこの人、ずっとオレのことを見てくれてる……）

まだ一日も経っていないのに、自分を見つめる柾人の目ばかりが印象的に記憶に残っているせいだ。

そんな柾人の横顔にドキリとする。

「自分が見て美しかったもの、好きだと思ったものを朔弥くんと共有したい。その想いだけでここまで連れてきたのだが、喜んでいる君の顔を見ることができてよかった」

やっとこちらを向いた柾人の目が愛おしそうに細められる。

「あ……」

強く吹き込んだ風が二人の間を駆け抜けていく。視界を隠すように伸びた前髪が後ろに靡いていくと、柾人の綺麗な顔が春の優しい光に当たり眩しく映る。

「見るもの感じるものを共有して二人の時間を過ごしたい。一方的な押し付けではなく、ね」

びっくりした。今まで……たった一回の経験だが、そんなことは一度も言われたことはない。朔弥の意見など聞きもせず、自分の好きなところに連れ回すだけだった。それが当たり前だと思ってた。そして柾人もそうするのだろうと感じていたのに。

「少し歩こうか」

柾人が当たり前のように朔弥の手を握ってくる。

「くらか……けさん、それ……」

「恋人同士なら当たり前のことだろう」

確かに浜辺で肩を寄せ合って歩いている恋人たちも手を繋いでいるが、自分たちは男同士だ。秘するのが当然だというのに、柾人はあまりにも堂々と歩き出す。

「当たり前……なんですか？」

「当たり前だ、手を繋ぐくらい。それに、できれば名前で呼んでくれると嬉しいな。『倉掛さん』では他人行儀だ」

「そう……なんですか？」

「だから私も『朔弥』と呼ばせてもらう。いいかな？」

少し強引で、なのに確認を取ってくるそのアンバランスさが、どうしてだろう朔弥の心を溶かしていく。あれほどまで頑なにめちゃくちゃにされて捨てられようと思っていたのに、もっと優しくされたいと切望してしまう。

ギュッと柾人の手を握り返した。

「ま……さと、さん？」

「充分だ。私のわがままを聞いてくれてありがとう、朔弥」

また髪にキスが落とされる。甘い仕草が恥ずかしくてこそばゆい。慣れてしまったらきっと、抜け出せなくなる恐怖にすら、心地よく揺蕩《たゆた》っていたくなる。

海岸に降り注ぐ春の日差しを浴びてゆっくりと歩き、遠くでウィンドサーフィンをしている人を眺め、散歩でやってきた大きな犬と戯れてと、穏やかな時間を過ごす。

忙しなく時間に追われコンクリートの森を駆け回って、襲ってくる孤独感に苦しんでいた昨日までと違い、柾人と目的もなく歩くだけの緩やかな時間が、朔弥の凝り固まった心を少しずつ溶かしていくようだった。

防波堤《ぼうはてい》でのんびりと過ごす猫の姿に癒され、遠くに向かおうとする大きな貨物船のシルエットに世界の広さを感じ、自分がどれだけ小さな世界に閉じこもっていたかを目の当たりにする。

世界にこんな綺麗な景色があるなんて……しかも二年も住んでいた都心からそれほど離れていない場所に。

「柾人さんはよく来るんですか？」

「あぁ、一人になりたいときにね。だが今は君とこの場所にいたい、ただただ綺麗な光景を君と見たいんだ」

綺麗だろう。

訊かれて、頷くだけだった。

とてもとても美しく、キラキラと陽光を反射させては姿を変え、さっきまでと違う景色になり、一瞬も同じ光景ではない。

サーフボードを抱えながら引き上げてくる人々のシルエットですら一枚の絵のようだ。

その中に自分もいるのが不思議に思え、異物と排除されないかと不安が湧きあがるたびに、身体を強張らせる朔弥を力強い手が握りしめてくれた。

昨夜初めて抱きしめられたときと同じ安心感が広がっていく。

海の傍に並ぶカフェで昼食を摂り、駅前から続く有名な参道を並んで歩いた。

「凄い人ですね」

休日ということもあり、狭い道に人がひしめいている。少し離れた店の中すら見られないほどの人波では、二人が手を繋いでいても気付く人はいない。

「休日はだいたいこんな感じかな。気になるものはあるかい？」

趣向《しゅこう》を凝らした土産物屋《みやげものや》が両脇にずらりと並び、修学旅行で訪れた京都を思い出させる。

どれも気になって、どれも手を出すのが躊躇われる。そんな朔弥の様子を見て、柾人は気軽に雑誌に載っていそうな店に入っては、あれこれと手に取り始めた。気になったものは朔弥にも見せてくる。さりげない仕草なのに思いやってもらっているのが伝わってきた。

同時に欠片も嘲《あざけ》られないことに驚く。

物慣れない朔弥をずっと愛おしそうに見つめてくるその眼差しが、ありのままの自分を肯定してくれているようで、居心地が悪くて、くすぐったい。

こんな風に見つめてくる人はいなかった、誰も。

時折髪を撫でてくるのも、人目を気にせずそこにキスを落とすのも、当たり前のように手を繋いでくるのも、全部が初めてで戸惑うのに、揶揄《からか》ってくることは一度もなかった。

この人はなにを思っているのだろう。こんな自分でもいいのだろうか。

不思議な心地で一緒にいれば、柔らかい笑顔を向けてくる。なにも心配することはないというように。

道が混む前にとまた車に乗り込んで都心へと戻る。

その頃には柾人が隣にいるのが心地よくなっていた。僅かに残る手の温もりが消えてしまうのが嫌で、ギュッと握り込んだ。ちらりと左を見ると、上機嫌な柾人がステアリングを握っては、嬉しそうカーステレオから流れるジャズを口ずさんでいる。

古いのに乗り心地のよい車は、そのまま東京タワーの傍まで戻ると、躊躇うことなく有名なホテルへと入っていった。

ドキリとした。

柾人の家から歩いても行ける距離なのに、なぜここに入るのか。

(もしかして……されるのかな)

あれだけ時間をかけたならもういいと思われたのだろうか。

訝しんだまま後に続いた朔弥が案内されたのは、上階にあるレストランだった。

促され席に着くと、優雅な手つきでメニューが差し出される。

「なにが食べたい？　誕生日ディナーだから朔弥の好きなものを頼んでくれ」

横文字が筆記体で並び、その下には長いメニュー名が書かれてある。

どれを選んでいいかわからず顔を上げ柾人に助けを求めたが、柾人は向かいの席で緩やかに微笑むばかりだ。

「なんでもいいんだ、朔弥がなにが好きか、なにを食べたいかが知りたいんだ」

君の誕生日なんだから、と。

ひと月も過ぎてしまった誕生日の祝いだから、組み合わせなんか気にしないで食べてみたいものを注文すればいいと、大人な『恋人』が言ってくる。

「でも……」

「まだ付き合ったばかりだ、もっと君のことを知りたいんだが、ダメかい？」

「……知って、どうするんですか？」

そんなの知ったところで、なにになるのかわからない。

「知っていることが喜びだろう。私はもっと朔弥のことを知りたいと思っているよ。好きなものを知っていれば、いつでも君を喜ばせることができるだろう。私はね、もっと朔弥が嬉しそうに笑う顔が見たいんだ」

朔弥は零れそうなほど、目を開いた。

そんなこと、考えたこともなかった。ただ相手の願いを叶えればいいと思っていた。

驚いたまま柾人を凝視する。この人は今までと違うのかもしれない。

信じてもいいのだろうか。

朔弥の心に小さな炎が灯り始めた。

第二章

「倉掛常務ぅ、朝からご機嫌ですねぇ」

ふわふわ系女子を標榜《ひょうぼう》している社員の宮本《みやもと》が、綺麗に巻いた髪を跳ねさせて近づいてきた。

重要な会議を終えたばかりの開発部は、ずっと続いていた緊張の糸が緩んだようで、どこか気が抜けた雰囲気になっている。今日のためにずっと資料を作り続けていたメンバーの数名は椅子《いす》にでろっと、座っているのか倒れ込んでいるのかわからない姿になっている。

「そうかい？」

ノートパソコンを近くのデスクに置くと、目をキラキラとさせた部下に向き直る。漸《ようや》く訊くことができたとばかりに好奇心たっぷりの表情を向けられ苦笑が零れる。

「最近、いいこととかあったんですかぁ？」

わざとらしい舌っ足らずな喋り方をしても、実はなかなかに有能な部下は、遠慮会釈なく核心を突いてくる。

「そう見えるかい？」

「だってぇ、ここ最近ずーっとニヤニヤしててー、ぶっちゃけキモかったですもぉん」

「……そこまでいうか？」

ＩＴ系ではよく見られる上司と部下の距離の近さをそのまま映し出したように、どんどんと顔を近づけてくる。さすがに身長差があってぶつかることはないが、本能的に一歩引いてひょいっと交わした。

それでもめげずに追いかけてくる。

「ホントですってぇ。だからーゴールデンウィーク前からだぁれも話しかけなかったんですよぉ」

そんなことはないだろうと周囲を見渡せば、頷いたり彼女に向って親指を立てる強者《つわもの》までいた。

「いや、なにもない」

「それ、ぜぇーーーーったい、嘘です」

「本当になにもないが」

当然、嘘だ。

ずっとずっと焦がれていた人と、漸《ようや》く恋人になり甘い休日を送っているなど、部下たちに触れ回るものではないが、弾んだ心は抑えきれなかったようだ。今だって仕事を放り投げて朔弥に会いに行きたい気持ちをぐっとこらえ、会議に出たり必要な仕事をこなしたりしているというのに、そのすべてを見透かすような爛々《らんらん》とした目で見られて嘆息しか出ない。

「宮本ぉ、無粋な質問だ、それは」

『屍《しかばね》』の中から声が飛び出す。

「どうせ、可愛い子猫ちゃんだか、子兎ちゃんを拾ったに決まっている。もしくは誘拐したか」

会社の立ち上げメンバーで、本来なら柾人と同じように経営陣に加わると思っていたのに現場から離れないと主張し、会社の株をたっぷり持ちながらも開発部部長という役職に居座っている傑人《けつじん》の和紗《かずさ》が吐き捨てるように言う。

「……和紗ちゃん、その言い方はひどいぞ」

いくら大学時代から気心の知れた仲とはいえ、あまりな物言いだ。

中《あた》らずと雖《いえど》も遠からずだが。

「あー、可愛い恋人さんができちゃったんですねぇ。ラーブラブしてたんですねぇ。部下が死にそーな連休を送ってるときに」

死にそうと言いながらメイクもヘアスタイルもばっちりな宮本には言われたくはない。

「酷いです、みんな休日返上で資料作ってたんですよぉ！　お詫びに恋人情報の提供必須です」

「黙秘権を行使する」

「聞かなくてもわかる、どうせ可愛くて守ってやりたい系の男の子だよ。毎回毎回、どこで捕まえてくるんだか。宮本、そんなに誰かのノロケを聞きたいんだったら、社長のところに行けばいい。一時間でも二時間でも語ってくれるぞ」

「社長は嫌ですぅ。変態上層部でも一番の変態じゃないですか。きゃわきゃわハニーの話は聞き飽きました！　宮本ぉ、ノロケを聞いた時間分の特別手当が欲しいです！」

「……その変態上層部の中に、私も入っているのか？」

「あれぇ、もしかして常務ぅ自覚ないとか言っちゃうんですかぁ？」

そんな風に言われる筋合いはない。自分はただ恋人を思いきり甘やかして愛でるのが趣味なだけだ。その愛で方が他者と異なるだけで、なにもおかしいことはない。

特に、自他ともに認める変人である社長とだけは同列に語られたくはない。事務系以外の仕事は申し分ないし、開けっぴろげな人柄のおかげで社内の風通しがいいのは、柾人にとって居心地がよいが、特殊な性癖とイコールで結ばないで欲しい。

精鋭ぞろいの開発部に立ち寄ったことを早々に後悔し、仕事の話をしようにもその雰囲気ではなくなったので、柾人はそそくさと自分のデスクがある常務室へと入っていった。

まだ月曜日。ゴールデンウイークのすべてをともに過ごした朔弥と別れてから一日も経っていないのに、もう会いたくなってくる。

抱きしめて薄く可愛い唇にキスをしたくなる。

（週末まで我慢か……）

キスに漸《ようや》く慣れてきた朔弥の顔を思い浮かべる。

ただ唇が触れ合うだけの口付けでも顔を真っ赤にして恥ずかしげに俯く綺麗な恋人は、少しずつではあるが柾人に心を許してくれているように思う。

まだ身体を重ねるには至っていないが、失恋でささくれだった心が、ひと月で漸《ようや》く癒えてきたように思える。

「仔猫か子兎、か。言い得て妙だ」

朔弥の雰囲気にぴったりな言葉だ。警戒心はあるのにつぶらな瞳でじっと見つめてくる様がよく似ている。こちらの動きに警戒しつつも、慣れ始めると無意識に身体を寄せてくるところも同じだ。

それが愛おしくて堪らない。

ただ、スキンシップに対して極端に怯えているのが気になった。

触れるとビクリと跳ね、震えた大きな目が見上げてくる。杠人だと確認すると肩の力を少しずつ抜き、恋人の距離を保とうとするのだ。懸命で必死で、庇護欲《ひごよく》を掻《か》き立てると同時に、泣かせてみたい衝動に駆られてしまう。

(あの子は危ないな……こちらの本能を煽《あお》りすぎる)

抱きしめたくてしょうがない。もう怖がることはなにもないんだと教え、この腕の中に閉じ込めてしまいたい。

同時にどこまでも暴きたくなる。彼の心も身体もなにもかもを知って、すべて自分が奪い取りたい衝動に駆られる。

今はまだ朔弥の心を溶かす期間だと堪えているだけに、時折見せる被虐的《ひぎゃくてき》な表情に心が揺すぶられてしまうのだ。衝動的に抱きたくなり、理性を総動員して律しないと自分を抑えることができないまでになっている。

それほど無意識で煽《あお》ってくるのだ、朔弥は。

やっと名前で呼んでくることに慣れ、少しずつではあるが心の距離が縮んでいると感じる今、無理に抱くことなんかできないだけに、柾人は修行僧のような忍耐を試されている。

ゴールデンウイークだけでなく、恋人同士になってから週末は朔弥をマンションに泊め、長い時間を一緒に過ごしているが、限度はすぐ傍までやってきていた。

寝室を同じにしないことでなんとか耐えているけれど、彼の寝顔を見ると堪らなくなってしまう。愛おしいと穢したいが同居して、柾人を苛む。

朝からずっと朔弥のことを考え、会議の内容も本当は半分くらいしか頭に入っていない。

少しでも気が緩むとすぐに朔弥の顔が脳裏にちらついてしまい、じっとしていられなくなる。すぐにでも会いに行きたくなるのをぐっと堪え、連絡をするのでさえ我慢している状態なのだ。

(アパートに帰すのは今朝にすればよかった)

車で大学まで送れば、それだけ一緒にいる時間が長くなる。そんな小さな計算をしてしまうほどに、柾人の頭の中は朔弥でいっぱいだ。

いい年をした男が些細《ささい》なことで落ち着きをなくしてしまう。

間もなく三十になろうというのに、この恋に浮かれている自分を止めることができない。

そうさせているのは間違いなく、朔弥の存在だ。

過去の恋すらどんなものだったのか思い出せないほど朔弥ばかりを想い、愛おしさが募ってくる。

かつての自分と似通った部分を見つけては守ってやりたいと願っていたのに、このひと月、一緒にいて初めて知る朔弥の姿は、柾人を魅了《みりょう》して止まない。バーで一方的に見ていたあの頃よりも確実に愛おしさは膨らみ、もっともっと大事にして閉じ込めたくなる。

今頃、愛おしい彼はなにをしているのだろう。大学は終わっただろうか。

寸暇すら惜しむように、朔弥のことを考えてしまう。

名の通った大学に在籍しているのに、驚くほど自己評価が低い。現役でＫ大に合格するのにどれほどの人間が必死で勉強しているだろう。それすらもわからず、ただ私立というだけで卑屈《ひくつ》になっているのが不思議だ。

なによりも、自分に自信がないのが不思議でならないほど、会話の端々から朔弥が優秀であることは手に取れる。

一体どんな幼少期を送ってきたのだろうか。ずっと気になっているが、未だに聞けずにいる。傷を抉らないように、彼の目がずっと柾人を追うようになってから訊ねても遅くないだろうと自分を抑えつけているが、実力に見合わない卑屈《ひくつ》さがまた庇護《ひご》欲《よく》を掻《か》き立ててくる。

もっと朔弥のことが知りたい。彼の本音を吐き出して欲しい。

だから僅かなことでも朔弥との会話の糸口を掴もうと、一人の時間を情報収集に努めてしまう。大学在学中に親しい友人数名とこの会社を立ち上げた柾人は、必要最低限にしか学舎に通っていなかったからカリキュラムなどあまり記憶には残っておらず、彼と話す知識を得るために、帰宅後はずっと朔弥の専門についてや講義の時間などを調べて寝るのが遅いなど誰にも言えない。

それほどまでに朔弥のことばかり考えてしまう。

自分が想像していたよりもずっと朔弥は表情豊かで、照れたように笑う顔も、呆れて怒る顔も、どんな表情も柾人の好みだった。恥ずかしがるそぶりも……

「だめだ、ここは会社だぞ」

これ以上思い出すと、それこそ仕事を放り出しかねない自分を戒め、仕事に専念しようとパソコンを開いた。

「おーい倉掛！　カワイ子ちゃんを手籠《てご》めにしたって本当かい？」

社員の勤労管理とプロジェクトの進捗を照らし合わせていると、先ほど社員に散々言われた社長が入ってきた。しかも、ノックなしに勢いよく扉を開いて。

「……たまにはノックしようと思わないいんですか？　というか情報が早いですね……」

「僕と君の仲だろう。なに気取って敬語なんだ。で、噂の真相はどうなんだい？」

「黙秘権を行使する」

「気づいてる？　君がその言葉を使うときはたいてい肯定してるってことに。というわけで、噂は本当っと。また可愛い男の子が悪い男の餌食《えじき》になっちゃったよ」

嬉しそうに答えながら社長はスマートフォンをポチポチ操作した。

きっと社内ＳＮＳに面白おかしく柾人のことをネタにした内容を送っているのだろう。妙にあけっぴろげな社風はすべて社長の人柄が反映されている。

「……お前らの中で私はどんな人物像になっているんだ。きちんと手順を踏んで交際を申し込んでいるのに、誘拐だの餌食《えじき》だの言われないといけないのか？」

さすがの柾人も黙ってはいられなかった。

「怒らない怒らない、僕たちは祝福しているだけだよ。前の子を束縛しすぎて滅多くそにふられてから、一年もフリーで色っぽい話のない君を心配していたから、みんな大喜びなのさ」

「……ちっとも祝福されているようには思えないんだが」

「気のせい気のせい。社を挙げて絶賛祝福中だ」

にやにやして社長が画面を見せてきた。そこはなんと七月に行われる社の上場三周年記念イベント専用SNSで、「倉掛の仔猫ちゃん、パーティへの参加決定！」と勝手に記載されている。

しかも関係者から続々と、祝福なのか揶揄《からか》っているのかバカにしているのかわからないようなコメントが雪崩《なだれ》のように続いている。

「なに勝手に決めてるんだ！　相手にも事情があると考えたことがないのか！　みんなもバカ乗りしてるんじゃない！」

慌ててノートパソコンからSNSにアクセスし、参加拒否を知らしめようと躍起《やっき》になる。

風通しはよいが変人だらけの恐ろしい会社に朔弥を連れてくることなどできるものか。ないことないこと、面白おかしく吹き込まれ遊ばれるに決まっている。特に社長は自分の可愛い伴侶《はんりょ》（表面上は息子となっているが）を自慢する新たな相手が欲しいだけに決まっている。

「いやぁ、倉掛常務はみんなに愛されているね。というわけでパーティに仔猫ちゃんを連れてくるように。これ、社長命令だから」

好き勝手言って手をひらひらさせて退出していく社長の背中めがけて、デスクにあった会社のマスコットキャラのぬいぐるみを投げつけたが、閉まったドアにぶつかっただけだった。

「ちっ」

落ちたぬいぐるみを拾い上げ舌打ちをする。

開けっぴろげすぎる社風は気に入っているが、その話題の中心が自分だと話は変わる。なにが嬉しくて大切な恋人を奴らの暇つぶしの餌として与えなければならないのか。

しかも今は朔弥との心の距離を縮める大切な時期だ。少しずつ信頼関係を築き上げ、互いのことを知り、互いのことを理解するのがなににおいても最優先だというのに……

「全くこの会社の奴らといったら」

自然と眉間《みけん》に皺が寄る。

誰が連れてくるものか。

大事に大事に籠に閉じ込めて、誰の目にも晒《さら》さずずっと柾人のことだけを考えて欲しいという欲望をぐっと堪え、彼をアパートへと帰しているというのに。

会えない時間が愛を育むとはよく言ったものだ。隣にいないからこそ、どうしているのか、なにをしているのだろうかと想いを馳せてしまう。

仕事に戻ろうにも、もう頭の中は朔弥のことでいっぱいになってしまった。

脳裏に浮かんだ朔弥を消すのはもったいないが、やるべき事を片付けるのが先だ。

切りのよいところまで進め、柾人はいつも仕事で使っているある会社に依頼のメールを出す。

窓には、沈み切ろうとする太陽の名残に照らされてオレンジに輝くビル群が広がっている。大小様々な建物のはるか向こうに朔弥のアパートがある。

ゴールデンウィーク中に恋人の大改造を試みた柾人は、朔弥が他者からどう見られているのか自覚したかが気になった。

『お綺麗な方ですが、あまり見せびらかすのはお勧めいたしかねます』

朔弥の髪を切った馴染みの美容師は、心得ているのか深くは詮索《せんさく》してこなかったが、澄ました顔で忠告してきた。

同じ趣向《しゅこう》の美容師の言葉は、柾人の葛藤《かっとう》を的確に表していた。

これほど魅力的な恋人だ。見せびらかしたいと思うのと同時に、他の男の目に触れさせず家の中に閉じ込めてしまいたいという欲求に駆られる。

「わかっているよ」

言われなくてもわかっている。

だが男とは哀れな生き物だ。わかっていても見栄《みえ》を張りたがる。恋人が極上なら尚のこと。

(朔弥を二度と新宿には近づけさせないほうがいいな)

柾人がいない隙に誰かが奪い取るかもしれない。それほどに特種な嗜好《しこう》の人間にとって朔弥は魅力的な存在なのだ。本人はあずかり知らないだろうが。

焦燥《しょうそう》と優越《ゆうえつ》。見栄《みえ》と執着。様々な感情が入り交じって魅了《みりょう》されていくのだ、彼という存在は。

そして離れているのが不安になってくる。元来の性癖もあるが、朔弥は今までの恋人たちよりもずっと強く閉じ込めてしまいたいと思わせるのだ。一秒たりとも放したくはない。

どうすれば自分は安心できるだろうか。その方法を柾人は知っているが、まだ朔弥に求めることは憚られた。

「少しだけだ……」

自分に言い訳して柾人はスマートフォンを取り出した。

◇

ゴールデンウィークが明けた大学はにわかに騒がしい。

やっと講義が始まり、単位取得に忙しくなってきたこともあり、キャンパスにも学生の数が増えた。

勉強に専念するために生活費も実家からの仕送りで賄っている朔弥は、一限目からがっつり入れている。

教授の講義を真面目にノートを取り、疑問点にマーカーを引いていく。あとで教授に質問しようと内容をノートの隅に書き流していけば、九十分の講義はあっという間に終わってしまう。次の講義に移動する前に教授に聞かなければと荷物をまとめていたら、後ろから声をかけられた。

「ねぇ、山村くんだよね」

「あ……はい」

「やっぱり！　凄い雰囲気変わったからわからなかった！」

同じ講義を取っている女の子が数人集まってくる。

「えっ？」

「なんかすっごいイメチェンしてない？　ゴールデンウィーク明けたら別人みたいになってるから、びっくりした」

教授以外の誰かから話しかけられたのは初めてで戸惑っていると、今まで話したこともないのに彼女たちは親しげに触れてこようとする。

「服もイケてるね、どこのブランド？」

私立大学だけあって、垢抜《あかぬ》けた格好をしている学生が多く、こんな会話は珍しくもないのだろう。けれど朔弥は、今まで特に目立つこともなく地味な格好をしていただけに、知らない学生に親しげに声をかけられてもなにを話せばいいかわからない。服のブランドもわかるはずがない。

「ごめん、もらったものだから……」

そう、なに一つわかっていないのだ。

（だってこれ、柾人さんが買ったヤツだから……）

思い出して顔が熱くなる。

『これから休みの日は私と一緒に食べよう』

その言葉通り、恋人になってから、金曜日の夜から日曜日まで二人は一緒に過ごすようになった。彼の家を訪ね、一緒に食事をし、同じ時間を過ごす。こんなことは初めてで、なにをすればいいかわからない朔弥を導くように、柾人は様々な話題を振ってくれる。

聞き上手な上に話し上手で、専門科目の勉強が不得手だと零せば、なにがどう苦手かを聞き出し、要点を見事に上げてくるのだ。

決して知識をひけらかすのではなく、学校の先生が生徒の相談を受けているのと同じように、親身に寄り添ってくれる。

(あぁそうだ、オレに優しかった人は皆こんな距離感だった)

ぐいぐいと近寄って親切にするが、いつのころか自分のほうが優秀だと見せつけるようになる人は、最後は必ずといっていいほど朔弥を傷つけてきた。それは元彼の市川も同じで、自分の優秀さだけを突きつけて満足していたように思える。

(そう言えば、最近あの人のことを考えなくなったかも)

久しぶりに市川のことを思い浮かべた朔弥は軽く驚いた。

あれほど傷ついたはずなのに、今は思い出しても客観視できる。彼がどうだったのか、なにをしていたのか、俯瞰《ふかん》で冷静に思い返すことができると同時に、胸が痛まなくなった。

なぜかと考えてすぐに気付いた。自分の心がとても豊かになっている。

焦っていないのだ。

(当然……かもしれないな)

週末ごとに会っては、当たり前のように愛を囁いてくれるのだ、柾人が。甘い言葉は朔弥の心を満たしてあまりある。なのに、初日にそういう雰囲気が一瞬あった以降はなにもしてこない。手を握ったり髪へのキスは当たり前のようにしてくるのに、それ以上は何もしてこない。それが不思議だった。

痛い思いをしなくていいのならそれに超したことはないが、では自分になにを求められているのかがわからない。柾人はなにを考えているのだろうか。

昨夜別れたばかりだというのに、僅かなきっかけで彼のことを考えてしまう自分に気付かないまま、朔弥は彼女たちの質問攻撃にタジタジになっていく。

「バッグもカッコいいのじゃん！」

頭のてっぺんから爪先まで見られ、どう反応をしていいのかわからない。

誕生日祝いはディナーだけかと思ったら、その後が凄かった。むしろ当日に贈れなかったのが悔しいとばかりに、週末の度に「朔弥に似合うものを見付けた」と様々なものを贈ってくれる。

(ゴールデンウィークは凄かったな……)

一緒に出かけた繁華街《はんかがい》で、いつものように手を繋ぎ歩いていた。それだけだと思った。

春の爽やかな風が吹き抜け、街の象徴となっている柳を揺らしているのを横目に、朝の散歩とまだ人の少ない大通りを進んでいた。

なのに連れて行かれたのは美容院で、有名らしい美容師は愛想のいい接客で朔弥を椅子《いす》に座らせた。

柾人と旧知《きゅうち》の美容師は、アイコンタクトだけですぐさま心得たように軽快に朔弥に話しかけては驚くほどの手さばきで鋏《はさみ》を入れ始める。

一時間もすれば、朔弥は入店した時とは見違えるほど清麗な印象へと変わっていた。前髪を少し長めに残し襟足を短くしたネープレス・マッシュな髪型は、朔弥の細い首筋を綺麗に見せ、儚げな印象を強くする。

こんなにもお洒落《しゃれ》な場所で髪を切ったことがない朔弥は、鏡に映った自分の姿が信じられなかった。全くの別人がそこに映し出されていた。

「えっ、あの……柾人さん？」

カットが終わるのを経済誌を捲って待っていた柾人が、雑誌を放り出すようにしてすぐに近づいてきた。

「あぁ、とてもよく似合っているね。思った通りだ」

「いかがでしょうか。もう少し短くするよりも、まめにご来店いただいてこの形をキープされては」

満足げに何度も頷く柾人に美容師がカットの説明をするので、朔弥は自分のことなのに置いてけぼりにされたような気持ちになる。だが、嬉しそうな柾人の顔を見るとなにも言えなくなった。

「そうだね、頼んで正解だったよ。助かった」

「いえ、ご希望に沿えて安心しました」

朔弥がケープを片付けられている間に柾人が会計を済ませてしまったので、どれくらいかかったかもわからない。肩を抱かれて店を出ると、慌てて柾人にしがみついた。

「あの、いくらでしたか？　オレ、今あんまり手持ちがないけど、返します！」

きっと高いに決まってる。なのに柾人は一瞬きょとんとして、すぐにいつものように笑いかけてくれた。暖かな眼差しが細められる。

「私が勝手にしたことだ。気に入ったなら、君は素直にありがとうと言ってくれればいい」

「でもっ！」

「朔弥、私といるときは私のわがままを聞き入れてくれないか。それにね、君には格好いいところを見せたいんだ。お願いだ」

頼まれると朔弥もこれ以上は強く出られなくなる。

ずるいと思う。そんな風に言われたら、とても愛されていると勘違いしてしまう。

「甘えてくれるかい？」

この言い方もだ。下手に出て、けれど自分を曲げはしない強引さが、自己主張できない朔弥から罪悪感を奪う。

「……はい」

「では次に行こうか」

「え、次？」

「私の家に置く朔弥の服が必要だろう。……下着もね」

「なっ、なに言ってるんですか！」

出会った翌日に渡された下着を思い出させる。

包む部分が少ない下着は再び身に付ける勇気がなく、タンスの一番奥に隠してある。今まで一度として会話に上がらなかったのに、こんな大声が出せない場所で言うなんて卑怯だ。

笑いながら柾人は、真っ赤になる朔弥の手を握った。いつもと同じように。

こんな大通りで誰に会うかもわからない場所なのに、彼は決して躊躇ったりしない。指を絡ませ強く握ってくる。そのたびに恥ずかしさと安心感が朔弥に満ちていく。

ずるい。

なのに、嬉しい。

「ありがとうございます……」

尻すぼみになる礼を柾人は微笑むだけで受け取り、堂々とメインストリートに出る。

若者向けの店を数件梯子《はしご》し、朔弥に似合う服や靴を見つけると躊躇いもなく購入していく。大学に通うならあれもこれも必要だろうと買い漁り、日が傾き始める頃には二人でも持ちきれないほどの量の紙袋となった。

「こんなに買ってどうするんですか……」

呆れて物も言えない朔弥に、さすがの柾人も苦笑する。

「素材が良すぎた。朔弥はなにを着ても似合うから……困ったな」

短い距離だが、歩行者天国が終了したメインストリートでタクシーを拾い、柾人のマンションへと戻った。

「……買いすぎです」

袋のひもで赤くなった手に、玄関を埋め尽くす袋を見つめて溜め息を付く。

こんなにたくさんあっても、着るのは朔弥一人だ。むしろこの量は、朔弥の大学期間中の衣類すべてを賄ってしまうだろう。元々身なりに頓着《とんじゃく》しない朔弥には贅沢品の塊にしか見えない。

「ここと君の家に分ければちょうどいいと思うんだが……どれも朔弥に似合う物ばかりだぞ」

「それだってまめに洗濯をすれば半分もいりませんよ」

「まぁ、そんなに怒るな。それより着替えよう。朔弥は線が細いからブリティッシュなスタイルが似合うな……これとこれ、あとはそうだ、この靴だな」

着せ替え人形のように柾人は自分が見立てた服を着せては満足そうに笑った。

なによりも驚いたのはキーケースだ。

そこにはティンプルキーと呼ばれる窪みがいくつもある鍵が一本だけかかっていた。

いつ朔弥が来ても良いようにと、エントランスや部屋の横の指紋認証《しもんにんしょう》も朔弥を登録してくれた。

「私に会いたくなったらいつでも来てくれればいい。仕事で遅くなることもあるが、連絡をくれればすぐに切り上げる」

この部屋の鍵だとわかって柾人を見れば、いつもの優しい笑みがそこにあった。

いいのだろうか。

彼がいるのが当たり前の日常になって。こんなにしてもらって、けれど呆れられ捨てられたら、今度こそ自分はどうなってしまうんだろう。

恐かった。けれど、返すこともできない。

また小さな声で「ありがとう」と言うのが精一杯なのに、胸だけは熱くなった。

そんな昨日までの出来事を思い出してると、女の子たちが朔弥の全身の値段を口にし、逆に驚いた。色んなものを買ってもらい、随分と散財させたのは理解しているが、想像していたよりも遙かに高い金額だった。

「それ、本当？」

「山村くん知らないの？　バッグだけで二十万はするよ」

「うそ……」

鞄の価値などわからない朔弥は、柾人が買ってくれた斜めがけの鞄を見る。皮の質感が出たバッグはブランド品だとわかってはいても、値段を見る暇すら与えられなかった。

柾人が己の眼鏡に適った商品を手に取り朔弥に当てて数度頷けば、すぐに店員に渡してしまうから、実物を触る段階には値札が切られた後である。

「どうしよう……」

「あっ、もしかして誰かからのプレゼントとか？　急に雰囲気変わったのって、もしかして彼女の影響？」

詮索《せんさく》好きな彼女たちにどう答えれば良いか考えあぐねていると、次の講義が始まる時間になってしまった。

「ごめん、次があるから」

鞄を掴み慌てて講義室を出て廊下を走っていく。顔に焦りを浮かべたまま。

どうしよう、鞄だってこれだけではないのだ。普段使い用と通学用、それに外泊用の鞄まで柾人は買っていた。一体あの日だけでどれだけのお金を使わせてしまったのだろうか。

「オレの貯金じゃ返せない……どうしよう……」

とてもじゃないが、お年玉や小遣いを貯めただけの朔弥の全財産だけでは、今身に付けている分だってまかなえない。

柾人に言われたまま普段使いをしているが、本当に大丈夫か不安になってきた。

落ち着かず、まともにノートも取れないし、講師の言葉も頭に入ってこない。こんなことは初めてで自分がどれほど動揺しているかを思い知る。講義と講義の合間に顔も名前も知らない学生から声をかけられたりチラチラ見られたりと、いつもと違う周囲の反応にも驚いた。

髪を切っただけで、こんなにも人の反応というのは変わるのかと思うと恐くなり、ひたすら誰からも声をかけられないように過ごした。

ずっと付き纏うように感じていたはずの孤独感すら湧き起こる暇がない。

無理矢理授業に集中して、終わるや否や駅へと向かう。

大学から一時間の距離にある自宅の前でやっと一息吐く。

こんなにも慌ただしく帰ってきたことはなく、胸をドキドキさせながら玄関をくぐった。まさかひっきりなしに声をかけられるなんて思いもしなかった。

柾人の絶賛する髪型が、彼だけが気に入ったものではなく他者の目も惹き付けるのかと思い知る。

『朔弥は綺麗な顔をしている。とても私好みだ』

何度も囁かれた甘い言葉。

顔を隠すように伸ばした髪がなくなったことで、蕩けるような柾人の顔が鮮明に目に飛び込んでくる。本当に自分のことが好きなのだと錯覚してしまう表情を、しっかりと見ることになる。

柾人のことをすべて知っているわけではないが、一緒にいると幸せな気持ちになった。

「たしかに柾人さん、凄い人だけど……」

財布の中にしまってある名刺を取り出した。

二十八歳の若さで会社役員をしていること自体凄いのだが、話せば知識量がとんでもないことがわかる。満遍《まんべん》なく囓っていて、けれど驕らない。凄いと感嘆すれば困ったように笑って「知ってるだけだよ」なんて謙遜《けんそん》する。

年上で包容力があって格好いい、人。本当にそんな人が自分なんかを好きになったのだろうか。未だに実感がない。ふわふわと雲の上を歩いているような気持ちのままひと月を過ごしてしまった。

実家から持ってきた古いちゃぶ台に勉強道具を広げても、脳のほとんどで柾人のことを考えてしまう。

近頃ずっとこうだ。

どんなときでも柾人が傍にいるような感覚がする。

朔弥が少しでも見上げれば、精悍《せいかん》なのに優しい笑顔がすぐに気付いて覗き込んでくれ、なにかを話せば少し堪えたような笑い方で楽しんでくれる。一緒にいなくても、その雰囲気にずっと包まれたまま抜け出せない。

今だって勉強に集中したいのに、わからないところがあると彼に問いかけそうになって、ここが自分しかいない部屋の中だと気付きふっと動きを止めてしまう。

（あの人と付き合ってたときは……こんなことなかったのに……）

一人なのが当たり前で、月に一度でも会ってもらえるだけで嬉しいと思っていた前の恋。あんなにも好きだったはずなのに、柾人によって塗り替えられた今、欠片しか思い出すことができない。

それほど今が華やかに鮮やかに映し出される。

テーブルの隅に置かれたキーケースに目をやる。

皮の折りたたみのケースの中には自宅と実家と、柾人の家の鍵がある。

すぐに飽きて捨てられるだろうと、名刺に記載された社名を検索したことはないが、暇ではないことは会話の端々から感じ取れる。

会うたびに疲れの色を濃くしていき、取締役の肩書きがアクセサリーではないと朔弥にも理解できた。なのに、いつも朔弥のことを優先してくれようとする姿勢にたじろいでしまう。それに、たくさんの服を乗せあの車で朔弥のアパートの前まで送ってくれた後、次の約束もしてくれた。

『金曜日の夜は会議がないから早く帰れる。部屋で待っていてくれるかい？』

甘い誘いに断れなかった。胸がギュッと締め付けられる。

昨日別れたばかりなのに、まだ二十四時間も離れていないのに、会いたいと思ってしまう。終わらせなければならない課題が山のようにあるのに、手がつかない。

（行っちゃおうかな）

大学から地下鉄で二駅ほどしか離れていない柾人の部屋。そこかしこにシトラスの爽やかな匂いが散りばめられているそこで彼の帰りを待ったなら、彼は本当に喜んでくれるのだろうか。それとも、社交辞令を本気にした朔弥に呆れるだろうか。

捨てられるために付き合ったはずなのに、嫌われたくないと感じ始めていた。

「課題……やんないと」

わかっている、自分がすべきことは。

けれど心がどうしても柾人へと向かってしまうのを止められない。

プレゼントをたくさんもらったからじゃない。朔弥を喜ばせようとするその気持ちが、優しさが、心を軟化させる。

捨てられようとしていたはずなのに、頑なになれない。

なによりも、あの眼差しだ。愛おしいと告げる熱さに胸の中が揺すぶられ掴まれる。

『どんな些細《ささい》なことでもいい。朔弥が思っていることや考えていることを教えてくれないか。もっと君のことが知りたいんだ。私に関しても、気になることがあれば訊いてくれて構わない』

自分が夢見ていた恋人同士のスタンスを当たり前のように提示されて、現実逃避からの妄想ではないかとすら考えてしまう。

けれど実際にテーブルに置いたままのキーホルダーには、柾人の部屋の鍵がある。それだけで舞い上がって飛び跳ねてしまいそうだ。こんなに浮かれるものなのかと自分でも驚いている。

「そっか、オレ舞い上がってるんだ」

納得して、顔が真っ赤になった。

柾人の存在が、その立ち位置が朔弥の中でどんどん変わっていく。自分の気持ちの理解だけが追いついていない。

ぼんやりとキーケースを眺めていると、滅多に鳴らないスマートフォンが震えだした。

「誰だろ……っ！」

画面に映る『倉掛柾人』の文字にバッと身体が熱くなるのを感じた。

（どうして今……）

名前を見ただけで一気に心拍数が上がる。

深呼吸を何度もし、自分を落ち着かせてから電話に出た。

『忙しかったかい？』

低いのに穏やかで優しい声がスピーカー越しに響く。

それだけで朔弥の心の奥底がジワリと熱くなった。昨日別れたばかりだというのに、また会いたいという気持ちが湧き上がってくる。

「いえ……今、家に帰ってます」

『そうか、良かった。今日はどうだった？』

言われて、今日あった出来事を話した。今まで関わったことのない学生から話しかけられた件を伝えれば、柾人が吹き出した。

「なんで笑うんですか……オレ凄く困ったんですから。今までそんなことなかったのに……」

『だから言っただろう、君は自分のことを知らなすぎると。元々綺麗な容姿をしているんだ。少し髪を整えるだけでみんなの視線を奪うほどにね』

「……そんなこと、ないです」

『君は綺麗だよ。一目で私の心を奪ったんだ。だから意識して私以外の人間に靡かないでくれ……そうでなければ仕事が手につかなくなる』

「オレ……そこまでバカじゃないです」

『バカとかではなく、君は淋しがり屋だからね。優しくするのも甘やかすのも、私だけの特権にして欲しいんだ』

ドキリとした。この人はどれだけ見透かしてくるのだろうか。

非難するのではなく、ありのまま口にしているのだろうが、朔弥自身が認識していない内心までもが彼の目には映し出されているのかもしれない。

そして今、淋しさを感じていないのは、存分に甘やかされているから。

まだ離れて一日も経っていないのに、ずっと一緒にいたいと思ってしまうほど。

確かに柾人の言うとおりだ、自分はとても淋しがり屋で、漸《ようや》くできた『彼の隣』というポジションを確かめたくてしょうがなくて、これが夢ではないかと不安になるのだ。

こんな風に電話が来ることがとても嬉しいし、気にかけてもらっているとわかると有頂天になってしまう。

捨てられたいんじゃなかったのか。あまりのめり込んではダメだと頭のどこかで警鐘《けいしょう》が鳴っていても、無視したくなるほど胸が高鳴る。

「……柾人さんだけです、オレにそんなこと言うの」

ほんの少しの憎まれ口で自分を落ち着かせようと藻掻く。

『当たり前だろう、君のことが大事なんだから』

拗《す》ねて突き放すような言い方をしても笑って流されてしまう。怒ったふりをして、どこかホッとしている。

この人は大丈夫。あの人とは違う。

もうあんな悲しい思いをしなくてもいいのかもしれない。

疑心暗鬼《ぎしんあんき》の中でどうしても確かなものを求めようと不器用に足掻いていると感じつつも、自分を止められない。

「どうしてオレ、なんですか?」

ずっと心にあった疑念。

『それは私が聞きたい。どうして君はこんなにも魅力的で私の心を離さないのかを、ね。君は気づかなかっただろうが、半年もずっとあの店で君を見続けていたんだよ』

「う、そ……」

『嘘じゃないさ。だから僥倖《ぎょうこう》と思ったね、君が一人であそこに座っていたときは。あの店には君を狙っている男たちがたくさんいたから』

「そんなの、知りませんっ!」

『あはは、知らなくていい。でも、もうあの店に一人で行ってはいけないよ。そうだ、もしよかったら今夜、夕食を一緒にどうだい。あと二時間ほどで仕事は終わるだろうから、どこかで待ち合わせをしないか。なにが食べたい？』

週末まで待たなくていいんだ。

トクンと胸が弾んだ。会いたい。できれば毎日でも。

この気持ちをぶつけていいんだ……会いたいと言ってもいいんだ。

多分朔弥は柾人のようなスマートな誘い方はできない。会いたいと自分から言うこともきっと、難しい。こんな風に先回りして言ってもらえると嬉しくて、うまく言葉が出なくなる。

『忙しいのかい？』

「違うっ！　違います……嬉しい、です」

尻すぼみな簡単な言葉になってしまう。まるで子供みたいだ。二十歳を超えて、ちゃんと大学にも通ってるのに、言いたいことの半分も出てこない。

呆れられないだろうか、嫌われないだろうか。

でも会えるとわかって胸がずっとドキドキしている。

『ちょっと遅いけれど、二十時に渋谷に来られるかい。詳細な場所はメールで送る』

「わかりました！」

『良かった。それまでになにが食べたいか考えておいてくれ。ではまた後で』

話を引き延ばさず電話はすぐに切れた。

それでも朔弥は嬉しくて暗くなった画面を見続けた。

もうすぐ会える。

電話だけでこんなに夢中になって胸が高鳴っている自分に朔弥はハッとした。

（あの人に恋してるみたい）

捨てられようと思って、捨てられたらもう未練なんかなくなると思って、柾人の誘いに乗ったはずなのに。昨日も家の前で別れるまで一緒だったのに。会えるとわかって胸の高鳴りが止まらない。そわそわして落ち着かない。

恋をしているみたい、ではなく、柾人に心を寄せているのを自覚していく。

どこまでも甘やかされ、優しくされ、まっすぐに見つめてもらって、掌から体温を感じて。頑なだった心が裸にされているのを感じる。

「そっかオレ、あの人を好きになっちゃったんだ……」

たった一ヶ月で。

もう市川のことを思い出しても胸が痛まないほど、柾人にのめり込んでいる。

こんな状態でまた捨てられたらきっと、だめだ。自分が自分じゃなくなってしまう。

ブルリと身体が震えた。失うのが恐くなる。一度その瞬間を知ってしまっただけに。

どうしたらあの人に嫌われずにいられるのだろうか。どうしたらこのまま一緒にいられるのだろうか。

高鳴っていた胸がスーッと冷たくなった。

甘い言葉の数々。朔弥をあるがまま受け入れるスタンス。傲慢《ごうまん》さなどない態度がなによりも心を和らげる。会いたい、すぐにでも。そしていつものように手を繋いで欲しい。

「課題！　早く終わらせなくちゃ!!」

朔弥は慌ててノートに向きあった。

◆

約束よりも少し早い時間に指定されたシティホテルに着いた朔弥は、スーツ姿の男女が行きかう中、大きな荷物を抱え手持無沙汰で立っていた。

渋谷には何度か来たことはあるが、ここは若者の街というイメージとは違いとても落ち着いた雰囲気で、朔弥には居心地が悪かった。

行きかう人々は朔弥など目に入らないほど足早に通り過ぎていくばかりだ。

週の初めだというのに、こんな時間でも向かいのビルには煌々《こうこう》と灯りがともっている。

（早く来ないかな……）

まだ時間になってもいないのに、何度もスマートフォンを確認してしまう。柾人からの連絡はない。

落ち着かなくてキョロキョロしていると、とても賑やかな一団が近づいてくるのが見えた。

「あ……」

柾人だった。両隣には数名の女性を引き連れている。

（どういう……こと？）

ざわりと胸が騒いだ。いかにも仕事ができそうな綺麗な女性ばかりだ。化粧で整えた顔を柾人に近づけては笑っている。その手は、当たり前のように逞しい腕に纏わり付いていた。

どうして？

彼女たちの存在や柾人との関係以上に、その姿がとても自然なことに衝撃を受けた。自分が彼の隣にいる方が異質に感じる。

心に馴染んだ劣等感が顔を出し、じわりと朔弥を苛む。

あれが本来あるべき姿なんだ。きっと自分に恋する彼の姿はまがい物なんだ。でなければ、おかしい。スーツ姿の柾人はいかにも仕事ができる格好いい人で、こんなにも持たない大学生の自分には不釣り合いだ。

（あの人が好き……なのに）

自覚した感情が心に染み渡る前に揺れてしまう。ギュッと鞄の紐を強く握っていなければ、この場から逃げ出していただろう。

あんなにも綺麗な女性が傍にいたら、飽きられるのは……すぐだ。

柾人は眉間《みけん》に皺を寄せた厳しい表情をして、時折口を開いている。そんな顔を見たことがなかったから、知らないうちに朔弥の身体も強張り逃げ出せなくなる。

不安なままじっと見つめていると目が合った。厳しかった柾人の表情が瞬時に和らぐ。つられて朔弥の緊張もほぐれた、心が揺らめいたまま。

柾人が朔弥へと足早に近づくより先に、柾人の右隣を占領し腕を回していた女性が、素早く表情の変化を見付けその先にいるのが朔弥とわかると、あっさりと手を離し勢いよく駆け出した。ふわりと巻かれた髪を弾ませて綺麗な女性が笑顔で朔弥の前に立つ。

「この子なんですねぇ、常務のきゃわいこちゃん」

「こら、宮本！　馴れ馴れしく触るな！」

綺麗にネイルアートされた指が近づいてきたと思ったら、いつの間にか朔弥の隣に来た柾人によって容赦なく叩き落された。

「ひっどいですぅ。宮本、まだなにもしてないですよぉ」

「見世物じゃないんだ、みんな帰れ！　すまない朔弥、びっくりさせてしまったね」

「あ……別に……。あの、初めまして。山村朔弥です」

きちんとしなければ柾人に恥をかかせてしまうと慌てて頭を下げると、女性陣からキャーッと悲鳴が上がった。

「めちゃくちゃ可愛いです！　さくやくん、初めましてぇ宮本真由里《みやもとまゆり》です。仲良くしてねぇ」

「はい……こちらこそよろしくお願いします」

「じゃあ、連絡先、交換しましょー」

スマートフォンを出され、手に持っていたそれを慌ててスリープ解除しようとして、柾人に腕を掴まれた。さりげなく彼女から離される。

「止めろ、宮本。朔弥に近づくな！　……和紗ちゃん頼む、なんとかしてくれ」

朔弥を背中にかばって、柾人は一番奥に立っている小柄で知的な女性に視線を向けた。

一つに結わいた髪と眼鏡姿は、よく漫画に出てくる教師のようだ。その女性はスマートフォンを片手に持ち、反対の手で指を鳴らした。今まで騒いでいた女性陣が一斉に黙る。

ツカツカとヒールの音を鳴らし、柾人の大きな身体までどけると、朔弥の前で美しく一礼をした。

「失礼しました。私、サーシング株式会社で開発部長をしております、和紗と申します」

「あ、ありがとうございます」

耳慣れない仕事用の挨拶に慌てて頭を下げ、差し出された名刺を反射的に受け取った。

それは以前に柾人からもらった名刺と全く同じデザインで、肩書と名前だけが異なっている。

「この度は上司と部下が大変失礼をいたしました。もしよろしければ、お詫びをさせていただきたいのですが、七月二十五日にお時間はございますでしょうか」

「和紗ちゃん！」

なんのことかすぐに思い当たった柾人が慌てて遮ろうとするよりも先に、周囲の女性陣が柾人と朔弥を引き離す。そして和紗と朔弥を向き合わせると、柾人を近づけまいとバリケードを張った。

朔弥は動けないまま、見事な連携プレーに目を見張った。

「お前たち、なにをするんだ！　離せ！」

「うるさい上司はお気になさらず。ご都合はいかがですか」

「あ……の、もう夏休みに入っているので……時間は、あります」

たどたどしく返事をすれば、無表情だった和紗がふわりと笑った。

「弊社のパーティがございます。ご迷惑でなければ参加いただけますか。これは弊社代表より預かった招待状でございます」

「待て！　なんでそんなものがあるんだ！」

「黙れ、倉掛」

静かに命じる和紗に、なぜか柾人は苦虫を噛み潰したような顔をしつつも従う。役職からすると和紗のほうが部下なのに、上司に対するものではない態度に疑問を抱きつつ、好奇心が芽生える。

もしこれに参加したら、もっと柾人のことを知ることができるのだろうか、と。

「当日は倉掛を迎えに向かわせますので、ぜひお楽しみください。では失礼いたしました」

もう一度指を鳴らすと女性陣が一斉に柾人を解放した。

そして朔弥に手を振りながら、「またねー」とスマートフォンを操作する和紗を先頭に駅へと去っていった。台風一過に唖然としていると手の中にあった招待状を柾人に抜き取られた。

「ったく、あいつらは」

「会社の人たち、だったんですね……びっくりしました」

「申し訳ない、電話を盗み聞きされていたようだ。これは無理しなくていい。君が嫌だったら私から断っておく」

ひらひらと振られた招待状。

「でも、か……ずさ、さんと約束したから……あの、もしかしてオレが行ったら……迷惑ですか？」

震えた声で訊ねつつ、招待状を柾人の手から取り返す。

勢いで返事をしてしまったが、本当は知りたいのだ、会社での柾人のことを。彼のすべてを。

柾人の周りにいるのがどんな人たちなのか。会社での柾人はどんな人なのか。自分の知らない柾人のことをこんなにも知りたいと思うのはおかしいのかもしれない。

でも、せっかくもらったチャンスを手放したくはなかった。

「いや、朔弥が行きたいなら止めないさ。ただし、癖の強い連中ばかりだから、なにを言われても話半分に聞いておくんだよ」

「はい……」

柾人は優しい。

男の恋人なんて本来なら隠したいだろうに、朔弥の気持ちを優先してくれる。

そして会社の人たちも、朔弥と柾人の関係を知っているのに、嘲《あざけ》りはしなかった。むしろ好意的に感じているようで安堵したが、その前までの感情は消えないままだ。

その手は自分のものなんだと叫びたくなった衝動。

目が合った一瞬で柾人の表情が険しいものから、この上なく甘い、自分にだけ見せてくれるあの表情へと変わっても、不安が拭えない。

今も柾人は朔弥の髪を撫で、当たり前のように肩に掲げたカバンを持ってくれようとしている。

「随分と重いね」

「……当たり前です……明日の荷物も持って来いだなんて……」

——明日の大学の荷物も持ってくることを忘れずに。

メールで来たのは待ち合わせ場所の指示だけではなかった。

言外に外泊を提示されてつい期待してしまう。柾人も自分と一緒にいたいと感じているのが嬉しくて、じっとなんてしていられなかった。

「いいじゃないか。さて、遅くなってしまったね。なにを食べようか」

当たり前のように手を繋ぎ、柾人は朔弥をホテルの中へと促した。

いつものように朔弥が食べたいものを優先した店選びに食事。なのに落ち着かない。

平日だというのに、繁華街《はんかがい》とビジネス街の中間にある洒落《しゃれ》たレストランは人でいっぱいだ。あちらこちらで話し声がして、商談をしているのか男同士でもそれほど目立ちはしない。

だが、スーツを身に着けていない朔弥は肩身が狭いと感じてしまう。

不似合いな場所にいて不似合いな服を着て、不似合いなものを口にしていると実感しているからだ。美味しいはずの料理が目の前に並べられても、気持ちがついていかない。

「どうしたんだい？　遅くなったから食事が進まない？」

そんな朔弥の様子にすぐさま気付くのは、柾人がいつも気にかけてくれているからだと気付き、慌てた。

「違います……美味しいです」

嘘だ、味なんかちっともしない。いつもあんなに綺麗な人たちと仕事をしているんだと知って、言いようのない感情が朔弥の中でドロドロと渦を巻いて濁していく。

自分はとてもこの人に見合わない。わかっている、柾人は社会人で、しかも常務という肩書きの偉い人で。反して朔弥はただの大学生だ。お金を稼いだことすらないすねかじりの身。

分不相応なものを与えられ、浮かれているだけだ。

今身に付けているものだけじゃない、彼からの気持ちも、一緒にいるための時間も、惜しみなく与え得られている。

けれど朔弥は何一つ返せていない。

当たり前のように注いでくる愛情にも。

（したいの、我慢してくれてるんだよな……きっと）

思い出すのは初めて彼の家に行ったあの日のこと。

朔弥が怯えたからその先に進むことを止めた柾人の優しさが、今ならわかる自分の身勝手さが嫌になる。

優雅な手つきでカトラリーを器用に使う柾人を見つめる。この食事の礼だって今の朔弥にはできない。なにもない自分が酷く矮小《わいしょう》で、どうしようもない存在に思えた。

あるとするならただ一つだ。

綺麗に磨かれたカトラリーでテーブルに並んだ食事を口に運ぶ。柔らかい肉をゆっくりと咀嚼して覚悟を決めていく。自分の持っている唯一のものを差し出すために。

もし彼が望まなければ。

もし不要だと切り捨てられたら。

これで今の関係はきっと終わるだろう。また悲しみの中に沈んでいき、今度こそ浮き上がれなくなる。わかっていても、それしかできないから。

最後の一片を口に入れ、勢いよく顔を上げた。

「柾人さんの家に行きたい」

初めて自分の気持ちを言葉に乗せる。

「どうしたんだい？」

「早く……柾人さんと二人になりたい」

誘い方なんて知らない。

不器用な朔弥ができる精一杯を口にして、まっすぐに縋るように柾人を見た。

柾人の手が止まり、じっとこちらを見つめる。言葉もないままままっすぐと。

カトラリーがカチリと食器の上に置かれる。

食事をしているのに酷く喉が渇いてしまう。コクンと喉を鳴らした。

ふと柾人が口元を緩めた。膝に乗せていたナプキンをテーブルに置く。

「では行こうか、朔弥」

自分を呼ぶ柔らかい声にそっと頷いた。

神妙で何かを覚悟したような朔弥の表情が気になった。

（やはりあいつらの毒気にあてられたか……逃げれば良かった）

会社から出た柾人を待ち構えていた女性陣に捕まり、盗聴器でも仕かけられたのかと思うほど朔弥のことを聞かれ、今から待ち合わせするなら会わせろと着いてこられたとき、振り切れば良かったと後悔しても遅い。

鍵を開け中へと朔弥を促せば、暗い玄関はセンサーですぐに明かりが灯る。

週末ごとに招き、連休中ずっといさせたこの部屋に朔弥も慣れたようで、綺麗に靴を脱ぐとリビングへと入っていった。

表情の硬さは取れないままだ。

どうしたのだろうか。

怯えた小動物が少しずつ慣れるように、漸《ようや》く朔弥から話しかけてくるようになったというのに、また初めて会ったときのような表情をされ、柾人も戸惑う。

リビングの明かりを点け、キッチンへと入った。ケトルで湯を沸かし、少しでも朔弥の心が和らげればと、取引先から貰ったハーブティとともにティーサーバーを取り出す。

だがそれも横から伸びた細い腕に止められた。

「どうしたんだい、朔弥。疲れたなら座っていなさい」

細く嫋《たお》やかな手がガスのスイッチを止めた。

驚いてその顔を見れば、大きな目が揺らいだ。今にも泣き出しそうだ。

「うちの会社の人間が随分と失礼をしたね、嫌だっただろう」

小さな頭が緩く横に振られた。

「嫌、じゃなかったです」

「そう。ではどうしてそんな顔をしているんだい？」

彼の何もかもを知りたくて訊ねれば、そっと目が閉じられた。長めの睫毛《まつげ》が揺れる。

安心させるように栗色の髪を撫でる。

本当は抱きしめてやりたい。この腕の中が最も安心できる場所なんだと教えるように、強くきつく。だが、まだだ。まだそれができない。

不安を抱えたままにするのが忍びなくて、肉付きの悪い頬を撫でた。少しではあるが出会った頃よりも柔らかくなっているように思う。

もっと太らせなければ。

ひと月で足りないのは、離れて暮らしているからだ。平日の彼はきっと食事を制限しているに違いない。できるなら毎食でも一緒に摂ってやりたいが、そんなことを口にしたら嫌われてしまうだろうか。

慎重にならざるを得ない柾人は朔弥の様子を、僅かでも見逃さないように見つめた。薄い唇が開いた。

「抱いて……ください」

信じられず顔を上向《うわ》かせた。閉じていた瞳が怯えを纏って開かれる。綺麗な薄い色の瞳がじっと柾人を見つめた。

「無理はしなくていいんだ」

まろみのない頬を撫でれば、また緩く振られる。

「して……ください」

思い詰めた表情に胸がざわめく。抱きたくないのではない。実際に、彼がこの家に泊まるたびに自分を必死に抑え続けてきた。

だが今、優先しなければならないのは朔弥の気持ちだ。もっと安心させ、もっとその傷ついた心が癒やされ、自分の存在を大きくするために紳士的に振る舞ってきた。ひとえに彼からの信頼を得るために。

こんな風に怯えて欲しがられたくはなかった。

だが、どこか余裕のない朔弥が抱かれることで安心するなら、求められているなら応えればいいと、心の中の悪魔が囁きかけてくる。

「でも本当は恐いんだろう」

最後の自制心を寄せ集め牽制する。今ならまだ止められる。いつものように彼にベッドを貸し、自分はソファで眠ればよい。

「っ！」

朔弥が初めて自分から抱きついてきた。柔らかい髪が顎に触れる。彼が普段使っている甘いシャンプーの匂いがして、衝動で掻《か》き抱いた。

「ぁ……」

腕の中で甘い吐息を零す。その声がベッドの中ではどのように変わるのか知りたくなる。だめだと自分を叱責しても、腕を放すことができない。

「本当にいいのかい？　今ならまだ止めてやれる」

「柾人さんなら……いいです」

ゆっくりと息を吸い上げ、吐き出した。

もう自制なんて効かない。不器用に誘われて止められるほど聖人君子《せいじんくんし》ではなかった。

「止めてくれと言っても止めてあげられないかもしれないが、それでも本当にいいんだね」

抱く腕に力を込める。小さな頭が僅かに縦に動くのを確かめて細い身体を抱き上げ、寝室へと続くスライドドアを行儀悪く足で開けた。

ベッドの傍に下ろしフットライトを点ける。少しでも彼の怯えがなくなるようにと。

振り返ると朔弥は勢いよく服を脱ぎ捨て痩身《そうしん》を露わにすると、四つん這いでベッドに乗りあがっていた。

「……何をしているんだい？」

先程までの躊躇いが嘘のような勢いに呆気にとられながら訊ねてしまう。

「え？　あの、やるん……ですよね」

「いやそうだが……」

間違ってはいない。だが何かが違う。

「オレなにかおかしいですか？　こう……するんですよね」

そこで柾人は理解した。と同時に朔弥の隣にいつもいた男に殺意を覚える。

（あいつは自分の欲望だけを満たしていたのか）

ぐっと奥歯を噛み締めた後、自分を落ち着かせるために深呼吸を一つ吐き、朔弥の手を取った。

先程まであった焦燥《しょうそう》が一気に吹き飛び、どこまでも慈しみたくなる。

「私は朔弥と愛し合いたいんだ。おいで」

肉付きの薄い身体を立たせると頬を両手で包んだ。そして何度も啄《ついば》むだけのキスを繰り返す。時間をかけてゆっくりと何度も。

だらりと下がった朔弥の両手も次第に柾人のジャケットを掴み始め、そして腰へと回る。

それを合図に口付けを深くし、薄い背中を愛撫《あいぶ》した。

最初の日以来の濃厚な口付けに、夢中になって甘い舌を貪る。

滑らかな肌ざわり。小ぶりな臀部《でんぶ》の丸み。細い腰骨の形。すべてが自分のものだ。その一つ一つを確かめるようにじっくりと撫でまわし、次第に手を前へと移動させていく。

僅かに硬くなっている朔弥の分身の形を確かめ裏筋を擽《くすぐ》る。

細い身体がピクリと跳ねた。

奥へと逃げようとする舌を捕まえ、絡み取り吸い上げる。

「んっぁ……」

くぐもった声すら誰にも聞かせないように隙間なく唇を合わせ、吸い尽くす。同時に指は敏感なくびれを苛んでいった。

強く弱く、時折タイミングをずらしピッチを上げ……。朔弥の分身は徐々に硬さを増し、先から透明な蜜を垂らし始めた。

「んっ……！」

本人の戸惑いとはよそに、腰はもっと激しい刺激を求めるように揺らめき始める。

柾人は蜜のぬめりを借りて朔弥の分身を掌で包み込むとさらなる刺激を加えた。

その強い刺激に驚いた朔弥は、慌てて唇を離そうとしたが許さなかった。堪え続けていた自分を煽《あお》ったのは、他でもない朔弥だ。

逃げる唇を追いかけ、戸惑う舌を白い歯で捕まえると容赦なく舐《ねぶ》った。声から吐息からすべてを奪いつくすようなキスに朔弥も抵抗をなくし、ジャケットを握りしめるだけになる。

自分の愛撫《あいぶ》に翻弄《ほんろう》されるがままになった朔弥に、愛おしさが強くなる。

もっと感じて欲しい。もっと快楽に溺れて欲しい。もっと求めて欲しい。もっと自分だけを見つめて欲しい。

湧き上がる欲望は尽きることはない。

朔弥の呼吸が浅くなり、張りつめた分身からたらたらと蜜を零し続け柾人の指を濡らしていく。擦《こす》りあげるたびに濡れた卑猥《ひわい》な音が立つ。柾人の手の動きが速くなるに従い、朔弥の腰の動きも大きくなっていった。

「あっ……や、やだ、もぉっ」

悲鳴にも似た啼き声に変わった瞬間、朔弥は勢いよく白濁《はくだく》を放った。柾人の手の中で。

ビクン、ビクンと大きく腰を揺らし最後の一滴まで絞り出す。

そのまま床に倒れ込みそうになる細い身体を抱え、ベッドに横たえた。

余韻でまだ震える身体。紅潮する頬。うつろな瞳に唾液《だえき》で濡れた唇。荒い呼吸をするたびに沈む腹部とわずかに痙攣《けいれん》する細い脚。

（あぁ、漸《ようや》く手に入れることができた）

雄の本能だろう。喉から手が出るほど欲しかったものが、何よりも愛しい彼が、いつも使っている寝具に横たわっているただそれだけで、柾人は理性がはちきれそうになっていた。今すぐその細い足を割り開き己の欲望を突き立てたい衝動に駆られる。

啼いて喚いても押さえつけ情欲の赴くままに突き上げたい。

そして猛《たけ》った想いのすべてを彼の中に吐き出したい。

だがまだだ。

彼の身体がもっと快楽の海にのまれて抜け出せなくなってから。柾人なしではいられなくなってからでなければ、すぐにこの手の中から消えてしまう。

柾人はありったけの理性を総動員して自分を落ち着かせた。

本当の意味での恋愛を知らない朔弥を怖がらせないように。慎重に。

自分の服を脱ぐと朔弥に覆い被さり、まだ荒い呼吸を繰り返す唇を舐め、頬にキスをし、白い首筋を舌で辿り、甘い吐息を零す場所を強く吸ってキスマークを残していく。

大きく上下する胸を辿っていた掌が小さな尖りを見つけた。

柾人のジャケットに擦《こす》れたのかそれとも別の刺激で硬くなったのか、淡い色の胸の飾りはプクンと膨らんでいた。誘われるように口に含む。

小さな粒を舌先で突きねっとりと舐めあげる。時折吸い上げ歯で優しく挟み先端を擽《くすぐ》る。

「やだぁ……そこ、くすぐったい……」

整わない息のまま聞こえるクレームは、僅かに快楽を含んでいるのを柾人は聞き逃さなかった。

反対も指でいじり、爪弾《つまび》く。

「んぁっ……やめて……くださっあぁぁ」

小さな尖りを噛むと甘い悲鳴があがる。

「なんで、こんな。や、やめてぇっんぁ」

自分の声に恥ずかしくなったのか、甘い嬌声《きょうせい》を上げ始める唇を手の甲で塞ぎ始めた。もう片方の手は所在なげにシーツの上を彷徨い、柾人が織り成す緩急交じりの快楽を、それを掴んで耐えようとしていた。

可愛い仕草のすべてが柾人の欲望を熱くする。

両方の胸が硬くなるほど弄り尽くすと、柾人の唇は滑らかな肌を辿り徐々に再び力を蓄え始めた分身へと下りていく。

「やめてぇ、こんなの、知らない。なんで？　変だよ」

「何が変？」

朔弥の分身を根元から先端へと舐め上げてから返事をした。

答えはわかり切っている。

朔弥のかつての恋人は、自分の欲望を押し付けるだけで何一つ快楽を与えていなかった。

キスも何もかも、反応が初心すぎる。

半年もの間他人に見せびらかしておいて……

縊《くび》り殺してやりたい程の憎しみと同時に、感謝もしていた。

これから朔弥が味わうあらゆる快楽はすべて、柾人が初めてとなるのだ。

「これが私の愛し方だ。受け入れてくれ、朔弥」

「ゃぁーっ、ぁん……そこ、やめてぇぇ。おかしくなるっ」

ヒクリヒクリと形を変える分身を咥え舐《ねぶ》った。

もっとおかしくなれ。

何もかも忘れて、今快楽を与えている柾人だけを感じろと、弱い場所を中心に刺激を与える。大人のテクニックに逼迫した啼き声の合間に何度も「やめて」と懇願しては、朔弥は頭を振り快楽から逃れようとしている。

今なら……

柾人はベッド下の箱からローションを取り出すとたっぷりと掌に出した。

再び口淫《こういん》で朔弥を啼かせると、二人が繋がるための場所に慎重に指を滑らせて、ローションの滑りを借りながら潜り込ませていく。中指の根元まで挿れるとゆっくりと中をまさぐった。たっぷりとローションを塗り付け、挿った時と同じ速度で抜き、べったりとローションを追加させてから、今度は人差し指を伴って再び潜り込む。

朔弥も指が挿っているのは感じているだろう。だが絶え間なく分身に与えられる快楽を堪えるので精いっぱいだ。

中をほぐすために指の動きをバラバラに大胆にしていく。

そしてある一点を強く擦《こす》った時。

「ひっぁ……っ」

今までにないほど高く啼き、大きく背中を跳ね上がらせた。

腰が戦慄《わなな》き、二度目の絶頂を迎える。

柾人は朔弥の甘い蜜を飲み込むと分身から口を離し、ほくそ笑んだ。

「ここ、だね。君のイイ場所は」

あまりに強烈な快楽に襲われ、茫然自失となっている朔弥に、柾人の声は届いていない。遠くを見つめるように天井を見上げ、薄い胸と腹をへこませている。

大人のテクニックに翻弄《ほんろう》されているその様は、猛獣を前にし諦めた獲物に似ていた。食ってくれと言わんばかりの無防備さだ。

大量のローションを足して柾人の指は二人が一つになるための準備を施していく。

ヒクリヒクリと指を締め付ける肉襞に思わず唇を舐めた。指を三本に増やす。続けざまの絶頂に、朔弥の身体はもう力が入らなくなっていた。抽挿《ちゅうそう》を繰り返すと、濡れた音が静かな空間を卑猥《ひわい》な色で濡らしていく。

身体は力が入らないのに、その場所だけは柾人の指を熱くねっとりと締め付けてくる。

もうすぐそれが……考えただけで柾人の欲望が限界まで猛《たけ》った。

柾人の欲望にもローションを塗り付けると、痙攣《けいれん》する内腿に両手をかけ、ゆっくり大きく開かせる。

虚ろな瞳がとろりと柾人を捉える。

(無垢《むく》でいて……妖艶《ようえん》だな)

僅かに開いた唇、涙に濡れた睫毛《まつげ》、紅潮した頬。先ほどの、守ってやらねばという庇護欲《ひごよく》を掻《か》き立てる姿と変わっていないはずなのに、どこか危うく男の衝動を揺すぶってきた。

すぐにでも欲望で貫きたい衝動を抑えて朔弥にキスをする。

「優しくするから、恐がらないで。痛いことはしないから」

キスを続けゆっくりと猛《たけ》った欲望を潜り込ませる。

指でほぐれた場所は抗うことなく柾人を迎え挿れてくれた。

痛みを与えないために、引いては優しく打ち込むことを繰り返し、時間をかけて根元まで深く繋がる。

まだ遂情《すいじょう》の余韻の残る身体は、時折きつく柾人を締め付け雄の本能を暴こうとする。

すぐさまめちゃくちゃに抱きつぶしたいのを堪え、朔弥の中が柾人の大きさに慣れるのを待った。

気を紛らわせるために、朔弥の汗に濡れた栗色の髪を指で梳き、形のよい鼻の輪郭《りんかく》を確かめる。

激しすぎる快楽に零れた涙を唇で拭い、何度も微笑みかける。

朔弥の呼吸が落ち着き、虚ろな瞳にも正気が戻り始めてきた。

「痛くない？」

「ぁ……はい……だいじょうぶ、です」

「良かった。今度は一緒に気持ちよくなろう」

一瞬朔弥の顔を過る不安を見逃さなかったが、柾人はゆっくりと腰を動かし始めた。

◇

「やぁあっ、そこ、……やめっ。もぅむりぃぃ」

男同士のセックスは、相手が満足すればそれで終わり。自分が痛くても達《い》かなくても関係ない。

相手が好きならすべてを耐えるもの。

そう教え込まれた朔弥にとって、柾人とのセックスは未知との遭遇としか言いようがなかった。

優しいキスも絶え間ない愛撫《あいぶ》も、労るような仕草すべてが甘く身体と頭を麻痺《まひ》させていく。

初めて自分のものではない手が分身を扱き、知識でしか知らなかったフェラチオをされ、それだけでも今までにない快楽を与えてくれたのに、柾人はもっともっと朔弥をおかしくさせようとする。

腰を高く持ち上げられ小刻みに中にある一点ばかりを突いてくる欲望に、一度は通り過ぎた快楽が荒波のように押し寄せてくる。むちゃくちゃに頭を振りシーツを握りしめていなければ、すぐにでも飲み込まれてしまいそうな恐怖に駆られる。必死で逃げようとするのに、力強い手は朔弥を助けてくれず、もっと深い快楽に引きずり込もうとする。

「あぁあっ……はぁっ」

息をするのも難しいのに、腰が打ち付けられるたびに朔弥も知らなかった甘い声が自分の喉から漏れる。パンパンと肉のぶつかり合う音ですら卑猥《ひわい》で、鼓膜《こまく》からも犯されている気分になる。

二度の性急な絶頂に力を失った分身は、完全に回復することがないまま腰の動きに合わせて揺れ、透明な蜜を零し続けている。

恥ずかしいのに、柾人を見ようとすれば否応なく視界に飛び込んでくる。

「ひぃっ……もむりぃ……ぁっん」

(もう、頭がおかしくなりそう……)

これが柾人の愛し方だと言われた。

それを受け入れろと……

自分の不安から逃げるために、彼に縋り付くために身体を差し出したはずなのに、ただただ翻弄《ほんろう》されていった。

この世に存在することすら知らなかったほどの強烈な快楽を受け入れろというのか。それとも皆がセックスをしたがるのは、これを心地よいと思っているからなのか。

まとまらない頭で必死に考えても答えは出ず、なにか思いついた次の瞬間には角度を変えた突き上げにすぐに散失してしまう。

でも……

朔弥をどこまでも翻弄《ほんろう》するのは目の前の男なのに、助けを求めずにはいられなかった。

柾人の顔は苦しそうだった。何かに耐えるように奥歯を噛みしめている。眉間《みけん》に寄った皺を汗が流れていく。その表情に朔弥の胸の奥がどんどん熱くなっていく。

「恐くない……大丈夫だ」

そう、柾人は今まで怖いことは何もしなかった。

ただひたすら優しかった。

わかっていても朔弥にはどうすることもできない。本能的な恐怖は拭うことも捨て去ることもできない。自分がどうなるのかわからないから。

ポロポロと涙が勝手に流れていく。

「ゆる、してぇ……っ……」

腰の動きが止まった。そして朔弥の細い腰を掴んでいた大きな手の力も緩まる。

「すまなかった。いや、だったかい？」

節の太い指が零れた涙を掬う。

「わか、ない。こんなのっしらなっ」

「そう……初めてで恐かったんだね」

大きな掌が、子供のようにしゃくりあげる朔弥の頬を包む。この人は、温かい。繋がっている場所は灼熱を撃ち込まれたように熱いのに、他の何もかもが温かくて柔らかくて、その存在はするりと朔弥の心に沁みこんでいく。

「……ぁ」

柾人が少し寂しそうに眉を下げた。

そして朔弥の中を好き勝手に暴れていた欲望を慎重に抜いていった。

「んぅ……ぁっん」

「もう大丈夫、酷いことはしないよ。少し休みなさい」

「え……どこに？」

柾人ははちきれんばかりに張りつめた欲望を朔弥から隠すようにして背中を向け、ベッドから下りていった。

「ちょっと……これを落ち着かせてくるよ」

それが何を意味しているのか、色事に疎い朔弥にもわかった。また柾人に無理をさせようとするのか、こんな時まで。

(だめだ、柾人さんが離れてしまう……)

部屋から出ていく大きな背中を慌てて追いかけた。このまま行かせてはいけないと心がアラートを発している。

おぼつかない足取りで柾人が消えた扉を開けた。

「待って！」

一瞬でも嫌がったからだ。

同じ男だからわかる、本当なら朔弥のことなんて無視して果てることだってできたのに、それを堪えることがどれだけ辛いか。

彼が身勝手な人だったら、朔弥が何を言っても絶対に止めなかっただろう。むしろ叱りつけ殴りつけ自分の思い通りにしたに違いない。

なのに柾人は、ただただ朔弥の気持ちを優先した。自分の欲望を強い理性で抑えて。

もしこのまま行かせてしまったら、大事な何かを失ってしまう。早く彼のところに行かなければ。

気持ちは逸るのに足が上手く動いてくれない。扉を開けた勢いのまま、朔弥は反対の壁に身体をぶつけた。鈍い音が真っ暗な廊下に響く。

「大丈夫か⁉」

慌てて駆けてくる気配に、痛みよりも安堵が先に立つ。

まだ自分を想ってくれている、嫌われていない。心の熱が上がっていくのを感じた。

「いか……ないで。何をしてもいいから……もう嫌って言わないから……。お願い」

朔弥はしゃがんだ柾人に抱きついた。太い首に腕を回し、縋り付く。まだ勢いをなくしていない硬い欲望が腹部に当たる。

慌てて腰を引こうとしたが朔弥はさせなかった。

「……本当にオレが好きなんですか？」

自分が何に怯えていたのかが漸《ようや》くわかった。初めての経験でも強い快楽でもない。

また裏切られ捨てられる恐怖に怯えていたのだ。

こんなに優しくされて、甘やかされて、辛いと言えばすぐに堪えられたら、捨てられた瞬間、もう生きてはいけなくなる。

あれほど捨てられようとしていたのが嘘のように、今は柾人の愛が欲しくてたまらなかった。

知らないうちに柾人の存在が胸の奥底に根付き、失いたくない大切なものへと変わっていた。鈍感な朔弥は気付かないまま、大事にそれを抱きしめていたのだ。

きっと今嫌われたら一ヶ月前に強く願った結果になるのに、心が激しくそれを拒んでいた。

「オレ……なんの特技もないし格好良くもない。背が高いわけじゃないし話も下手だし……それでも好き、ですか？」

「……バカだね。君は自分のことを何も知らない……。でもそうだね、まだ私たちは始まったばかりだ。これから時間をかけてお互いのことを知っていこう。いいところも悪いところも。そしていつか、離れてしまったら死んでしまうと思うくらい、私のことを愛してくれないか」

大きな手が落ち着かせるように背中を撫でてくれる。五月のひんやりとした夜気で冷えた身体が、心と一緒に温かくなる。

愛を乞《こ》うているのは自分ばかりではなかった。この人もまた、朔弥の愛を欲している。

彼の隣にいたい。想いが強くなり、抱きしめる腕にも力が入る。

「はい……だから傍にいて……行かないで」

「あぁ、いつでも君の傍にいるよ。……だけど、今はちょっと離してくれないか」

「いやっ……これ、でしょ？」

自分から柾人の欲望に触れた。大きくて、硬くて、熱い。これがさっきまで朔弥の中に挿ってていたのだ。そして今は朔弥のために堪えている。

今までセックスは痛いばかりだったから、恐くて触れたこともなかったのに、今は切なく震えるそれが愛おしかった。掌で包み込んでは先端を擦《こす》った。

「こらっ……やめ、なさい」

何かに誘われるまま、柾人の首筋に顔を擦《こす》り付け小さく囁いた。

「挿れて、いいです。これ……挿れて」

「……今度は途中でやめてあげられないぞ」

「うん、それでもいい。いいから……してください」

「……悪い子だ」

乱暴な手つきで朔弥を抱き起こしたかと思うと、廊下の壁に胸を付ける態勢を取らされ後ろから勢いよく突き上げてきた。

「いぃぁっ」

身長差のせいでつま先立ちになる。

「もう優しくできないぞ」

「いい、いいからぁ。ぁっ、ひぁっそこぉ」

今までどれだけ気を使ってもらっていたか……堪えに堪えた欲望は荒々しく朔弥を責め立てた。

激しい突き上げに身体が内側からバラバラになりそうだ。

すぐにでも欲望を爆発させたいだろうに、柾人は朔弥の感じる場所を如実に捉え、擦《こす》り上げた。

さっきとは違った刺激と激しさに、すぐにまたあの激しい波が押し寄せてくる。

朔弥の分身もまたたらたらと蜜を垂らしはじめ結合部を濡らす。

突き上げられるたびに、甘い啼き声が上がって廊下に響き渡る。

そこに濡れた音と肉のぶつかる音が混ざり合い、暗闇の世界を妖しい色に染めていく。

「今度は……一緒に達《い》こうか」

朔弥の分身を握り、巧みに扱いていく。

「やぁぁっ、達《い》っちゃっ！　もう……ぁぁっ」

扱かれると中がキュッと窄《すぼ》まり、タイミングを図ったように太い欲望が突き上げてくる。感じる場所を巧妙に狙いながら。

「ぁんっ、も、でちゃっ……だめ……」

「もう少し……もう少しだっ」

パンパンッ。肉のぶつかる音が速くなり、朔弥の啼き声も高くなっていく。

終わりはすぐそこまで来ていた。

「いっ、いっしょ……ぁぁぁぁっも、ぃくぅぅっ」

指と中の刺激で自分が何を言っているのかわからないまま朔弥は絶頂を迎え、そのきつい締め付けに耐えられず、柾人も堪え続けた欲望を朔弥の中に吐き出した。

ドグンドグン、二度三度と熱い蜜が朔弥の中に放たれる。

そのまま壁伝いに頽れる身体を逞しい腕が支えてくれた。

「とても……気持ちよかったよ、朔弥」

耳殻《じかく》を舐められ熱い声を降りかけられる。でももう返事はできなかった。達したその瞬間、朔弥は意識が半分飛んでしまったような状態になった。ふわふわと雲の上を漂っているような感覚、間近で呟かれているのに遠くに聞こえる。

激しい波の果てにあるのはこれだったのか……

「向こう側に行ってしまったんだな……可愛いよ」

「あっ……」

耳の付け根を吸われ、薄い唇から無意識に甘い声が零れた。

絶頂の余韻がまだ残る身体は、ヒクリヒクリと中にあるものを締め付け続けている。達したはずなのに、柾人の欲望はまだほどよい硬さを残していた。敏感になったそれは朔弥に締め付けられるたび、力を取り戻していく。

「初めての夜だから抱きつぶさないようにと思っていたのに……困ったな」

抜かれてゆく欲望を引き留めるように中の肉が窄《すぼ》まる。

「あ……」

「一回だけでは足りない。もう一回、付き合ってくれるかい？」

何を言われているのか理解しないまま頷いた。

この人なら酷いことはしない。だって恋人だから……誰よりも愛したい人だから。

お姫様抱っこで朔弥は再び寝室の扉をくぐり、惚けたまま力なく柾人の手によってベッドに戻される。

開いた足の間から柾人が注いだ蜜がとろりと流れ落ちていく感覚に、ぶるりと身体が震えた。

「零れちゃったね……でももっとたくさん注ぐから」

膝が胸につくほどに膝裏を押し上げながら再び柾人は朔弥を貫いた。

「はっぁ……ぁん」

どこもかしこも敏感になりすぎて、欲望が動くたびに肉が締め付けていく。

「君の中は本当に気持ちいいね……あと一回で終われるかな？」

それでも朔弥にこれ以上負担をかけないために柾人は動きを早くしていく。

「あぁっ……ぃい、も……とぉ」

「それ以上煽《あお》らないでくれ……止まらなくなるだろう」

この人は本当に朔弥が好きなのだ。ちょっとした言葉で熱くなってくれる。

もう止めてという言葉は出なかった。朔弥にもわかってきていた。肌を合わせ快楽を互いに求めているだけなのに、身体が繋がっていると心までもが繋がっているような気持ちになってくる。

こんなにも柾人が自分を求めてくれるのが嬉しくて、朔弥の中で硬さを増してくると心の深い場所が熱くなってくる。自分の欲望を一方的にぶつけてくるのではない愛情を伴う行為に、止めてくれとは言いたくなかった。

そしてこんなにも素敵な人が朔弥だけを見つめてくれるのが嬉しかった。気持ちが一方通行ではなく、身体の交わりが深くなるにつれ心も交わっていくような気持ちになった。

もっと激しくして。

もっと求めて。

身体を離さないで。

ずっと傍にいて。

止まらない柾人の行為に喘ぎ啼いては、朔弥も柾人を求め続けた。吐き出すものを失った身体はそれでも感じ続け極まっていく。身体だけでなく頭もおかしくなっていった。本当に世界が柾人だけになっていく。

無意識に柾人に向けて腕を伸ばしていた。応えるように男の身体が近づいてくる。

「朔弥……愛している」

朧げな意識の中でその言葉だけが鮮明に心に焼き付けられる。

鼓膜《こまく》から注ぎ込まれた甘い言葉は、身体中を駆け巡り、朔弥をどこまでも溺れさせていった。愛情に飢えた心が餓鬼のようにその言葉を貪り糧にしようとする。

他の人なんて見ないで。オレのことだけ見て。願いが欲となって柾人へと向かう。

「すき……」

荒い息の合間に絞り出せたのはこの一言だけ。意図せず呟いた言葉だが、それが朔弥の本心でもあった。短い時間で心も身体もすべて柾人の色へと塗り替えられていた。

首に腕を絡め肌から流れる男の熱さに包み込まれながら、ゆっくりと朔弥は意識を手放す。

今までにない安堵と安らぎに包まれながら。

◆

意識が浮上してはまた沈むのを繰り返し、朔弥は心地よいベッドの中で寝返りを打った。その途端、抱き留められ温かい何かに引き寄せられる。酷く懐かしい感触に、夢心地のまま甘えるように擦《す》り寄っていった。猫のように頬を擦《こす》っていけば、頭上でクスリと笑う音がする。

慣れたシトラスの爽やかな香りさえ、意識の浮上を妨げようとしている。このまま起き上がりたくない。この温もりを手放したくない。

朔弥は子供に戻ったように、温かな固まりに抱きついてまた眠ろうとして、ふと疑問が湧き起こった。今しがみ付くように抱いているこれはなんだろうか。僅かな弾力を持った温もりに心当たりはない。なのに心地よくて放したくなくて、身体を押しつけてしまう。

「こらこら、そんなにしたら、また酷いことをされても文句は言えないよ」

低いのに甘く優しい声音。背中を撫でる掌の感触はさらに眠りの奥へと引きずり込もうとしている。

離れたくない。ずっとここにいて安らいでいたい。

疲弊した心がゆったりとした時間を揺蕩《たゆた》い、癒されていくようだ。

幼子がぐずるように頬を擦《こす》り付ければ、背中を撫でていた手が臀部《でんぶ》を撫で始めた。

「んっ……ぁぁ」

ざわりと腹の裏を撫でられるような感覚が湧きあがる。抑えようと腹部に力を入れると意図せず最奥の蕾まで窄《すぼ》まった。ズンッと何かが背骨を通って駆け上がっていく。

「そんな可愛い声を出すのはやめなさい。いたずらが止まらなくなる」

唇から甘い吐息を零すと、低い声が僅かに空気を震わせ開いた唇を塞いだ。

潜り込んできた厚みのある甘い物を、自分から舌を伸ばし舐めるとまた、ズンッとざわめきに似た痺れが駆け上がっていった。

(きもち……いぃ、もっと)

身体を伸ばしてさらに気持ちよさを求めれば、口内をまさぐられたまま指が巧みに肉を割って蕾を弄り始めた。

「可愛いね、朔弥は。寝起きの君はいつもこんなに甘えたがりなのかな？　これではベッドから出してあげられなくなる」

気持ちいい、もっと欲しい。

「大学に行けなくても知らないよ」

そんなのどうだっていい、今はもっと気持ちいいことを……大学？

ハッと目を開けた朔弥はガバリと起き上がり時計を見た。九時半をすでに過ぎている。

「もう始まってる！　行かなきゃ!!」

火曜日の今日も一限から四限まで目一杯に講義を入れている。慌ててベッドを一歩降りたところで、朔弥はあえなく床に沈んだ。腰に全く力が入らない。膝も固定できずふにゃりとスポンジのようにすぐに折れてしまう。

「うそ……なんで？」

呆然とし、自分の状況を受け入れることができないまましゃがみ込んでいると、全裸の柾人が痩《そう》身《しん》を抱き上げベッドに戻した。丁寧に布団までかけてくれる。

「腰が抜けてしまったんだね。昨夜はとても可愛かったよ、朔弥。で、今の状況は……要は君を可愛がりすぎた結果、なんだ。今日は大学は諦めなさい」

「そんなぁ……柾人さん会社！」

「私は午後からでも構わない。今日は予定がないからね」

今まで一度としてサボったことがない朔弥は、己の失態に落ち込み布団を目深に被った。

どうしよう。

感じすぎてしまった昨夜の自分を思い出す。痛いのが当たり前だと思っていたセックスが、あんなにも気持ちいいものだなんて知らなくて、与えられるがままに貪ってしまった。わけがわからなくなったのは、もっととねだって求めすぎたせいだとわかっている。

恥ずかしさに布団を目深に被って、隙間からちらりと柾人を見た。

綺麗な筋肉が光に照らされ隆起を露わにしている。寝起きで乱れた髪すらも色っぽく、僅かに疲れた顔までも大人の色気を醸し出している。

この人と肌を重ねたんだ。

「私も悪かった。年甲斐《としがい》もなくはしゃぎすぎてしまった」

照れて視線を逸らすが、大きな掌が優しく髪を梳いてくる。それがとても心地よくて甘酸っぱい気持ちになる。だが、落ち込んだ心を慰《なぐさ》めるにはほど遠かった。

このまま、柾人に寄りかかるしかないダメ人間になったら嫌われてしまう。まだ学生の身分でしかなく、会社でバリバリ働く柾人とは釣り合っていないのに、これ以上差ができてしまったら、それこそいつ捨てられてもおかしくない。

朔弥には何一つ確かなものがないのだから。

なのに柾人に謝らせてしまった。

はしゃぎすぎたと……

「柾人さん、はしゃいでた……んですか？」

意外な言葉に思わず布団から顔を出す。

「ずっと焦がれた君と恋をしてるからね、はしゃぎたくもなるだろう。それに、昨夜初めて抱いたのだから、余計だ」

自分よりもずっと大人でとても魅力的なこの人が「はしゃぐ」なんて夢にも思わなかった。もっと落ち着いて、朔弥を掌で転がしているんだとばかり思っていた。

彼もこの恋に真剣に向き合っているんだ。意外で、嬉しい。

布団に潜り込んでも傍に柾人の存在があるのが嬉しい。昨夜は「愛してる」と言って貰った。そんなことを言われたのは初めてで、思い出した今も心が温かくなってふわふわとしてしまう。

「それ、本当……ですか？」

疑ってしまうのは、こんなにも愛されたことがないからだ。おぼろげな意識の中で囁かれた言葉が耳から離れない。低い声が切羽詰まったトーンで吹き込んだ甘い言葉は、どこまでも朔弥をドロドロにしていった。それがただの睦言《むつごと》であっても、嬉しくて溺れて縋り付いてしまいそうだ。

「疑うのかい？　なら確かめればいい、君の身体で」

労わるように身体を撫でていた手が意図を持って下がっていく。昨夜繋がった場所の傍を布団の上から撫でられ、ビクリと震える。

「もう一度、朔弥の身体を全部愛したら、信じてくれるかい？」

溺れてしまいそうになる、大学を休んでしまった罪悪感がなければ。

だってこれは夢でも映画でもない、現実の一幕。普通に生活して自分のやらなければならないことを地道に積み重ねていく中に、恋人との時間が加わっただけ。

布団から僅かに出た髪に、額に、口付けを落とされて、甘い痺れが身体を駆け巡れば、どこまでも溺れてしまいそうになる。この時間が甘すぎて心地よすぎて、比重がおかしくなっている。頭の中が柾人のことでいっぱいになり彼に見合う自分になんてなれやしない。

「だめです……そんなことしたら、会社に行けなくなりますよ」

「残念だ。だが君を愛しているのは本当だ、信じてくれ。私の手でとても感じて乱れる朔弥を知って、余計に手放せなくなってしまった。あれが夢じゃなかったと、今だって確かめたくてしょうがない」

どうしたらそんな甘い言葉ばかりを並べることができるのだろうか。今も情欲に乱れた朔弥の姿を思い出しているのだろうか、その顔は甘く溶けて締まりをなくしている。

「朝からそんなことするなんて、おかしいです」

「愛し合うのに時間は関係ないだろう。もっと朔弥を可愛がってどこまでも溺れさせて、私がいなければ生きていけない人間になって貰いたい」

魅力的な誘いに頷きたくなる。柾人にどこまでも愛されてしまいたくなる。

けれどそうなった後にもし、別れを切り出されたらと思うと恐くて、容易にその腕に飛び込めない。

知っているから。恋を失った瞬間の言いようのない孤独を。虚無感を。喪失を。

再び味わいたくないと心が頑なに拒み始める。

溺れてしまいたい。

溺れたくない。

どちらも選べなくて、この甘い空気から逃げ出すことを考える。

「自堕落《じだらく》な人間になっちゃいます……そんなの、だめですよ」

逃げ口上は、全裸の柾人に布団越しに抱きしめられると、途切れ途切れになってしまう。もっと甘やかして欲しくて、それが不安から逃げているだけだと気付いた。

身体の奥に冷たいものが落ちていく。

(このままじゃオレ、ダメだ。また同じことを繰り返すだけだ)

すべてを預けて、裏切られたと泣いて、自分では何一つしなかった前の恋を思い出す。

こんな自分じゃ、またすぐに捨てられてしまう。

ざわりと不安が全身を駆け巡った。

知ってしまったから……柾人の会社には綺麗な人がたくさんいて、自分なんかよりも魅力的な人だっているだろうことを。

今は朔弥を見てくれるけれど、明日はわからない。

疑心暗鬼。

劣等感。

どんなに柾人が褒めても、愛を囁いてくれていても、自分を支える根底にある自己肯定が存在しない朔弥は、いつも砂上《さじょう》の城に立っている気分だ。

少しでも傍にいることで、柾人の求めに応えることで、彼の心を繋ぎとめようとしている。あまりにも卑怯な手段に気付いて、どっと落ち込む。

こんな矮小《わいしょう》な人間のままじゃダメだ。もっと柾人の隣にいて堂々とできる人間になりたい。

でも方法が何一つわからない。

（どうしよう……どうしたらオレ、柾人さんにもっと好きになってもらえるんだろう）

今にも崩れそうな足元は、僅かに動くことも躊躇われた。

「朝じゃなければいいのなら、今日はずっとここにいてくれ。仕事が終わったらすぐに帰ってくるから」

また柾人が甘やかそうとしてくる。

溺れまいと抵抗して、仔猫のような弱い力しか出せない。

「……今日だけ、ですよ」

だが柾人が眉間《みけん》に皺を寄せ、口元に指を当て考え始めた。

「いやすまない、やはり無理だ」

ギクリと身体を強張らせた。なぜ謝るのかわからず、柾人の顔をじっと見つめる。

もしかしてこの部屋にいては困るのだろうか。他の人が来る予定でもあるのだろうか。疑念が湧きあがった。

「そんなことをしたらきっと、今日も帰せなくなる。毎日朔弥を抱いて、抱き潰して、大学に行けなくしてしまいそうだ」

予想外の返答に思わずたじろいだ。

「そんな……」

「それでは朔弥が困るだろう？」

想像していたのとは違う心配に顔が赤くなる。この人はもっともっと愛情を注いで、本当に朔弥をダメにしてしまおうとしている。嬉しさが溢れ出てしまいそうだ。

「困ります……」

これ以上愛されたら、本当に柾人なしでは生きていけなくなる。

「提案なんだが、ここに住まないか？」

「えっ……」

「離れているのがいけないんだと思うんだ。朔弥が大学を終えたらここにいる、そう思うだけで私の気持ちは落ち着くんだが……どうかな？」

朔弥は目を輝かせ、すぐに布団で隠した。

魅力的で甘い提案に心が靡きそうだ。柾人と一緒に住むなんて考えたこともなかった。

「でも……オレの部屋……どうしよう」

「ご実家との兼ね合いもあるだろうから引き払うことはない。だが生活の基盤をここに移して欲しい。君が家で待っていると思うだけで仕事を頑張れるんだ。私のわがままを聞いてくれないか」

「その言い方……、卑怯です」

柾人のため。

その大義名分がとても甘く胸に響く。

柾人のためにここにいる自分。それが、不確かな何かを掴めそうな期待へと繋がっていく。

同時に、断ったら嫌われてしまうんじゃないかと不安になった。まるで、この魅力的な提案に乗る言い訳のように、次から次へと溢れ出てくる。いつでも柾人と会える生活がどんなものか、想像がつかない。けれどきっと、とてつもなく甘い時間になるのだろう。そんな予感がする。

頬を赤らめた顔を布団の中から出し、じっと見つめる朔弥の視線だけで、柾人は提案が受け入れられたと感じたのだろう、表情がとても柔らかくなっていく。

朔弥にだけ見せるその穏やかな笑みが好きだ。

この人は自分をとても大事にしてくれていると感じられるから。

「立てるようになったら必要なものをまとめておいで。荷物が多いならタクシーを使いなさい。タクシーチケットを渡しておくから」

綺麗な裸体を起こし柾人がバスルームに消えていくのを見送り、心地よい布団の中にまた潜り込んだ。

これからどんな毎日になるのだろう。

ただ大学に行って帰って……時々会って、一方的に自慢話をする相手に相槌《あいづち》を打つだけではない、全く違う日々の予感に自然と顔が綻ぶ。無味乾燥だった世界に柾人が全く違う色を流し込んでくれるのが嬉しくて、そんな彼の傍にいつもいられるのが幸せだと感じていいのだろうかと不安も同時にやってくる。

初めて柾人に抱かれた次の日だというのに、世界が百八十度変わったように映った。

もしかしたらシンデレラもこんな気分だったかもしれない。

辛い毎日が、ある日突然目まぐるしいほどに変わり、思いがけない幸福に包まれる。

柾人に会わなかったら、あの日あの場所で悲しみに打ちひしがれていなかったら、この幸運はなかった。

それは奇跡としか言いようがない。

(こういうのを幸せって言うのかな？　だったらオレ、幸せでいいのかな？)

いつも一瞬だけ過る不安。

この幸せは、もしかしたら今日にでも消えるんじゃないか。もしかしたら明日には消えるんじゃないか。

そんな思いにそっと目を伏せ、逃げるように彼の体温が残るベッドに身体を預ける。今この時間だけは、柾人は自分のものだから。他の誰も入れない時間だから。

柾人は何度も朔弥のことを褒めてくれるし、愛を告げてくれる。

だが、こんな素敵な人がなんの取り柄もない自分に想いを寄せているなんて今でも信じられない。彼の熱情は一過性かもしれない。

一緒に暮らして、本当の朔弥を知ったらすぐに飽きてしまうかもしれない。

そんなふうにすぐ考えてしまうくらい、朔弥は自分に何一つ自信がなかった。なんでこんなにも自分に自信が持てないのだろうか。もっと魅力的な人間だったら……もっと彼にふさわしい人間だったら。

一緒に住むことで変われるだろうか。僅かな期待に縋り付こうとする自分が、朔弥は嫌いだった。

(どうしたらいいんだろう)

あまりに心地よい柾人の腕の中に居続けるために、何をすればいいのだろうか。目を閉じ考え始めた。

◇

朔弥はまだマンションに居てくれているだろうか。

仕事を大至急終わらせ、いつになく逸る気持ちで帰途に就く柾人を、会社の面々がからかってくるが、すべて無視して会社を飛び出した。

「重役なんだから、重役出勤して何が悪いんだ」

今日、いつもより遅い時間に出社しただけで朔弥との仲を囃し立てられ、社内ＳＮＳにアップされた朔弥の情報に沸き上がる面々（主に社長と開発部のメンバー）に苦虫を噛み潰した顔で対応するしかなかった。

その苛立ちを仕事にぶつけながら、柾人は少しばかり不安を抱いていた。

たっぷりと愛情を注いでいるはずなのに、朔弥の表情がいつもよりも不安げなのだ。

何が足りないんだ？

まさか、柾人の愛情をもう重く感じているのか。自覚はないが親しい友人たちに言わせれば、柾人の愛情は百トンハンマー並みの重さで息苦しい、らしい。

だが、柾人にとって愛情というのは、ただその相手を独占することだった。

いつも自分のことだけを考えていて欲しいし、自分なしでは生きていけないようにしたい。相手のすべてを受け入れる代わりに、柾人のすべてを受け入れて欲しい。

二十四時間三百六十五日、柾人との時間に充てて欲しい。

本当なら大学にも行かせず、あの部屋でずっと柾人を待つだけの生活をしてもらいたいくらいだ。朔弥ほどに魅力的な人間は、ゲイでなくても欲しがるだろう。いつか自分から離れるのではないかという恐怖を払拭《ふっしょく》するために、柾人から朔弥を引き離す可能性があるものすべてを排除したい。

欲深いのは自認しているが、なかなか変えることができない。

柾人の部屋から大学に通わせる、これが自分にできる精いっぱいの譲歩《じょうほ》だった。

さりげなく提案する風を装ってみたが、果たして朔弥はどう思っただろう。拘束のきつさに逃げ出したかもしれない。

今までの恋人たちは、その束縛を理由に、最後は罵倒《ばとう》しながら柾人の元から逃げていった。

朔弥はどうだろうか。

彼自身は気づいていないようだが、朔弥は柾人にとって理想的な恋人だ。容姿だけではなく仕草も言葉遣いも、すぐに恥ずかしがって視線を逸らすところも可愛らしくて、抱きしめたくなる。なによりも柾人を見つめるまっすぐな瞳が心を捕らえて離さない。

どうしたらずっと囲っておけるかを考えてしまうのは男の性《さが》か。

相手は犬や猫じゃない、一人の人間だ。わかっていても縛り付けたくなってしまう。

一分でも一秒でも早く帰りたくて、話しかけるなというオーラを四方八方に放って仕事をしていたが、それで怯むほど軟なメンタリティを持つ人間は社内……特に上層部にはいなかった。

柾人が早く仕事を終わらせたがっているとわかると、和紗をはじめ、皆が逆にどんどん仕事を押し付けてきた。大きなプロジェクトの開始を目前に猫の手も借りたい状態の社内は、常務ですら平気でこき使おうとする。

跳ねのけて帰ればいいのだろうが、柾人はそれができなかった。結果、いつもの退社時間を少し回ってしまっている。

自分のデスクを離れる前に、朔弥にメールで「これから帰る」と伝えたが、まだ返事がない。それも柾人を急かす要因となり、周囲のヤジを無視して今必至に自宅へと向かっている。

地下鉄が速いか、それともタクシーか。

もう少し職場に近い部屋にすればよかったと後悔しつつ、急いでタクシーを拾った。

都心の夜を行きかうテールランプを眺め恨めしくなるなんて初めてだ。こんなにも、車の多さを憎いと思う日が来るとは考えてもいなかった。

それだけ柾人には余裕がない。朔弥の前ではできるだけ落ち着いた大人の振りをしているが、本当は焦ってばかりだ。

マンションの前にタクシーが着くと、急いで会計を済ませ慌ててエントランスをくぐる。エレベータを待つ時間ですらイラついてしまう。だが、こんなみっともない自分を朔弥に見せたくないから、なんとか落ち着きを取り戻すためにエレベータの中で深呼吸を繰り返す。

朔弥には、いつも冷静な頼れる大人だと思われたいと、つまらない男の見栄《みえ》を張る。意識して冷静に。部屋までの廊下をゆっくりと歩く。

そしていつもよりもゆっくりと部屋の鍵を回した。扉の向こうに朔弥がいてくれることを願いながら。ドアを開けると、部屋の奥から朔弥が走ってきた。

「おかえりなさい」

少し恥ずかしそうに顔を伏せて微笑んでいる姿に、やっと柾人の中にあった焦燥感《しょうそうかん》が消え失せた。

「ただいま、遅くなってすまなかった」

可愛い恋人の顔を上げさせ唇を合わせるだけのキスをする。音を立て離すと、それだけでも恥ずかしいのか朔弥が顔を赤らめた。

もっと恥ずかしいことをした翌日なのに、恥じらいをなくさない様も柾人を虜にする。

このまま抱いてしまいたくなるのをぐっと抑え、廊下の奥へと進む。

リビングのドアを開くと香しい匂いがいっぱいに広がっていた。

「作ってくれたのかい？」

「……あまり上手じゃないけど」

「私のために作ってくれたのだろう。嬉しいよ、朔弥」

もう一度キスをする。

こんな可愛いことをされたら理性が持たなくなる。料理よりも先に恋人を食べたくなってまた今朝の二の舞になりそうだ。欲しがりすぎないために同棲《どうせい》を持ちかけたのに、それでは意味がない。

着替えてくるという名目で朔弥から離れ寝室へと向かう。

年甲斐《としがい》もなく節操のない欲望を叱りつけて自分を落ち着かせた。

だが、朔弥が相手では本当に落ち着くことができるのか自分でも自信がなかった。三十の壁が目前と迫っているのに、まるで思春期のように欲情している。昨夜知ったばかりの感じやすい身体にもっと自分を刻み込んでしまいたくなる。

こんなみっともないところを朔弥に見せたくないと思うと同時に、すべてを朔弥にぶつけたい衝動に駆られる。

腰砕けで立つこともできなければずっとこの部屋にいてくれるのだろうか。

暗い考えをかき消して、なるべく冷静を装ってリビングに戻った。

湯気《ゆげ》の立つスープとご飯が柾人を待っていた。

「熱いうちに召し上がってください」

焼き魚と煮物、そして酢の物と美味しそうな和食が食卓に並んでいる。

「あまり凝ったものを作れなくて、ごめんなさい……」

「何を言っているんだ、とても美味しそうじゃないか。朔弥も一緒に食べよう、待っていてくれたんだろう」

隣の席にも同じメニューが全くの手つかずで置かれてある。

もう九時近いのに朔弥は帰りを待ってくれただけでなく、お腹が空いているだろうに柾人と食事を摂るためにそれを我慢してくれたのだ。そんないじらしさが柾人の心を擽《くすぐ》る。

今日は一回だけにしよう。

こっそりと誓いを立て、恋人が初めて自分のために作ってくれた食事を堪能した。

今日の出来事を聞きながら、朔弥がずっと柾人のことだけを考えてくれていたのだと確認し、愛おしい気持ちがより深くなる。

そして、食事を終えてから朔弥の荷物を空いている部屋に移した。

「週末に家具を揃えに行こう。それまで勉強はリビングでしてもらうことになるが、いいかな？」

「そ……そんな、いいですよ」

「何を言っているんだ、君はこれからずっとここで生活するんだから、きちんと整えないといけないだろう。私のわがままだ、遠慮しないでくれ」

そう言えば朔弥が受け入れるとわかっていて、敢えてこの言葉を使う。ここに置かれるだろう家具のすべてが、彼を縛り付けるための小道具だと察することもなく、ただただ恐縮するのが可愛い。

「机だけでいいかい？　他に必要なものは？　ベッドは、必要ないね」

「あっ……いいです。机と椅子《いす》があったらそれだけでっ！」

「ふふ、わかった。一緒に買いに行こう」

淫靡《いんび》なことを少しでも連想させる単語を口にするだけで、耳まで赤くなる恋人の可愛さに、柾人は抑えが利かなくなりそうだ。

「週末までに必要なものを考えてくれ。あとパソコンはあるかい？　もしなければそれも買おう」

「そんな、いりません！」

「ゼミが始まっているんだろう。あって困るものでもない。私のを貸すよりも自分のもののほうが朔弥も使い勝手がいいだろう」

「でも……オレお金が……」

「私のわがままでここに来てもらっているんだ。それくらい出させてくれ。朔弥がここにいるために必要なものは、すべて私に出させてくれないか」

「それだと柾人さんに悪いです……」

「君と一緒に住むためだ、気にしないでくれ」

「そんなぁ……」

遠慮する必要はないのに恐縮ばかりする朔弥に、どうしたものかと苦笑が漏れる。もっと自分を利用すればいいのに、全くその考えが浮かばない純粋さが愛おしい。

「気になるなら……そうだな。これから毎日私のために夕食を作ってくれ。帰ってきて、朔弥が作ってくれた食事を食べたい。それではだめかい？」

断れないように布石《ふせき》を敷いて、頼まれれば断れない朔弥の性格を把握してどんどんと追い詰めていく。特に恋人からのお願いに弱い彼は、きっと頷くだろう。

そうやって、大人の狡さを知らない純粋さに付け込んでいく。

「でも……オレ、そんなに料理上手じゃないです」

「朔弥が私のために何かを作ってくれたのがとても嬉しかったんだ。これからも私のために作ってくれるかい？」

逡巡《しゅんじゅん》し、不安を隠せない表情のまま、それでも朔弥は柾人の願いを叶えるために頷く。

「ありがとう、朔弥。それからルールを決めようか」

「ルール、ですか？」

「そう、一緒に住むためのルールだ」

嘘だ。正しくは柾人が不安にならないためのルール。

もうあのバーには一人で行かないこと。どれほど親しい友人でも、この部屋にも朔弥のアパートにも男性を入れないこと。何かあったらすぐに連絡すること。

そして、週末はできる限り二人で過ごすこと。

「それと、どんな些細《ささい》なことでもいい。朔弥が思っていることや考えていることを教えてくれないか。もっと君のことが知りたいんだ。私に関しても、気になることがあれば聞いてくれて構わない」

朔弥が酷く驚いた顔をしている。

なんでも聞いていいのかと顔に大きく書いてある。

いいんだと伝えるように綺麗な頬を撫でれば、すぐに朱に染まった。物慣れない仕草が可愛くて愛おしくて、身に着けているものをすべて剥いでしまいたい。

柾人の些細《ささい》な仕草に彼の心が動くのだと感じるだけで、こんなにも満たされるのか。

物慣れない故に、自分が目の前の相手を魅了《みりょう》していると気付かないその純粋さを、どこまでも守りたくなる。同時に僅かな仕草で色に蕩けるようになったなら、どれほど魅惑的になるのかと覗き見たい衝動に駆られた。

そのためのスパイスを振りかける。

「もう一人遊びは禁止だ。したくなったらいつでも私に言ってくれ」

淡い頬の赤味が一気に濃くなる。

「なっ！　なにバカなことを言ってるんですか!!」

恥ずかしがって怒る振りをするのすら可愛くて、揶揄《からか》ってしまう己の悪癖に笑い、その身体を抱きしめた。

まだこの恋は始まったばかりだ。急いてはいけないとわかっていても、色んな彼の表情を見たくなってしまう。怒られることすら楽しくて、腕の中で暴れる愛しい身体を抱え込む。

栗色の髪にキスを落とし、頬にも。緊張した面持ちの彼を溶かしたくて、どこもかしこもキスの雨を降らす。

「今日は疲れただろう。もう遅いから一緒にお風呂に入ろう」

恥ずかしがる可愛い恋人を抱え上げバスルームへと移動した。

細い身体を綺麗にし、あまりがっつかないように味わってからもう一度清め、大きなタオルを巻き付ける。柾人のすることを拒まない朔弥のいじらしさに心が締め付けられる。

恋人とお揃いのパジャマに着替えてベッドに潜り込み、ただ抱き合って眠る心地よい時間。

小さい頭を肩口に乗せて、柾人は朔弥の寝息を聞きながら嘆息した。

それでも、どうしても寂しさが彼の表情から消えていかない。なにか言いたげで、でも話そうとしない。誘導しようにもあまり口数の多くない彼から得られる情報は少なく、柾人は手をこまねく。

何を言えば傷つけずに心を開いてくれるだろうか。

たっぷり愛情を注いでいるつもりだ。もしかしたらこれでも足りないのか。それともまた自分は愛情を押し付けているだけなのだろうか。それを息苦しく思っているのか。

「何が君を悩ませているんだい？」

耳元で囁くように問いかけても夢の中にいる朔弥から返事はない。

まだ前の恋を引きずっているのだろうか。朔弥の魅力もわからず、二股した挙句あっさりと捨てるような男に、まだ心を寄せているのだろうか。

「ほんの少しでもいい、私に話してくれ」

身体だけではなく心のすべてまで欲しがる自分は、とてつもなく欲深い人間なのかもしれないが、なにもかもを自分のものにしなければ何一つ安心できない。

柾人も朔弥も男だ。婚姻関係を結べる男女と違って、二人を繋ぐのは互いの気持ちだけ。子供という二人の繋がりを深める存在を得ることもできない。どちらかに気持ちがなくなれば別れるしかないのだ。

どうしても隣にいて欲しいと思ったら足掻くしかない。あらゆる手段を講じ、彼にとって自分の隣がもっとも心地よい場所にしなければいけない。

そうでなければ、朔弥はこの関係に疑問を持ったとき、離れていきかねない。

朔弥が女性だったら……

ゲイである柾人とは出会わなかっただろう。だが、女性だったらすぐにでも婚姻届けを出し、鎹となる子供を儲けるために毎晩でも何度でも子種を注ぎ込むだろう。

現実はどんなに注いでも、男の朔弥との間に生まれるのは気持ちだけで、それもいつ消えるかわからない不確かな絆でしかない。養子縁組でもできれば……いや、それは重すぎるか。

だが、そうでもしなければ二人の間に法的な繋がりはなにもない。

男同士の関係がこんなにももどかしいと感じるのは初めてだ。

きっと朔弥が特別なのだ。

手練手管を使わずとも、少し不安そうな表情をするだけでこれほどまでに柾人の心を揺すぶり、正常な判断を失わせる。この恋愛は年長の柾人のペースで進んでいると思われるだろうが、感覚としては柾人のほうが不器用な朔弥に翻弄《ほんろう》されている。

余裕はなく、追いすがってありとあらゆる手段を用いて必死で朔弥を引き留めている。一分でも一秒でも長く傍にいてくれるようにと。

恋人を籠の鳥にしたら、人は非道と罵るだろう。だが彼らは知らない、罪は鳥にあるのだと。閉じ込めなければ、不安で精神が安定しないほどに魅力的な相手を恋人に持ってしまった哀れな男の気持ちも知って欲しい。逃げ出されたらきっと生きる意味を失ってしまうほどにのめりこんでしまった、悲しい男の気持ちを。

愛は盲目とはよく言ったものだ。柾人はまさに盲目になっている。朔弥を失う日を今から恐れているのだから。

だからこそ今、腕の中に彼がいる幸運に感謝するしかない。

そして、講じられる限りの手を打つしかない。

この平穏な関係を長く続けるために。

第四章

柾人のマンションから大学に通い、彼の帰りを待ちながら勉強をして夕食を作って、一緒に食事をし、シャワーを浴び同じベッドで眠る。休日にはいろんな場所に出かけ、そして夜には深く愛し合う。

そんな日々をふた月以上過ごしているのに、朔弥の心の奥に芽生えた不安は日を追うごとに根深くなっていた。

柾人はいつも微笑みかけてくれ、様々なことを気をかけてくれる。毎日があまりにも幸せで怖い。まもなく行われる柾人の会社のパーティに着ていく服を見に行こうと言ってくれたり、夏季休暇の過ごし方を提案してくれたり。愛してると毎日囁いてくれ、甘いキスをくれる。

週末になればとても口にすることができないほど、淫《みだ》らで濃厚な時間を過ごして心も身体も愛されているはずなのに、それでも朔弥の中の不安は枯れようとはせず、むしろ根を広域に張り巡らせようとしている。

深いセックスをすればするほど、彼のことが欲しくなる。こんな身体でもし柾人に捨てられたら、自分はどうなってしまうんだろう。

身体だけじゃない、肌を重ねる度に湧き上がる柾人への愛しさを抱えた心はどうなるんだ。恐怖は朔弥を浸食していく。

でもこの快感から逃げることはできない。柾人が愛してくれているが故の行為だから、止めて欲しくない。あんなに痛くて恐かったのが嘘のように、抱かれるたびに感じすぎて今では溺れてしまっていた。

ずるりと柾人の欲望が抜けると、いっぱいに広げられた蕾の中は寂しさを感じる。ずっと柾人を独り占めしていたいのに、熱い時間にはいつも終わりが来る。

けれど、正気に戻ってしまえばもっとして欲しいとは言えない。

「柾人さん……好き……」

朔弥ができる精一杯はそう口にすることだけだ。

同じ気持ちなら……気持ちを伝えることで、少しでも長く一緒にいられたら……

「私も愛しているよ、朔弥」

そして返される甘い言葉に酔っていく。その言葉が、気持ちが、永遠に続くことを強く願いながら。

できればもう、あんな悲しい思いをしたくない。

一人の時間にいろいろ考えわかったのは、朔弥は自分に何一つ自信がないことだけ。

だからあれほど大人で魅力的な柾人が愛してると言ってくれるのが本当なのか、一時の気の迷いなのではないかと思ってしまう。

胸元に視線を落とす。ポケットには、柾人から贈られた高そうなボールペンがある。銀色に輝くボディは美しく、クリップには朔弥の名前がさりげなく彫られている。

『朔弥がいつも使うものを贈らせてくれ』

そうやって気遣ってもらっているのに、朔弥の気持ちはどんどん沈んでいく。

今、朔弥が柾人のためにできるのは、夕食を作ることだけ。

頑張って掃除も洗濯もしてみたが、ハウスクリーニングは定期的に入っているし、洗濯物もマンションのランドリーボックスに入れれば次の日には美しく洗い上がって返ってくる。

同居しているのに支払いはすべて柾人が持ち、朔弥はおんぶにだっこで何も返せてはいない。

一度家賃《やちん》を入れる話をしたが、やんわりと断られた。

甘えてばかりではいられなくて、何かしたいけれど、仕送りを受けている身の朔弥では夕食の材料を買うのが精いっぱいだった。それだって、大半の食材は決まった曜日に宅配で届けられ、足りない分を買い足すだけなのだが。

どこかでアルバイトをしようか。自分でお金を稼ぐようになれば、少しは自分に自信が持てるかもしれない。ほんの少しでも、柾人の隣に立てる人間になれるかもしれない。

心が晴れないまま、夏季休暇前の最後の講義を終えて正門を出る。

アルバイトをするなら、勉強と料理の時間に影響のないようなものにしなければ。

確か改札のそばに求人誌が無料で置かれてあったなと思い出し、駅へと急ごうとした。

「よぉ、朔弥」

だから、その人が門の傍にいたことに、声をかけられるまで気づかなかった。

「あ……市川さん……」

自分を容赦ない嘲笑で捨てた男。

「暇だろ、ちょっと付き合えよ」

相変わらずの利己的《りこてき》で独善的な強引さを前面に押し出した喋り方に、嫌な思い出がフラッシュバックする。

「……なんの用ですか?」

「ここでする話じゃない。お前もわかってんだろ。来いよ」

顎をしゃくって有無を言わせず先に行く姿に、朔弥がついてくることを確信して振り向きもしない態度に、どうしてだろう、嫌悪感しか湧かない。

以前はこの強引さを男らしいと思った。

自分を持っていて自信に溢れて、何をしていても格好いいと。

今はどうだろう。会わなくなって三月が経った今、不遜で傲慢《ごうまん》な態度からは、どこまでも朔弥を見下しているのが伝わってくる。

柾人はそんなことをしない。いつも隣を歩いて、少しでも遅れたらすぐに朔弥を捜すために足を止めてくれる。そして、離れないようにと人目を憚ることなく手を握ってくれる。

ちらりとも見ずに先に進むことなど絶対ない。

歩くスピードだってそうだ。いつも朔弥のペースに合わせて進んでくれる。

こんな風に自分勝手に先に行き、相手が合わせるよう強要することは絶対にない。

なんでこんな人に心を寄せたんだろう。

動こうとしない朔弥に気づいた市川は、遠くから振り返るだけで近寄ってもこない。

「ほら、早く来いよ」

「……話ならここで聞きます」

「へぇ、随分偉くなったな」

朔弥の意思が固いと見て取ったのか、不機嫌な表情で引き返してきた。

よく見れば市川の服はところどころよれていて、格好つけているのにくたびれたように映る。

「お前、あれからすぐにいい金づるを捕まえたんだって？　あのバーですげー噂になってたぜ」

「なんのことですか？」

「どっかの会社の重役らしいじゃねーか。オレが仕込んだ身体で誑《たぶら》かしたのか、やるじゃん」

「……何を言っているかわかりません」

なんて下品な物言いなんだ。

痛いだけだった行為をよく「仕込んだ」などと表現できるものだ。なんでこんな男にあれほどの想いを寄せていたのか、自分でもわからなくなっている。

親しみを込めて微笑んでいるつもりだろうが、冷静に見れば市川の表情はイヤらしくニヤけているだけに映る。

自然と眉間《みけん》にしわが寄る。

「そう言えって言われてんの？　まあいいけど。あのさぁ、俺ちょっと困ってんだよ。お前なら助けてくれるだろ」

さも当たり前のように言って、朔弥を街路樹と己の身体で挟み込んで逃げられないようにすると、声を小さくした。

「ちょっとさ、百万ぐらい都合つけられねえ？　大至急必要なんだ。できれば来週末までに」

「……そんなお金ありません」

「別にお前の金でって言ってねぇよ。金づるオヤジにおねだりすればいいんだ。結構貢がせてんだろ、今もいい服着てんじゃん」

確かに、今着ているものはすべて、柾人が買ってくれた。だが、彼のことを金づると思ったことは一度もない。今まで朔弥に使ってくれた費用だっていつか返さなければと思っているのに、卑しい目をした市川は下劣《げれつ》な提案をしてくる。

「なんでそんな大金が必要なんですか。もうすぐ結婚するんじゃなかったんですか……上司のお嬢さんだって言ってましたよね」

「あぁ、ちょっとな。そうだ、お前からの祝儀《しゅうぎ》って名目にしろよ。それだったらオヤジから引っ張りやすいだろ」

「……ふざけないでください！　どうしてオレがそんなことをしないといけないんですかっ！」

「いいのかよ。お前が用意しないんだったら、そのオヤジが男囲ってるって、大学やそいつの会社にばらしてもいいんだぜ」

「脅迫……ですか」

「ちげーよ、特別に仲の良かった奴とご祝儀《しゅうぎ》の話をしてるだけじゃねーか。わかったか、百万。来週までに用意しろよ。なんだったらそれ以上でも大歓迎だぜ。ちゃんと用意できたら、また抱いてやるよ」

嬉しいだろう。そう言いたげな表情だ。

あんなセックスで相手を喜ばせていると、本当にこの男は思っているのだろうか。どれだけ自分に価値があると勘違いをしているのか。

だが、朔弥は逃げられない。大学はいい。辞めればいいのだから。

だが柾人の会社はどうだろう。理解のある部下がいることは知っているが、それ以外はどうなんだろう。朔弥との関係を知られたせいで、もし柾人の立場が悪くなってしまったりしたら……朔弥と付き合ったばかりに柾人に迷惑をかけるのだけは避けたい。

とても大事な人だから。あんなに愛してくれる人を傷つけたくない。

けれど、市川の言う通りに柾人が懸命に働いて得た結果を渡すなんて、もっとできない。いつも疲れて帰ってくる柾人の努力も知らず簡単に「金づる」と言ってのける市川に、けれど朔弥はどうすることもできない。

俯いて唇を噛んだ。変な男に一時でも夢中になった自分が悪いのに、柾人に迷惑をかけてしまう。しかもこんな奴に何も太刀打ちができないほど、自分は無力だ。拳を握って懸命に泣くのを堪えるしかないのか。ただの学生でしかない自分が、何もできない自分が悔しかった。

柾人にもなにも返せていないのに……

「あのぉ、すみません。ちょっといいですか」

街頭インタビューのような言葉をかけてきた第三者に、緊張した空気が一瞬途切れる。

「すみません、今ちょっと込み入った話をしてるので、後にしてもらってもいいですか？」

市川が如才ない話術で相手を振り払おうとする。だが、割り込んできた男性は笑顔のまま、退こうとしない。むしろ市川を朔弥から引き離すかのように間に入ってきた。

「自分、こういうものでして。お二人に話があるんですよ、我々の依頼主が。ちょっとお時間貰いますね」

市川に名刺を渡すと、少し先にある駐車場に強引に連れていく。

「ちょっとやめろよ！」

「まぁいいじゃないですか、今日はお時間がおありなんですよね」

市川が暴れているがその男性は全く動じず、傍から見れば市川が大げさに騒いでいるだけに映る。

いつの間にか朔弥の横にも、年配の男性が退路を塞ぐように立っていた。柔和な笑みを浮かべてはいるが、その目は鋭く、有無を言わせぬ圧力を持っている。ぶるりと朔弥は身体を震わせ、促されるまま、市川に続くしかなかった。なんだろう、この人たちは。

近くの駐車場には大型のバンが停まっており、市川は乗車を拒否したが、男性に何かを囁かれておとなしくなった。そして、朔弥も乗るように男性に押し込まれる。

一体何が起こっているのだろう……

戸惑いつつも黙って従うと、車は都内の道を走りだす。車内はずっと沈黙が続き、誰も言葉を発しようとしない。車は渋滞にはまることなくするすると大通りを走り、渋谷にある大きなホテルに入っていった。地下駐車場からエレベータに乗り、上階にある一室に促される。

エグゼグティブルームというのだろうか、室内はゆったりと広く、ベッド以外にソファとテーブルが大きな窓を背に置かれており、そこに長身の男性が一人、優雅に足を組んで座っていた。

「やぁ、ご足労頂き申し訳ない」

誰だろう、初めて会う人に朔弥の身体が強張った。

「ああ、そんなに緊張しなくてもいいよ。山村朔弥くん」

「……どうしてオレの名前を知っているんですか？」

「君の話はいろいろ聞いているよ。良かったら座らないか。お茶を用意しよう」

「いえ、結構です」

「おや？　聞いているよりもずっと気が強いんだね」

楽しそうに、だがとても上品に微笑んでまた朔弥に座るように促してきた。

なぜ自分なのか。

指示に従わず、朔弥はまっすぐに男性を見据えた。相手の出方を見極めるために。

男性は、ともに入った市川のことは一度も見ようとはしない。ただ笑みをたたえて、挑戦的な朔弥から目を離そうとしない。

ただの学生である自分にこの人が興味を覚えるはずがない。理由があるとすればやはり、柾人の恋人だという事実のみだろう。

ゆったりと腰かけたまま膝の上で両手を組んで男性は微動だにしない。帝王の雰囲気を醸し出すその姿に、威圧されそうになるのを踏ん張って堪えた。

何を考えているかわからない。この人が柾人に害をなすつもりなら、自分はどうすべきか。

朔弥は今までにないほど必死で頭を働かせた。この部屋から逃げ出すことはできない。どうしたら柾人に迷惑をかけずにいられるか、ただそれだけを考える。

沈黙の時間だけが過ぎ、そして男性は破顔した。

「申し訳ない、自己紹介がまだだったね」

男性は立ち上がるとスーツのジャケットから優雅に名刺を取り出し朔弥に差し出した。

そのデザインには、見覚えがある。

「蕗谷《ふきや》……さん？」

「初めまして、サーシング株式会社代表取締役の蕗谷将一《ふきやしょういち》だ。山村くんのことは部下からよく話を聞いているよ」

驚かせてごめんね。親しみを込めたその言葉に、やっと朔弥の緊張が解ける。

良かったと安堵すると同時に、なぜこの人がここにいて自分を連れてきたのか不思議でならない。

それが顔に出ていたのか、蕗谷は初めて市川に目をやった。

「用事があるのは君のほうだ、市川くん。彼らの報告によると、うちの役員を間接的に脅迫しようとしているんだってね」

突然話を振られた市川は引きつった笑みを浮かべ慌てて否定した。

「何を言うんですか。脅迫なんてしてませんよ。なあ、朔弥」

「そうかい？　彼らの聞き間違いと？」

「当たり前じゃないですか」

「へえ……そうなのかい？」

蕗谷は年配の男性にアイコンタクトを送った。心得ているのか、にこやかに笑いながら、ポケットから掌に乗るサイズの長方形の機械を取り出した。

『……て言ってねぇよ。金づるオヤジにおねだりすればいいんだ。結構貢がせてんだろ、今もいい服着てんじゃん』

機械からは雑音交じりに先ほどの市川の言葉が再生される。

『お前が用意しないんだったら、そのオヤジが男囲ってるって、大学やそいつの会社にばらしてもいいんだぜ』

「ほう、これでも脅迫ではないと。ちょっと専門家に話を聞いたほうがよさそうだね、市川くん」

「違う！　オレじゃない！」

「随分とお金に困っているようだけど、その理由を君の婚約者のお父上に伝えるべきではないのかな」

蕗谷は上品に微笑んで、朔弥を自分のほうに引き寄せ背中で隠した。どんなに市川が暴れても傷つくことのない距離に。

市川は必至になにかを言い訳しているが、蕗谷は淡々と返事をするだけで、相手にしていない。

次第に市川の表情が焦りを露わにするが、朔弥がそれを見ることはなかった。

「実は別室に弊社の顧問弁護士を用意しているんだ。君にはそちらと話してもらいたいな。連れていってくれ」

「違うんだ！　やめろ放せよっ！　朔弥助けろ」

市川は騒ぎ続けたが男たちは少しも意に介さず、蕗谷に頭を下げると部屋から暴れる彼を伴って出ていった。

「さて、お茶を用意しよう。今度は一緒に飲んでくれるよね」

「……ぁ……はい」

呆気にとられた朔弥は、今度は促されるがままソファに腰かけた。

蕗谷は部屋に備え付けられている電話でコーヒーを三つ注文すると、また先ほどと同じ席に腰を下ろした。

「あの、さっきの人たちは……」

「驚かせてごめんね。彼らは我が社と取引のある会社の人たちだよ。倉掛の周囲で変な動きがあるようなので、探ってもらっていたんだ」

「あの……ごめんなさい。オレが柾人さんと付き合ってるから、なんですよね」

自分が柾人とこんな関係にならなければ、社長の蕗谷が出てくるほどの迷惑をかけることなどなかった。ただただ申し訳なくて、ずっと堪えていた涙が零れた。

無力な自分が嫌いだ。要領も悪く、いつも誰かに迷惑をかけてしまう。

しかも人を見る目もない。こんな自分が本当に柾人の隣にいていいのだろうか。

ずっと蟠《わだかま》っていた気持ちが溢れかえり、心のダムを崩壊しようとするほどに膨大な量になっていた。今までずっと抱えていた不安を放出することなく貯め続けた結果がこれだ。このままじゃダメだとわかっていたのに、なんの手だても講じなかった自分が招いた結果だ。

ポロポロと零れる涙を必死で抑え込もうとしても、崩壊した涙腺は朔弥の言うことを聞いてくれない。

「気にしなくていいんだよ、山村くん。倉掛は自分の性癖を隠していないし、今も大切な恋人がいると公言している。我が社はプライベートなことで役員や社員を切り捨てることはしないよ。ただちょっと強引に会社を大きくしたので敵が多くてね、定期的に主要メンバーの周囲を調査する必要があるんだ」

優しい蕗谷の言葉に、涙は止まるどころかより溢れてしまう。

朔弥はホテルの従業員がコーヒーをテーブルに置いても、礼が言えないほど泣き続けた。

ただただ、自分が情けなくて。

「あ……山村くん、ちょっと泣くのをやめてくれると嬉しいんだけどね。僕が怒られちゃう」

「へ？」

優雅にコーヒーカップを傾けていた蕗谷が突然慌て始めた。

自分の世界に入っていた朔弥が顔を上げた次の瞬間、乱暴に部屋のドアが開いた。

「朔弥！」

振り返ると血相を変え息を乱した柾人がそこにいた。

「ま……さとさん」

どうしてここに？

そう聞こうとするより先に朔弥の涙に気づいた柾人が駆け寄ってくる。

「何をしたんだ、社長！」

「僕は何もしていないよ。倉掛は何に怒っているんだい」

無罪だというように両手を顔の横に広げたまま笑う。

今の状況を完全に楽しんでいるとしか思えない蕗谷の言葉と表情に、柾人はテーブルに紙を一枚叩きつけた。

大きめの付箋《ふせん》には癖のある字で『君の大事なカワイ子ちゃんを預かった。返してほしかったら僕のいるところを捜してね　蕗谷』と書かれてある。

「こんなものをデスクに置かれて怒らないわけがないだろ！」

「ちょっとしたジョークだよ。それにしても早かったね。打ち合わせが終わったの、三十分前じゃなかったかな」

よくここがわかったね。怒鳴《どな》られているにも拘らず、蕗谷はくすくすと笑い続けた。そしてまた上品な手つきでコーヒーカップを傾け始める。

「総務部に怒鳴《どな》りこんだのかな？　あとでフォローしないとなぁ、仕事を増やしてくれてありがとう、倉掛」

「勝手に仕事を増やしたのはあんただろう！　何かされたのか、朔弥？」

急な展開に、朔弥は首を振るのが精いっぱいだった。

「山村くんの元カレくんがちょっと悪さをしたのでね。僕は助けただけだよ」

「……なんであんたがそれを知っているんだ」

「ん？　内緒。ふふっ」

「……話は月曜日に聞く。今日は上がらせてもらうぞ。朔弥、おいで」

蕗谷に対する言葉のきつさと朔弥に向ける優しさのギャップに、どう反応していいのかわからず、手を引かれるままに席を立った。

「山村くん、何か困ったことがあったらいつでも連絡して。それから来週のパーティには是非参加してね」

「あ、はい」

離れていく朔弥に声をかけ、蕗谷はドアが閉まるまで手を振って見送ってくれた。

廊下に出て漸《ようや》く柾人の纏っていた怒気が和らいだ。

「家に帰ろうか、朔弥。何があったか話してくれるかい？」

いつもの柾人だ。

優しさだけで包み込むように甘やかしてきては、まっすぐに朔弥だけを見つめてくれる、いつもの柾人。

涙の跡を親指で拭って、冷たくなった手に指を絡ませてくる。

柾人の優しさを感じて、このままずるずると甘えてしまいたくなる。

何かしなければと思う反面、柾人の体温を感じれば、朔弥はその胸の中で動くことを放棄してしまう。本当にどうすればいいのだろう。

ホテルの前でタクシーに乗り、もう慣れてしまった柾人の部屋へと戻る。タクシーの中でも握っていた手は、部屋に入ってから漸《よう》く放された。熱かった掌が急に寂しくなる。

「今お茶を用意するよ。ソファで待っていてくれ」

荷物を自室に置き、定位置になったソファの右側に腰かける。溢れる感情を整理できないまま、何を言っていいかもわからない。柾人が煎れてくれた熱い緑茶に手を伸ばすこともできない。

朔弥の隣に座るといつものように柾人は腰に手を回してくる。自然と柾人の肩に頭が乗る。

「何があったか教えて、朔弥」

「はい……」

たどたどしく大学の帰り道からの出来事を伝えた。

話し終えると柾人は大きく嘆息し、朔弥はそれに反応して身体を強張らせた。

嫌われてしまう。面倒だと思われてしまう。

最悪な結果の想像が沸き上がる前に柾人は両手で朔弥を抱きしめた。

「怖い思いをさせてすまなかった」

「……どうして？」

どうして柾人は怒らないのだ。どうして謝るのだ。自分のせいで蕗谷にまで迷惑をかけたのに。

一度引いた涙がまた沸き上がった。

「どうして怒らないの？」

「なぜ怒る必要があるんだい。脅されて怖い思いをしたのは朔弥だろう。私がもっと早くに対処すればよかった、すまなかった」

「なんで謝るの？　柾人さんは何も悪くないのに……」

感情が抑えられない。

「オレがいなかったら、柾人さんにも蕗谷さんにも迷惑をかけなかったのに……いつもオレ、迷惑ばっかりかけてる……柾人さんに甘えてばっかりでお荷物になって……ごめんなさい、ごめんなさいっ！」

それはずっと胸の中にある懺悔だった。

「……オレ、やっぱり柾人さんに相応しくないです……」

ずっと心の中にあった感情を吐露《とろ》する。離れるしかない。こんな自分が柾人の隣にいるのがおかしかったのだ。

柾人の胸に顔を埋めた。

けれど、離れたくない。この温かさを手放す勇気は朔弥にはない。心地よすぎて、できればずっとここにいたいと願ってやまないから。

離れるべきと離れたくないとが心の中でずっと揺れ動いている。

「それだけかい？」

「……それ、だけ？」

「朔弥を苦しめてるのがそれだけなら、なにも問題はない。私が朔弥の傍にいたいんだ。相応しいかどうかなんて関係ない。私と朔弥が一緒にいたいのなら、それでいいじゃないか」

「でも今日みたいに……」

「あれは気にしないでくれ。元々は私が動く予定だったんだ、社長に先を越されたが。市川が金に困っていることは知っていたからね」

「……どうして？」

柾人は朔弥の髪を撫でながら少し困った顔をした。

そして「過保護だと思わないでくれ」と前置きをしてから説明を始めた。

「朔弥と付き合い始めてすぐに彼の調査をしていてね。なかなかに色好みのようで、何かしらのトラブルが起きることは予測していたんだ。いずれ君に接触してくることも。ただ仕事が立て込んで後手に回ってしまってね、申し訳ない」

そう言うと朔弥が胸ポケットにさしていたボールペンを抜き取った。

「これも、もしもの時にと思って渡したんだ」

柾人が弄るとボールペンから電子音が鳴る。

「え？」

「ボイスレコーダーが付いているボールペンなんだ。市川が何を企んでいるかわからないから、いつでも証拠を取れるようにと……まさか社長がすでに手を回していたとは……全く鼻が利く」

「市川さんはなんでオレにあんな大金を……」

「婚約者とは違う女性を妊娠させたらしい。きっと堕胎《だたい》費用と慰謝料を請求されているのだろう。彼自身は散財癖があって貯金がないようだし、婚約者には絶対に知られたくないだろうから、いつかは君に接触してくるとは思っていたんだ……本当は君に知られないうちに処理したかったんだが……」

「どうしてオレに言わなかったんですか」

教えてくれれば朔弥だって、市川の顔を見た途端に逃げ出すことも、会わないルートで帰ることもできたのに。

「私以外の人間のことなんて考えて欲しくない。……つまらない男の嫉妬《しっと》だ」

「柾人さん？」

「朔弥には私以外のことを何一つ考えて欲しくなかったんだ。けれどそれで朔弥に怖い思いをさせてしまった、本当に申し訳ない。これからは何かあったらすぐに君に伝える」

自分の判断が甘かったと謝る柾人に、朔弥はなぜか気持ちが軽くなるのを感じた。

この人も完璧じゃないんだ。でも朔弥のことをいつも考えてくれている。朔弥のためにと心を砕いてくれている。それがとても嬉しい。

「でも、やっぱりオレがあの人と……」

「それは言わないでくれ。市川がいなければ私は朔弥に会えなかったんだ。そのことを否定しないでくれ。朔弥、お願いがあるんだ。これからはどんなことがあっても、それが些細《ささい》なことでも君に伝えるから、朔弥も私になんでも話して欲しい。どうしていつも悲しそうな顔をしているんだい？」

気付いていたんだ。驚きに目を開き、すぐに納得した。

いつも見てくれる柾人。どんな些細《ささい》なことでも気にかけてくれる柾人。だから朔弥もまた好きになった人を大事にしたいと思うようになり、気がつけば誰よりも大切にしたい人へと変わっていった、この三ヶ月で。

「……オレは……」

言っていいのだろうか。本当になんでも伝えていいのだろうか。それは柾人の負担になりえないのか。自分の気持ちは重いのではないか。

伝えたいのに怖くて口に出せない。

もし柾人がこんな自分を嫌になったらと考えると、簡単に自分の気持ちを伝えられない。

思い倦ねる朔弥の言葉を促すように、柾人はゆっくりと背中を撫でてくれる。

縋るように彼の目を見つめた。本当に何を言ってもいいのだろうか。受け止めてくれるのだろうか。面倒だと思われはしないだろうか。

朔弥の不安な視線に対し、柾人は優しい眼差しで見つめ返してくれた。

この気持ちのまま柾人の隣にいたら、いつかもっと迷惑をかけるかもしれない。だったら今この機会に吐露《とろ》してしまおう。

朔弥にとってこれは賭けだった。

柾人がすべてを受け止めてくれるなら、この人についていこう。すべてを委ねよう。

「オレ、なんの取り柄もないしただの学生で、柾人さんに釣り合わないのに、こんなにいっぱい良くしてもらって……愛してるって言ってもらっていいのかなって。何も返せないのに……。オレ、柾人さんにできること何もなくて……もし柾人さんがオレに飽きたらどうしようって……」

たどたどしく言葉を並べていく。要点を得ない言葉なのに、柾人は根気よく聞いてくれる。背中を撫でる手も止めず、ただ静かに。

「オレ、もうあんな思いするのヤダ……柾人さんの傍にずっといたい」

もう二度と傷つきたくない。

できればこの幸福をずっと続けていきたい。ずっと柾人の隣を歩いていきたい。

両手で顔を覆う前に腕を掴まれた。

「ありがとう、朔弥」

甘いキスが降る。

「君がそう思っていてくれるのが嬉しい。私はね、執着が激しいんだ。君の気持ちが私にあるなら手放すつもりはない」

「本当に？」

「逆に私の愛は重くないかい」

「オレは……嬉しいです。でも、オレのせいでお金いっぱいかけさせてる……」

「それは気にしないでくれ。君が私の傍にいてくれるなら、あれくらい安いものだ。むしろもっと君の願いを叶えたいんだ。何か欲しいものはあるかい？　私にできることならなんでも言ってくれ」

柾人への願い。そんなの決まっている。

ゆっくり息を吸い込んで、少しずつ吐き出す。言葉と一緒に。

「ずっとオレだけを愛して」

他の人なんて見ないで、ただひたすら朔弥だけを想い続けて欲しい。できれば、永遠に。

「喜んで」

朔弥の両頬を包んで、柾人は誓いの長いキスをした。

◇

今までにないほど気持ちが浮き立ち、柾人は狂おしいほどに朔弥を抱きしめた。

自分が望み願っていた愛し方を、可愛い恋人がもっと欲しているなんて……。そしてそれを一瞬ではなく永劫に求めている。柾人のすべてを欲しがっている。

朔弥を手に入れた瞬間を上回るほどの悦びが柾人に襲いかかった。

こんな幸せがあるのだろうか。重すぎる愛情をむしろ喜び、籠の鳥になることを望むなどと。

この幸福のすべてを朔弥にぶつけたくて、可愛い彼のすべてを貪りつくしたくて、甘い唇の端から唾液《だえき》が零れるほど深いキスを止められない。

愛する人に求められるというのはこれほどまでに甘美なことだったのか。

己の無力さで柾人が不利益を被ることを恐れる優しさも、傷つくことに慣れたくないと訴える無《む》垢《く》さも、物よりも心を求める純粋さも、すべてが愛おしい。

この愛情を形にして彼に差し出すことができたならと願うが、現実にはどうすることもできない。言葉だけじゃ足りない。どんなに言葉を尽くしても消えてしまうから。

だから柾人はそれを行動で示すしかなかった。どれほど朔弥を愛し大切に思っているかを。彼の愛情を誰よりも欲しているのは自分なんだと。年長の柾人にはその方法もわかっている。

自分から贄のように差し出した舌をねっとりと舐めあげ絡ませ、口内を犯していない場所がないほどに時間をかけ嬲《なぶ》っていく。

キスだけで身体は熱くなり、朔弥の分身も柾人の欲望も形を変える。

「誰よりも君を愛している」

キスの合間に想いを届ける。

「オレも……柾人さんを……ぁいしてます」

言い慣れない言葉に声が小さくなっても、それは確実に柾人の心を響かせ身体を震わせる。

たった一言で、いい大人をいとも簡単に翻弄《ほんろう》してしまえると朔弥は気づいているのか。

自分の一挙手一投足がどれほど柾人を一喜一憂させているかを知っているのか。

今だって抑えられず零れる甘い吐息をかけられるだけで柾人の体温は上昇していく。

キスを続けたまま朔弥のシャツのボタンを一つ一つ外していく。

この先何が始まるのかを理解して、朔弥は柾人のために身体を動かした。インナーシャツの下に手を潜り込ませ滑らかな肌の感触を堪能する。

「んっ……」

「嫌かい？」

「ううん、……柾人さんのしたいこと、なんでもしていいから……離さないで」

「バカだね。こんなに可愛い朔弥を手放せるわけがないだろう」

上体の衣服をすべて脱がせ、ソファの背の向こうに投げる。汚れのない白い肌にアクセントのように付いた二つの飾りはもう先を硬くしている。

無垢《むく》なものを目にすれば汚したくなるのが雄の本能だ。

「明日から夏季休暇だったね」

小さな頭が縦に振られるのを確認して、柾人は綺麗な首筋をねっとりと舐め、今まで我慢してきたことを解禁した。

恥ずかしがりやな朔弥が大学でからかわれないように、慎重に何一つ跡を残さないようにしてきたが、それも今日までだ。服では決して隠れない場所に唇を落としきつく吸い上げる。

「あっ！」

肩口にも胸元にも。白い肌に余すことなく己の所有印を刻み込んでいく。

マーキング。

朔弥のすべては柾人のものなのだと、見せびらかすためではなく自分の気持ちを満たすためだけに刻み続けていく。感じやすい肌は、どこに唇を落としても小さく身体を跳ねさせ、甘い声を聞かせてくれる。まるで柾人の独占欲を受け入れてくれているようで、行為にブレーキをかけることができない。胸元にキスマークを残していると、柾人に可愛がられるのを待っているようにピンと尖った胸の飾りが視界に映った。交情のたびに柾人に嬲《なぶ》られたそれは、初めて会った頃よりもずっと赤みを増し、少しだけふっくらとしていた。

舌を伸ばし先で先端を擽《くすぐ》る。

「ぁぁんっ」

ビクリと腕の中の身体が震える。

何度も肌を重ねているのに、朔弥の反応はいつも可愛く、柾人の欲望を煽《あお》る。

「ねぇ朔弥、ここをもっと可愛がっていいかい」

「あ……っ」

恥ずかしい想像をしたのだろう、朔弥の頬に赤みが増す。

「朔弥の全部を愛したいんだ」

目元を潤ませた朔弥と視線を合わせたまま、舌のすべてを使い硬くなった胸の飾りを舐《ねぶ》った。

「いい？」

目尻を赤く染め、潤んだ瞳を揺らめかせて朔弥が頷く。身体はこんなにも敏感なのに未だに初心な反応を返してくる。まるで初めてそこを犯されているような仕草に、柾人の中の嗜虐心《しぎゃくしん》に火が付く。胸の飾りを口に含むと舌で嬲《なぶ》っては吸い上げる。

「いっぁぁ」

反対側も指先で刺激していく。わざと少しだけ痛みを感じるように摘まみ、爪を立てる。

「やぁぁっん」

左右ともに強い刺激を与え朔弥の分身が硬くなるのを腹部に感じる。

この身体は果たしてどこまで敏感になるのだろうか。愛情を注げばそれだけ柾人に応えるのか。試したくて執拗な愛撫《あいぶ》を繰り返す。指の力を強くしたり擦《こす》ったりするたびに細い身体は跳ね、心地よい啼き声を聞かせてくれる。

たっぷりと指で苛めた後にねっとりと口内で嬲《なぶ》ることを交互に繰り返していく。

「ひっぃ！　やぁぁ、だめっだめぇぇぇ」

息をどんどん乱して打ち震える朔弥は、そこに歯を立てると反応を大きくし柾人の頭を両手で強く抱えこんできた。

そしてそのまま腰を何度も何度も柾人に打ち付ける。

細身のデニムパンツをまとったまま、柾人を挟む両腿がピクリピクリと震えている。

何が起こったのか、それだけで柾人にはわかった。

弛緩《しかん》した両手を外させ身体を起こすと、細い腰を包んでいたものすべてを脱がしていく。

「達《い》ってしまったんだね」

濡れたボクサーブリーフの下の分身は、己の蜜で汚れたまま力を失っている。

「見ないでぇ」

両腕で顔を隠す朔弥から啜《すす》り泣きが聞こえてくる。

「泣かないでくれ、朔弥」

「やだぁこんなっ……」

腕を外させポロポロと涙を零す可愛い恋人にキスをして涙を舐めた。しょっぱいのに、甘い。

「気持ち良かったから達《い》ったんだろう」

「でも、変だよぉ」

「変じゃない。朔弥は私に愛されて気持ちいいから達《い》ったんだ。何もおかしいことはないよ」

胸への刺激だけで達した自分が恥ずかしくて混乱する恋人に、甘く言い聞かせる。

「朔弥の身体は私に愛されるのが好きなんだね、嬉しいよ」

赤くなった胸の飾りにキスを落とす。

「あっ……」

もう片方も。

「もっといっぱい愛したい。朔弥のどこもかしこも私のことが好きなんだと感じたい……ダメかい？」

「でもっ」

「朔弥が感じるから、ほら。私もこんなに感じているんだ」

細い手を掴んでトラウザーズの前を触れさせる。その奥にある柾人の欲望は、甘い声と敏感な反応で大きく硬くなっている。

「ぁ……」

「朔弥がいっぱい可愛い声を聴かせてくれたからね。だから何も恥ずかしくないんだ」

布の上から柾人の熱さを感じた細い指は、一瞬だけ怯んだが、すぐに戻って全体の形を確かめるようにゆっくりとなぞっていく。

「オレが……柾人さんを？」

「朔弥が悦んでくれればそれだけ私も感じるんだ。っこら、そんなに触ったら……」

ソファに全身を預けていた朔弥が、手だけではなく身体を近づけてくる。

「本当に……柾人さんも気持ちいいの？　オレが触ったら気持ちいいの？」

涙を湛えた瞳で見つめながら訴えてくる。

「当たり前だろう」

震える指がトラウザーズのファスナーにかかり、恐る恐るといった手つきでそれを下ろしていく。

柾人に何もできないと、自分は無力だと訴える顔が、脳裏に浮かぶ。

何もできないなんて、本当に自分をわかっていない。朔弥だからこそ柾人はこれほどまで幸福を感じ、朔弥が相手だからこんなにも欲しがり、年甲斐《としがい》もなく何度も欲情し、飢えた獣のようにその身体を求めてしまうというのに。

こんなに頻繁《ひんぱん》に肌を重ねても、すぐにまた欲しくなるほど柾人を煽《あお》っていると知らないなんて、本当に自分の魅力に無頓着《むとんちゃく》すぎる。

男の欲望は感情に直結していることを理解していない可愛く無垢《むく》な恋人に、どれほど己が罪な存在かを知らせるため、柾人は自分から欲望を露にする。

窮屈《きゅうくつ》な布から解放されたそれは勢いよく外に飛び出す。一緒に住み始めてから何度も情を交わしたが、朔弥がこうして明るい場所で柾人の反応を見るのは初めてで、いつになく興奮にしていた。

「おおきい……」

呟いて朔弥がそこに触れる。

「っ！」

指の感触に欲望が跳ねる。それに驚き朔弥が柾人を仰ぎ見る。苦笑で返すしかなかった。

だが朔弥はそれで終わろうとはしなかった。ゆっくりと細い両手で柾人の欲望を包むと、不器用に煽《あお》り始めた。

「こらっ煽《あお》るんじゃない」

「ダメ……、なんですか？」

泣きそうな顔で言われて拒める男がいるものか。

深く息を吐き出すと、柾人は服をすべて脱ぎ捨てた。そして浅くソファに腰かけ、床に膝を突いた朔弥を足の間に導く。

「私のすべては朔弥のものだ。好きにしていい。どうしたいんだい」

朔弥は再び柾人の欲望に指を絡ませると何度か上下に擦《こす》り、そしてくびれを指の腹でくすぐり始めた。それはいつも柾人が朔弥を啼かす時の指の動きだった。

堪えようと腹筋に力が入る。柾人の反応に背中を押されて、指の動きが次第に大胆になっていく。

柾人のやり方をなぞるように。なんていじらしいんだ。

欲望への刺激と朔弥の恍惚《こうこつ》とした表情に、ドクンと熱が上がり柾人の欲望は一層硬くなる。先端から透明な雫が零れると、朔弥は無意識に唇を舐めた。

そして薄い唇をゆっくりと開き欲望の先端を口腔《こうくう》に迎え入れた。

「さくやっ……無理しなくていい」

さらさらと柔らかい栗色の髪を掻《か》き上げてやる。

だが、朔弥は返事を返さぬままゆっくりと舌を使い始めた。

「んっ……」

朔弥が上目遣いで柾人を見つめて欲望を咥えている。視覚からの刺激はたどたどしい愛撫《あいぶ》よりもずっと柾人を興奮させた。

「上手だよ……そのまま頭を上下に動かしてごらん。そう……あぁ可愛いよ朔弥」

小さな頭を掴み、朔弥を導く。

「ぅんっ」

苦しそうなくぐもった声を零す。

「辛い？　やめていいんだよ」

無理をさせたいわけじゃない。外させようとするが朔弥は首を振って拒否する。そして柾人を黙らせるように動きを少し早めた。

「朔弥っ！」

愛おしい恋人からの初めての刺激は、今までにない興奮を柾人に与え自制を奪っていく。

刺激が強すぎる。絶頂を散らそうときつく奥歯を噛みしめるが、煽情的《せんじょうてき》な光景が邪魔をする。

もう我慢できない。

支えているだけだった頭部を強く掴み、柾人は自分も腰を動かし始めた。

「ぐっ……ぁうんっ」

喉の奥を突かれて朔弥の顔が歪むが、もう止められなかった。動きを激しくし、そして朔弥の口《こう》腔《くう》に己を解放する。

白い蜜を二度三度と喉の奥に吐き出され、朔弥が激しく咽る。

「すまない……大丈夫か？」

うずくまる背中を何度もさすりながら、やはり途中でやめさせれば良かったと思うが、半面あの場面でどうしたらやめることができただろうか。

煽情的《せんじょうてき》すぎる姿に、朔弥から煽《あお》られている事実に、柾人の自制や理性なんて瞬時に焼き払われる。達《い》ったばかりだというのに未だに興奮から冷めない。落ち着いて顔を上げた朔弥にキスをする。

こんなにも興奮したのは初めてだ。

だが、朔弥が辛いのならもう二度と無理はさせられない。させたくない。

「……気持ち、良かったですか？」

「あぁ、とても良かった。でも苦しかったね、申し訳ない」

「ううん……柾人さんが気持ち良かったなら……嬉しい」

ふわりと、今まで見たこともないほど幸せそうに朔弥は笑った。いつもの不安を隠すような笑みではない、とても幸せな表情に、柾人はやっと理解した。朔弥もまた柾人に愛情を注ぎたいのだと。享受するばかりではなく、朔弥も同じように柾人を喜ばせたかったのだ、己の手で。

「……愛している、朔弥。君だけを愛してる」

細い身体を掻《か》き抱いた。

自分の愛し方だけを押し付けてそれを受け取れと、朔弥のことも考えずに強引に迫っていた柾人こそが、彼を苦しめていたのだ。不安にさせていたのだ。

ただ一方的な愛情の押し売りに、柾人は自己満足していたにすぎない。

朔弥も柾人に愛情を示したかったのだ。その方法も機会も自分は取り上げていたことに気付く。

「……オレも……柾人さんが好き……」

与えることで初めて、朔弥は自信が持てたのだろう、いつもの小さな震える声ではなく、まっすぐに気持ちを伝えてくる。嬉しすぎて頭がおかしくなりそうだ。

このまま第二戦に移ろうとキスをする前に、可愛い恋人はふわりと柾人の腕から逃げていった。

「え？」

ソファを回り、床に落ちた服を拾い上げていく。

ここから盛り上がるところだろうに、恋人は全く意に介さず服を身に着け始めた。

「こら、どういうつもりだい？」

「ご飯作らないと……いつもより遅い時間になっちゃいました」

「そんなことより……」

「ダメ！　ダメです、柾人さん最近忙しいんだから、ちゃんとご飯を食べないと！」

「では何か取ろう」

「それもダメ！　外食ばかりじゃ身体に悪いです……ずっとオレの傍にいてくれるんですよね」

やられた。そんなことを言われて、逆らえるはずがない。

甘い雰囲気が一気に吹き飛んだとしても、自分の身体を思いやってくれる気持ちが嬉しいなんて。仕事の打合せでよく取引先の担当が、妻の尻に敷かれていると零していたが、あれは愚痴《ぐち》ではなくノロケだったのだと初めて理解した。あれがダメこれがダメと言われて嬉しいなんて初めてだ。

損得勘定なく心を通い合わせるのはこんなにも幸せなものなのか。

柾人は苦笑の中に幸福を隠す。

妻帯者《さいたいしゃ》たちが妻の愚痴《ぐち》を口にする時と同じように。

「……あとで！　食べ終わったあとっ！」

顔を真っ赤にして叫びキッチンに駆け込む朔弥を幸せを感じながら見送り、柾人も部屋着に着替えるために寝室へと向かった。

さて、食後にどうやって愛してあげようか。どれだけ愛されようか。

朔弥は明日から夏季休暇に入る。何も遠慮しなくていいという事実を、彼は果たしてどこまで理解しているか。しかも今日は金曜日だ。

柾人は弾む心を抱えては、幸福をじっくりと噛みしめた。

◇

柾人と一緒に食事を作る。器用な彼がどんどんと冷蔵庫から出した食材を切り刻み、フライパンに乗せていけば、あっという間に洒落《しゃれ》た料理ができるのを、手品を披露される観客のような視線で見つめた。

「柾人さん凄い……」

感嘆の声が止まらない。

「前にも言っただろう、一人暮らしが長いんだ」

たいしたことないという風にさらりと返される。

不思議だ、彼はなんでも器用にできるのに、それを決してひけらかすことがない。むしろこんなことはできて当たり前で、たいしたことではないと笑ってくるのだ。

「いつから一人暮らしをしているんですか？」

「もう十三年、かな？　それだけやっていれば誰でも上手くなるよ」

十三年？　柾人が二十八歳だからとすぐに計算して驚いた。

「そんなに早くから⁉」

きっと家庭の事情があるに違いないが、それでも驚きに言葉が飛び出た。同時に、柾人のことを訊ねるのが初めてだと気付く。仕事のこともそうだ、聞いては迷惑に思われるのではないかと踏み込めなかった。

柾人のことをたくさん知ってしまうのも恐かった。まだ心が揺れていたから。

けれど今は、その不安が薄れてもっと知りたいと欲が出る。

「両親を早くに亡くしてね。一人暮らしを始めたばかりの頃はどれも黒焦げにしたものだ」

「そう……だったんですね。ごめんなさい、変なこと聞いちゃって」

「どうしてだい？　朔弥が私のことを知りたいと思ってくれるのは嬉しいよ。他に何が知りたいんだい？」

変なことを聞いてしまったと萎縮《いしゅく》する朔弥を、上手に導いてくれる大人の余裕に救われる。きっと話すのも嫌なはずなのに怒りもしない柾人に、どう話題を変えようかと思案する。

「誕生日……柾人さんの誕生日、知らないです」

いつもしてもらうばかりの自分でも、誕生日なら何か返せるのではないかと思い至った。

「九月十五日だ。なんだったら血液型も教えるが？」

「それはいいです！」

揶揄《からか》いモードになったと瞬時に感じ慌てて遮れば、フライパンを器用に振りながらまた笑われた。

(もうすぐだ、柾人さんの誕生日)

何か贈ったなら、受け取ってくれるだろうか。

貰ってばかりの朔弥だって何か返したいが、如何せん先立つものがなかった。

明日から夏季休暇だ。できるなら柾人にも家族にもばれずにできるアルバイトを探さないとと心の隅に書き足し、サラダを作っていく。いつも一人でしていた作業も、柾人と一緒なら楽しくてあっという間に終わってしまった。

一緒に食べて、流しに使った食器を置く。

食洗器を兼ね備えたシステムキッチンではあるが、どうしても朔弥は手洗いに拘っていた。そのほうが綺麗になるし、柾人のために何かをしている気持ちになるからだ。彼のためにできることは少ないから、どんな簡単なことでも自分の手でやりたいと願っているのだが。

今日だけはその意味が違う。

少しでも時間を引き延ばしたくて、恥ずかしさを隠したくて、普段よりも心持ちゆっくりと作業をする。

柾人を悦ばせられたと高まる気持ちが落ち着くと、とてつもなく恥ずかしさが込み上げてきた。しかも自分から「食事のあとにしよう」と口にしてしまった。

もうどこかに隠れてしまいたい。

でもこの部屋で隠れる場所なんてない。

課題があると言って自分の部屋に逃げても、整えてもらった部屋にベッドはなく、どうしても柾人と寝室をともにしなければならない。

(なんであんなこと言っちゃったんだろ、オレ……)

柾人とするのは嫌いじゃない。むしろ彼の気持ちが、身体が、自分に欲情してくれるのが嬉しくて、抱いて欲しいと願うときもある。

だが、それを口にするのがとてつもなく恥ずかしいのだ。自分から求めるなんてはしたないと嫌われないかが怖くて、その一歩が踏み出せない。もう二十を超えているのに、性的なことに慣れない自分がおかしいのかもしれない。大学で耳にするあけっぴろげな学生たちの会話にすら顔を真っ赤にしてしまうのに……

スポンジを持った手に自然と力が入る。

(だってさっきオレ……)

柾人の欲望に触れるだけでなく口に含んだのだ。思い出すだけで死にそうなくらい恥ずかしくなる。

この後、どうなるのだろう。一瞬でも考えようとすると心拍数が一気に跳ね上がってしまう。意識して何事もないふりをし、俯いて二人分の食器や使った調理器具を洗っていく。

だから柾人が背後に来ていることに、逞しい腕が朔弥を抱きしめ仕立てのよいシャツから覗くうなじにキスを落とすまで、気づくことができなかった。

「あっ……、まっ……柾人さんなに!?」

「食事が終わったからデザートを食べようと思ってね」

あぁ、そうか。

こっそりホッとして、冷菓を出すために冷蔵庫に向かおうと身体を返そうとしたが、がっしりとした腕は朔弥を離そうとしない。それどころか、首筋に埋めた顔も上げようとはしてくれない。

「柾人さん、今デザート出しますから……放して」

「ふふっ……嫌だ」

「ちょっと……ぁ…んっ」

服の上から甘く噛まれる。痛いのに、感じるのはそれだけじゃない。

柾人の体臭を嗅ぎ体温を感じるだけで朔弥の分身は少しだけ力を持ち始める。気づかれないためにシンクに身体をつけた。

「なにっ？」

「だからね、デザートを食べようと思って。ここはさっきいっぱい愛したから……次はどこにしようか」

ここ、と先ほど散々弄られた胸の飾りを擦《こす》られ朔弥の身体は震えた。感じてはいけないのに甘い吐息が漏れる。

「だめっ……ぁ……ここキッチン……ひぃっ」

「うん、そうだね。でも食事が終わったらと言ったのは朔弥だろう。頑張って我慢したんだ、デザートを堪能させてくれ」

「ぇ……デザートって……オレ？」

「可愛いね。甘くて美味しく私に食べられるところは同じだろう」

「ひゃぁっ……ぁっダメ！」

大きな掌が朔弥のお尻の丸みを確かめるように撫で、そして慣れた手早さでズボンのベルトとボタンを外していく。

「どうしてだい？　ここもしたがってるのに」

耳元で嬉しそうに囁き、下着を着けていなかったせいですぐに露になった分身に柾人が触れる。

「っ……まだ洗って……んぁあっ」

今日初めて触れてもらった分身は、朔弥の気持ちに反して嬉しそうに柾人の手の中でピクピクと跳ね、もっと確かな刺激を期待している。いつも柾人を受け入れている蕾もキュッと窄《すぼ》まってしまう。身体は嬉しそうに柾人からの愛撫《あいぶ》を受け入れているのに、心だけが置いてけぼりを食らっている。

「……ぁあぅ……ベッドで……」

ここは嫌だ。柾人のために食事を作る場所で抱かれたら、立つたびに思い出してしまう。

柾人との交情の名残のある場所はどこでもじっとなんてしていられなくなる。ソファでも数度しているから、一人の時は座ることができないのに、キッチンでしてしまったら一人の時に恥ずかしくて死んでしまいたくなる。

逃げたいのに足に絡まったままのスリムなデニムパンツが邪魔する。

それをいいことに、柾人の動きが大胆になる。

分身のくびれを擦《こす》り、先端の穴に指を潜り込ませるようにぐりぐりと弄られて、嫌なのに啼き声をあげてしまう。分身は嬉しいとばかりに先端から蜜を零させる。

巧みな手に翻弄《ほんろう》され、すぐにその気になる身体を恨めしく思っては、シンクの縁をギュッと握って快楽を堪える。でも洗剤で手が滑ってしまう。

「やぁ……あっ……ねぇ……手をぁらわせ……ぁあっ！」

「ん？　洗っていなさい。私はここをいっぱい愛してあげるから」

シンクの水を出すと、柾人はそのまま朔弥の後ろにしゃがみ込んだ。そして先程楽しんだ臀部《でんぶ》の丸みを今度は直に触り、期待に収縮する蕾を指で辿る。ただ触れただけなのに、朔弥の身体は一気に体温を上げ力を入れてしまう。まるで早く挿れて欲しいとねだるように。

柾人は臀部《でんぶ》の肉を左右に開かせると蕾を露にした。

「やっ！」

「可愛いね……」

「やだぁ……見ないでぇ」

恥ずかしい。食事を作る場所で一番柾人を欲しがっている場所を見られるなんて……。それだけでも心が悲鳴を上げそうなのに、柾人は躊躇うことなく欲しがって収縮を繰り返す蕾を舐めた。

「いやぁぁぁぁぁ！」

あの柾人の舌が、襞の形を一つ一つ確かめるように舐め、そして舌の先を蕾の中に潜りこませてこようとしている。チロチロと舌先でくすぐられ身体が跳ねる。

「すまない、ローションを持ってくるのを忘れたんだ。これでも気持ちいいみたいだね」

たっぷりと唾液《だえき》を絡ませた舌をまた蕾に擦《こす》りつけてくる。

「ひぃっ……だめぇ、汚いよぉ」

「朔弥の身体はどこも綺麗だよ……ここも」

「あぁぁ……」

嫌なのに、分身は嬉しそうに蜜を零し、それが蕾まで伝っていく。はしたない身体が恥ずかしくてどうしようもなくて、朔弥はシンクの縁に顔を隠した。自然に腰を突き出す形になる。

柾人の舌はどんどん大胆になっていく。朔弥が啜《すす》り啼けばそれだけ。

悦びに震える分身の蜜を大人の器用さで指に絡めると、柾人はたっぷりと唾液《だえき》で濡らした蕾にそれを突き挿れた。

「っ……ぁん」

柾人を迎え入れることに慣れた場所は嬉しそうに二本の指をギュッと締め付ける。

「痛くはないかい？」

答えられない。唇はもう啼き声を上げるだけで精一杯だから。指が少し動くだけで甘い声が零れる。

「気持ちよさそうだね」

「うあぁぁ……ゃぁ」

臀部《でんぶ》にキスをすると、柾人の指は大胆な動きを始める。二本の指は中でバラバラに動きわざと一番敏感な場所を掠めていく。

火照る身体はもっとそこを強く擦《こす》って欲しいと腰を揺らめかせる。だが意地悪な指はそこを逸らし、根元まで深く突き立てて入り口を広げるために激しく前後に大きく揺らす。

「だめぇぇぇぇぁぁぉかしくなっ……ゃぁっ」

いつもより少し乱暴なのに、それでも感じてしまう。激しいのに鋭い愉悦《ゆえつ》の痺れが身体を駆け巡り、朔弥にここがどこなのかを忘れさせる。両腿に力が入り強く柾人の手を挟み込むが、それで手の動きが鈍ることはなかった。一層激しく中をかき回してから指を一度抜くと、今度は伝ってきた蜜で濡れた三本目の指とともに朔弥の中に潜り込ませた。

指の隙間から舌をも潜り込ませようとしている。

「やぁぁぁ……」

冷たいシンクの縁が朔弥の熱を吸い込んでいく。

でも身体の中はマグマのような熱が渦巻き、少しでも感じる場所を擦《こす》ると爆発してしまいそうだ。いつもなら朔弥が達《い》きすぎないように分身の根元を抑えてコントロールしようとするのに、今日はそれをしてくれない。いつでも達《い》ける状況が逆に朔弥をおかしくさせる。

「あぁぁ、いっちゃ……やぁぁぁ！」

「朔弥……いっぱい達《い》きなさい」

乱暴に中を擦《こす》られると快楽に弱い分身は限界とばかりに蜜を迸《ほとばし》らせ、シンクの扉を汚していく。

腰を揺らし蜜を飛ばすたびに中の柾人の指を締め付けた。

頽れようとする身体は柾人の腕によって阻止される。腰を高く持ち上げられ、余韻に収縮するそこに熱い欲望の先端が押し当てられた。

「ちょっと痛いかもしれないが……いいよね、朔弥」

解放の余韻でぼおっとしている朔弥は、耳元で囁かれた言葉の意味が頭に伝わっていない状態で頷く。すると、柾人は容赦なく欲望を突き挿れてきた。

「やぁぁぁぁあっ」

滑りの少ない状態ではあったが、指でたっぷり広げられた蕾は健気に柾人の先端を咥えこんだ。緩い腰の動きで欲望が少しずつ時間をかけて潜り込んでくる。今までにない強引さに、朔弥は頭を振って熱を逃がそうとしたが、唇は甘い啼き声ばかりを零していく。

柾人の太さと熱さがいつになくダイレクトで感じられる。ローションのぬめりを借りない結合に、苦しいのに内壁は嬉しそうに柾人を締め上げていた。

「このまま……すぐに動くと朔弥を毀《こわ》してしまうからね……こら、煽《あお》るんじゃない」

早く動いてもっと感じさせてと、内壁がねだるように蠢《うごめ》き、蕾は柾人の欲望を締め付けていく。でもそれは朔弥が意図してやっていることではなく、淫猥《いんわい》で貪欲な身体がさらなる快楽を欲したから。そして繋がっている場所だけでなく、腰までもゆらめき始める。

「動いて欲しいのかい、朔弥」

赤くなっている耳殻《じかく》を噛みながら柾人が訊いてくる。返事なんかできないのに促すように繋がった場所を緩く突かれた。

「ひっ……」

答えるまで何度も、緩い愉悦《ゆえつ》だけしか与えられず、貪欲な身体は悲鳴を上げる。もっともっと確かな刺激を、いつものような激しい刺激が欲しいと暴れる。意地悪な柾人を責めるように強く弱く締め付け煽《あお》ろうとする。けれど柾人の意志は強く、肉の刺激を無視してくる。

「ねぇ、教えて朔弥。私が欲しいかい」

「ぁ……ほ、しぃ……」

「いっぱい？」

「ん、いっぱい……柾人さんが……ほし……」

いい子だ。

またうなじにキスを落とされると、漸《ようや》く望んだ激しさが与えられ、悦びに淫蕩《いんとう》な身体は跳ねた。

「あぁっ……ゃぁも……とぉぉ」

頑なだった思考が、快楽に侵され愉悦《ゆえつ》の波に飲み込まれる。もう頭の中は柾人とのセックスでいっぱいで、自分が何を恥ずかしいと思っていたかも、この後どうなるのかもわからなくなっていく。

ただもっと気持ちよくなりたいとしか考えられない。

立ったまま後ろから激しく突かれる刺激に弱い身体は、すぐに分身をいきり立たせる。先端がシンクの扉に擦《こす》れると甘い啼き声とともに柾人の欲望をきつく絞めつけてしまう。

「こうだろう……気持ちいいかい、朔弥」

「んっ、ぃぃ……ゃぁぁぁ！」

腰を掴まれ強く柾人に押し付けられる。

「ゃぁぁっ」

「愛しているよ、朔弥っ」

「ぁぁんやぁ……」

深い場所まで突かれて自然と頭が仰け反る。両腿をつけたままの抜き差しは柾人の形が伝わり、朔弥に正気をなくさせる。執拗に感じる場所を狙った突き上げに、咽び啼くばかりになった。どんな動きでも甘い啼き声ばかりが上がり、部屋の空気を震わせる。

突かれるたびにシンクの扉に擦《こす》れる分身は、強い突き上げにまた己を解放させては力を取り戻していった。

今までにない柾人の強引さに、心が震え悦んでいた。痛いのが好きなわけではない。

でも、柾人が余裕をなくすほど自分を欲してくれているのが嬉しい。ローションを用意するのを忘れるほど、すぐに朔弥を欲しがってくれたのが、この身体を求めてくれるのがどうしようもなく嬉しくて全身が震える。

朔弥が蜜を放ちきった後の絶頂を迎えているとわかっているのに、それでも柾人は放してくれない。何度も何度も荒々しく朔弥の身体を貫いてくる。

「つぁぁ……もっ……また…」

「もっとして欲しい、のかいっ」

「ちがっぁぁん」

「ではもっと深く繋がろう」

柾人は朔弥の足から片方だけ服を引き抜き、膝の下に腕を入れた。身体と一緒に抱き、激しく突き上げる。

「やぁぁぁぁぁぁぁ」

頭の中まで愉悦《ゆえつ》の電流が駆け抜ける。きつい態勢で動けないまま、ただただ柾人からの刺激を受け入れるしかなかった。

柾人の肩に後頭部を擦《こす》り付け啼き声を上げ続けた。

「私も……達《い》っていいかい？」

「いってぇぇぇはやくっ」

「朔弥の、一番奥に出すからね……零さないでくれ」

そして何度か激しく突き上げて、柾人は言葉の通り朔弥の一番深いところに蜜を打ち付けた。

「あぁ……んっ」

ビクンッビクンッと柾人の熱を感じるたびに煽《あお》られ続けた身体も跳ねる。

朔弥の足を下ろすと、柾人はゆっくりと己を引き抜いた。

「んぁ……」

支えを失った身体はそのまま床に崩れ落ちる。シンクに手を付いたりしたせいでシャツの袖までもたっぷりと水を含んでいた。それらを乱暴に脱がされ、柾人に細い身体を抱き上げられた。

「まだ終わりじゃないよ」

「ぁ……でも……」

「今日はなん曜日だい？」

曜日がなんの関係があるのか……ぼんやり考えて身体が強張る。

（金曜日だ……）

平日はしなかったり一度だけだったりで抑え、週末にはその反動のように激しいセックスをするのが定番になっていた。特に金曜日は日付が変わるまで交わり続けるのが常になっている。

顔がまた熱くなる。

「期待していなさい、まだ終わらせないよ……さっきは意地悪をされたから、いつもよりいっぱい愛してあげるよ」

まだミッドナイトには早い時刻。こんな激しいことをいったいどれだけするのか……

まだ始まったばかりの夜に期待する自分を隠したくて柾人の首に手を回し、その首に顔をうずめた。

第五章

「どんなのがいいのかな……」

朔弥は自室でパラパラとアルバイト情報誌を捲っていた。大学の掲示板にもアルバイト求人はあるが、どれも朔弥のスケジュールに合わず、まもなく本格的に始まるであろう就職活動を見据えれば、長期のアルバイトは避けたかった。

夏季休暇が始まったこの時期からの募集はそれほど多くはない。

アルバイト経験のない朔弥は決めあぐねていた。自分がどんなことが得意で何がしたいのかもわからないまま、ただ情報誌を捲るばかりだ。

「はぁ……オレって無能すぎる」

だが落ち込んでも始まらない。なにかをしなくては。生活費のすべてを柾人に出してもらっているのだから、せめて何かを返したい。できれば、もうすぐやってくる彼の誕生日に。

九月十五日。

柾人は何が欲しいのだろう。わからないが、その前にまとまった資金がなければどうしようもない。なのに……

「本当、どうしよう」

希望は土日休みで十四時から十八時まで。社交性が低いから接客業は怖いし、体力に自信がないから肉体労働も難しいが、それでも何かあるだろうか。

(土日が無理な理由とか訊かれるのかな……)

なんて答えればいいのか……しかも朝早い時間も難しい。夏季休暇に入ってから毎日のように柾人と抱き合っている。朔弥に予定がないことがわかっている柾人は、容赦なく何度も達《い》かせ、朔弥を起き上がれなくさせているのだ。

しかも身体中に愛し合った跡を残して。今も服に隠れた場所にはたくさんのキスマークと歯形が残っている。消えそうになれば新たに付けられ、人前ではとても服を脱げない状態だから、着替えが必要な仕事もできない。

初めてキスマークを見つけた時、何かにかぶれたのかと不安になって柾人に泣きつき、笑われたのを思い出す。

『私の前でしか服を脱げないように、ね』

意地悪なことを言ってはまだ明るいリビングで抱かれたことまで思い出し、顔を赤くした。しかも始まればすぐにもっとと欲しがって、節操なく柾人にねだってしまう自分の身体が恨めしい。

そんな状態だからできる仕事は限られてしまう。

でも、何かを始めなければ。焦燥《しょうそう》だけが募っていく。

ガチャッ。玄関が開く音を耳にし、朔弥は慌ててアルバイト情報誌を机の抽斗に隠し、急いで部屋を出る。

「柾人さん、おかえりなさい」

「迎えに来たよ、朔弥。……あぁやっぱり似合っているね」

朔弥が身に着けている淡いグレーのスーツを見て、柾人は目を細める。

遠目では単色に見えるが近づくと細かい銀糸のストライプが確認できるスーツは、今日行われるサーシング株式会社の記念パーティ用に柾人が誂えてくれたものだ。ワイシャツとネクタイ、靴まで揃えて今朝渡され、今日が約束していたその日だと思い出した。

「おかしくないですか？」

「思ったとおり、よく似合っているよ、朔弥」

唇に触れるだけのキスをされ、また頬が熱くなる。

「私も着替えてくる。少し待っていてくれ」

いつものラフなジャケットを脱ぎ柾人は寝室に消えていく。すでに用意してあったスーツに身を固めて出てきた彼に、朔弥は思わず息を飲んだ。

「かっこいぃ……」

光沢のある黒の上下にシルクのシャツ、そして派手になりすぎない柄の濃い赤のネクタイが少し彫りの深い柾人によく似合っていた。まるでハリウッドスターみたいだ。

この人が自分の恋人なんだ……。いつもと違う姿に胸が高鳴る。

「ありがとう。だが朔弥のほうがずっと綺麗だ。さて待たせたね、行こうか」

腰を抱きエスコートする仕草も様になっている。

こんな人が本当に自分の恋人でいいのか……嬉しさの中でまた朔弥の不安が顔をもたげる。

タクシーで向かった先は、以前柾人と食事をした渋谷のホテルだ。地下の宴会場を貸し切っているという。中に入ると年齢層はバラバラだが、多くの人が集まっていた。

「朔弥、私は少し用事があるので離れるが、一人でも大丈夫かい」

当たり前だ。重役である柾人がずっと傍にいてくれるはずがない、なによりもホストとして忙しく立ち回らなければならないのだから。

「大丈夫です、行ってきてください。オレ、隅のほうにいますから」

だが柾人はなにかを考え、そして朔弥の耳元に唇を寄せる。

「いいかい、私以外の人間に口説かれないように気を付けるんだ」

「バカなこと言ってないで！　早く行ってくださいっ」

なにを言い出すかと思えば……柾人のほうがずっと口説かれる容姿をしているのに。しかも社会的地位もある。ゲイでさえなければ美しい女性から引く手あまただろう。

チクリと心が傷んだ。

それを無視して朔弥は会場の奥へと入り、座る場所を探した。

パーティに参加するのは初めてで何をしていいのかわからないが、柾人がいつもどんな人たちと仕事をしているのか垣間見ることはできるだろう。全体が見える場所を探して歩いていく。

「あーー、朔弥くんだ、こんばんわぁ」

酒が並ぶテーブルのそばを過ぎた時、甘ったるい女声が飛び込んできた。

「久しぶりぃ、覚えてるかなぁ？」

「……宮本さん、ですよね。お久しぶりです」

あの日、柾人の腕に絡みついていた部下の女性が、綺麗なスーツを身に着け近づいてきた。

「嬉しい。でもぉ、真由里って呼んでくれたほうが嬉しいなぁ」

「えっとごめんなさい。真由里さん、ですね」

「わぁ、ありがとう。朔弥くんはー、常務と一緒じゃないのぉ？」

「柾人さんはお仕事があるので、入り口で別れました」

好意を前面に押し出した親しみやすさに、朔弥も緊張せず話すことができる。自分と柾人との関係を知っているという安心感があるからかもしれない。

「そっかぁラッキー、うふふ。あのね、朔弥くん情報を知りたいんだけどぉ。大学生だよねぇ、どこの大学？」

「あっ……K大の経済学部です」

「わぁお！　K大ってあったまいいんだぁ！　すごーい！」

「そんなことないです……私大ですから」

「なに言ってるの、私大最高峰だよぉ！　真由里はMARCH《マーチ》だもん、うらやましー!!」

羨ましいなんて……家族からは国立にいけない金食い虫と言われているのに。大学も高校の担任から強く勧められて入っただけなので、朔弥はその価値がいまいちわからなかった。

「朔弥くんってていつもなにしてるのぉ？　お勉強と常務のお守りと、バイトとかかなぁ？」

「あっ、アルバイトはしていません。探しているんですけど……」

「え、バイトしてないの？」

宮本は嬉しそうに確認してくる。

「はい……でも、もうすぐ……その、誕生日なので……」

それだけで合点がいったのか、「そうだよねぇ、プレゼントは大事だもんねぇ」と同意してくれた。少しの会話だけでわかる、宮本のほうがずっと頭がいいことを。

相手の心の機微を察するのが上手だし、心を掴むのも、話を引き出すのも自然とやってのける。その社交性の高さに朔弥は羨望した。自分にもそんな能力があれば……

「ちょっとぉここで待っててー。ぜぇぇったい、動いちゃだめだよぉ！」

そう言い終えて宮本は人ごみの中へと消えていく。多くの人が行き交う中、朔弥は手持無沙汰に佇むしかなかった。本当は移動したいが約束してしまった手前、どうすることもできない。

居心地の悪さにじっと立ち尽くしているしかない。

「あぁ君、そこの酒を取ってくれるか？」

年配の男性がウェイターと間違えて声をかけてくる。

「あ……これですか？」

「そうだ、ありがとう。……このホテルは随分と綺麗なスタッフを雇っているんだな。アルバイトかい？」

「違います、すみません」

「いやいや、こちらも失礼した。いや、本当に綺麗だ……これを貰ってくれるか？」

差し出されたのは名刺で、つい受け取ってしまう。

「ごめんなさい、学生なので名刺とかなくて……」

「そう、大学生か。いいね、暇だったら連絡をしてくれ」

そんな男が入れ替わりに何人もやってくる。朔弥は訳がわからず同じ言葉を返すが、男たちは気にした風もなく離れていき、朔弥の手元には十枚近くの名刺が残された。

（なんでオレなんかに……）

意味がわからないままどうすることもできずポケットにしまう。

そしてまた見知らぬ男が近づき朔弥に話しかけてきた。

「あっれぇ？　コンフェンスの菊池社長じゃないですかぁ。どぉしたんですかぁ？」

だが、今度は宮本の声に相手が苦虫を噛み潰したような顔をする。

「いや、喉が渇いてね……彼に取ってもらおうと……」

「あーごめんなさぁい、この子ウェイターじゃないんですぅ。宮本が取りますよ、なにがいいですかぁ？」

満面の笑みでさりげなく男の腕を取り朔弥から離していく。

「全くあの社長は……」

「和紗さんっ」

スーツこそ派手やかだが、前回会った時と同じような教師スタイルの髪形に薄化粧の和紗が、いつの間にか朔弥の傍に立っていた。

「あのっ、お招きいただき有難うございます」

「そうかしこまらなくて結構です。先日は驚かせて申し訳ございませんでした。ところで、宮本より山村くんがアルバイトを探していると聞き及びましたが」

「あ、はい。でもなかなか条件の合うものが見つからなくて」

「ほう。ところで今三年生でしたね、倉掛から聞きました」

「そうです。柾人さんは皆さんに……あの、オレのこと話してるんですか？」

彼が社内で自分の性癖を隠していないのは、社長の蕗谷から聞いていたが、部下にも朔弥のことを話しているとは思いもしなかった。

（なんか……嬉しいかも）

「来年にはすぐに本格的な就職活動に入りますね。希望の会社や業種は決まっているのですか？」

「いえ……それはまだ……」

「なるほど。ではいいアルバイトを紹介しましょう。……そうですね、二十七日の十五時に履歴書を持って弊社にお越しください。場所はご存じですか」

「あ、はい！」

「ではお待ちしております」

「ありがとうございます！」

こんなとんとん拍子でいいのだろうか。だがこれでなんとかなるなら。

「ただし、この話は倉掛には内密に願います」

「どうしてですか？」

和紗の紹介なら柾人に話さないわけにはいかないだろう。

「倉掛は君が働くことを良しとはしないでしょう。あれはそういう男です」

「そう……ですね」

わかっている。

柾人は朔弥がアルバイトすると言い出したら、ダメとは言わないが喜んでもくれないだろう。きっと理由を聞かれる。柾人のために何かしたいと訴えても不要だと断られるだろうし、小遣いが欲しいからと嘘をついても、すぐに彼が与えてくれるに決まってる。

だから気づかれない時間内でのアルバイトを探していたのだ。

「山村くん、少し私の手伝いをしてもらっていいでしょうか」

「あ、はい」

「ではこのグラスを持ってついてきてください」

まっすぐに背を伸ばした和紗の後に続き、ステージの横に到着する。入り口の反対側にあたるその壁には、皆が自由に座れる椅子《いす》が設けられており、その一つに小柄な少年が座っている。

「唯《ゆい》くん、少しいいかしら」

「奈都美《なつみ》さん」

声をかけられて少し驚いた様子の少年は、相手が和紗だとわかると嬉しそうに微笑みかけた。

「こちらは山村くん。あなたより二つ上かしら、倉掛の恋人です。山村くん、良かったら彼の話し相手になってください」

紹介され、少年はその大きな目を朔弥に向ける。年齢差からすると大学生なのだろうが、未だに高校生と言われても通じるほど幼げな表情をしている。

「山村くん、この子は蕗谷唯《ふきやゆい》。代表の蕗谷の息子です。二人はここにいてください。食事や飲み物などは後で持ってよこしますので」

「和紗さん、ありがとうございます」

簡単な紹介を残して、和紗は足早に去っていった。初めて会った時もそうだが、挙動に全く無駄がない。

「初めまして……山村朔弥です」

「こんばんは、蕗谷唯です。初めまして、山村さん」

とても雰囲気の可愛い子だ。

「良かったらここ、座ってください」

「ありがとうございます」

勧められるがままに腰かける。そして手にしたグラスを彼に渡した。和紗はきっとそのために朔弥にソフトドリンクのグラスを持たせたのだろう。唯もわかっていて受け取った。

「良かった！　喉が渇いていたんです。ありがとうございます」

「いえ……オレは和紗さんに言われたままのことをしたので」

屈託のない笑みがとても可愛らしい唯に、朔弥も自然と笑いかけていた。

「山村さんも大学生なんですか。どこの大学ですか？」

「あ……K大です」

「すごい、頭いいんですね！　いいなぁK大。ぼくもそれくらい頭が良かったらいいのに」

「凄くないです……本当に」

私立なんて国立に行けないやつが行くところだと、散々家族にバカにされた朔弥としては、唯からの羨望の眼差しに居心地が悪くなる。

「どうしてですか？　ぼくがK大に合格したらお義父《とう》さんは絶対に大喜びしてくれますよ」

「そういうものなんですか？」

「そうです！　めちゃくちゃ偏差値高いじゃないですか、下手な国立よりも」

「……実は偏差値とかよくわかっていないんです」

地元国立大学が良しとされる地域で、朔弥は県を出ての受験だったため、家族に随分と難色を示された。だからそれが負い目となっているのかもしれないと初めて気づいた。

「わからないで合格って逆にすごいですよ……山村さんって倉掛さんの恋人なんですよね」

「あ……はい」

自然と声が小さくなる。幸い朔弥たちの周りには人がいないし、会話に夢中になっている大人たちは椅子《いす》に近づこうとはしない。

「大丈夫です、大っぴらにはしてませんけど。みんな知ってます。会社の人だったら、ぼくがお義父さんの養子兼恋人なのも知ってますから」

「あ、そうなんですね……えっ？」

「外の人たちには内緒ですよ」

いたずらっぽく唯が笑う。

大学生の子供を抱えているようには見えないほど若い蕗谷の息子だと紹介され、なにか事情があるのだろうと思っていたが、まさかそんな内容だとは考えが及ばず、驚きすぎて次の言葉が見つからない。

「昔から会社にいる人たちは大丈夫です。新しく入った人には浸透するのにちょっと時間がかかるけど。だから山村さんも恥ずかしがらなくて大丈夫です」

「ありがとう……。でも恥ずかしいとは違って……オレ、柾人さんに釣り合ってないなって……」

本音が零れる。

友人のいない朔弥には、柾人のことを相談できる相手がいなかった。普通の恋愛ではない引け目を抜きにしても、誰にも言えずずっと蟠《わだかま》っていた。

自分の浅い人生経験では答えの見つからないことばかりで、どうしたらいいのかわからないことが多すぎる。柾人のためにできることが少しはあるが、それだって些細《ささい》なものだ。

もっと彼の役に立ちたいのに。隣に立って恥ずかしくない自分になりたいのに。今はほど遠く、模索してもなにも見つけられない。

「頭脳レベルは釣り合っていると思いますよ。倉掛さん東大卒だし」

「そうなんですか？」

「あれ、知らなかったんですか？　あーそういうのを自慢する人じゃないですもんね、倉掛さん」

「意外かと言われれば、案外しっくりいくかも……」

だがなにもかもできすぎて、余計に遠い存在のように感じられる。どうして自分と恋をしているのだろうと、より不安が募る。

頭が良くて仕事もできて格好良くて優しくて……。誰にとっても魅力的で理想的な人がどうしてと己を卑下してしまう。自然と気持ちが落ち込んだ。

どうしたらいいのかわからないから余計に。

「ぼく、要らないこと言っちゃいましたか？」

「いや……唯さんのせいじゃないです……オレは柾人さんと不釣り合いだと改めて思っただけなので……」

「そんなことないですよ、山村さんすごく綺麗じゃないですか。それで頭がいいんでしょ。どこが釣り合ってないのかぼくにはわからないんだけど」

「……優しいんですね、唯さんは」

初めて会った自分を励まそうとする年下の彼の強さが、羨ましい。

「柾人さんになんでもしてもらっていて……なにも返せないんです」

本音が零れ続ける。

「あ、それ。ぼくも！」

「そうなんですか？」

「だって全部お義父さんがやってくれるから……ぼくがもっと頭良かったら仕事のお手伝いとかができるのにって考えるけど、それほどじゃないし……」

自分だけじゃないんだ。それが嬉しい。

だけど、このままずっと柾人に甘えているだけの自分では嫌だ。少しでも柾人の役に立てる人間になりたい。柾人のためにできることを増やしたい。

あんなに魅力的な人だからこそ、このままの自分に甘んじたくはない。

贅沢なのだろうか。

まとまらない言葉のまま想いを唯に伝える。

「そうですよね……ぼくもなにかしなくちゃいけないんだけど。でも一番大切なことってなんだろう。ただ傍にいて守られることで相手が安心するんだったら、ぼくはしないことも大事だと思う」

「……唯さんはすごいですね。オレは……なにもしないなんて選ぶ勇気はないな」

「それはきっと、山村さんがなにかできる人だからだと、ぼくは思いますよ」

「そうかな……」

本当になにが大切か。柾人のためにできることはなにか。やはり答えは出ない。

ただ唯と話していて、どうしてだろう、心が少しだけ軽くなる。

もしかしたら恋をすることは悩むことなのかもしれない。相手のためを思って悩み、自分にできることはないかと悩む。二人がどうしたら幸せになるかを悩み、どうしたら今の幸せが続くかと悩む。

おとぎ話のように「二人は永遠に幸せに暮らしました」では決して終わらない。

だったら朔弥は悩み続けるしかない。柾人のために。

恋人の話を誰かにできるのが嬉しくて、二人は互いの恋人のことや自分の中の悩みを話し続けた。

途中、挨拶やゲーム大会を行いながらパーティは進んでいく。

何度も宮本が二人のために食事や飲み物を持ってきてくれた。また和紗も二人が動かなくてもいいようにゲームの商品を届けてくれる。

「山村さんはなにが当たったんですか？」

参加者全員がなにかしら貰えるという大判振る舞いのゲーム大会で、朔弥の手元には一枚のプラスチックカードがある。

「これなんだけど……なんだろう」

「あ……それっ！」

「唯さんは知っているんですか？」

「知ってるというか……」

「ああ、朔弥。ここにいたんだね」

「柾人さん」

壇上にいたり挨拶に回ったりしていた柾人が仕事を終えたのだろう、すぐに朔弥を捜しに来てくれたことが嬉しい。

自然と顔が綻ぶ。緊張していたつもりはなかったが、それでも知り合いのいない慣れない場所で、知らず知らずのうちに肩に力が入っていたようだ。

「たくさん食べたかい、飲み物は足りているかい」

「大丈夫です。真由里さんが色々持ってきてくれました」

「へえ……真由里さんねぇ」

ちらりと柾人が宮本を見つめると、いつも飄々《ひょうひょう》としている彼女はいつになく身体を強張らせた。

それが意味することがわからず、朔弥は気になっていたことを訊ねた。

「あの、柾人さん。色んな人から名刺を貰ったんですけど、これどうしたらいいですか？」

「なに!?　見せなさい」

ポケットの中にしまったままの名刺を差し出す。

柾人は乱暴に受け取ると一枚一枚じっくりと目を通す。心なしかその顔が強ばって見える。

「どうしたんですか？」

「宮本」

「はぁい、今すぐ返却してきまぁすっ」

「釘を刺すことも忘れるな」

「了解ですぅ」

宮本は柾人から名刺の束を受け取ると脱兎《だっと》のごとくその場から離れた。

なにが起こったのかわからないまま成り行きを見守るしかなかったが、宮本が消えたのを確認し向き直った柾人は、いつもの優しい表情だった。どうしてあんなにピリピリした雰囲気だったのかわからないが、あまり気にしないようにする。自分には無意味なものだから。

「あとこれ、なにかわかりますか？　ゲームで当たったんですけど」

手の中にある黒いカードを渡す。

「こんなものがなぜ！」

「それはね、このホテルのカードキーだよ。今日だけだけど、良かったら泊まっていきなさい。それは確か三十五階の部屋かな」

「あ、蕗谷さん」

「二人とも、長い時間付き合ってくれてありがとう。良かったらこれをどうぞ」

物腰柔らかく現れた蕗谷は、朔弥と唯に持っていたグラスを渡した。綺麗な赤い飲み物にはお洒《しゃ》落《れ》にミントが浮かべられている。

「ありがとうございます」

躊躇いなく受け取って口に含む。

「美味しい」

「気に入ってくれてよかったよ。二人は随分と話し込んでいたね。どんな話をしたか後で僕にも教えてくれると嬉しいな」

「あはは……」

話せるはずがない。互いの恋人への悩みを打ち明けていたなんて。唯も同じことを考えたのだろう、話を逸らす代わりにドリンクを口に含んだが、一口で慌てて顔を上げた。

「将一さんこれ！」

「唯、飲みなさい」

なにか言おうとする彼に、蕗谷はいつもの柔和な笑みのまま、少し強く命じた。

見つめ合う二人の間にただならぬ雰囲気が流れ、唯が何度もこちらをチラチラと見ていたが、蕗谷がなにも告げないことで諦めたように嘆息した。

「……はい」

そして勢いよく飲み干すと泣きそうな顔でまた椅子《いす》に座りこんだ。

「唯さん、大丈夫ですか？」

「山村くん、気にすることはない。ちょっと唯の苦手な飲み物なんだ」

甘くてとてもおいしいのにどうしたんだろう。首をかしげて、それでも朔弥は飲み続けた。

「倉掛もここに泊まるだろう。先に彼らを部屋に送らせてもいいかい」

「……出来レースじゃないだろうな」

「なんのことかわからないなぁ。山村くん、唯、ここはもういいよ。ホテルのスタッフが部屋に送るからそこでゆっくりして。唯のカードキーはこれだよ」

同じようなカードキーを唯は無言で受け取る。

本当に泊まっていいのだろうか。柾人を見つめれば、いつもの優しい笑みで頷いてくれた。

「ではまた」

蕗谷は二人から空のグラスを受け取ると手を振って見送った。

その後柾人が蕗谷に詰め寄って尋問したなど知る由もなく、朔弥は唯を伴って会場を出てエレベータに乗り込んだ。

「あの……ごめんなさい、山村さん」

「どうして唯さんが謝るんですか？」

訊ねても唯は口を一文字に結んで何も答えてはくれない。それどころか泣きそうにすら見える。

「良かったら連絡先、交換してください」

「あ、はい」

連絡先を交換し、あっという間に到着した三十五階のフロアでエレベータを降りる。

エレベータホールの傍のカウンターに常駐しているコンシェルジュに唯の真似をしてカードを見せ、それぞれの部屋へと案内してもらう。

「疲れた……」

広いエグゼクティブルームのソファに腰かけてジャケットのボタンを外した。

疲れすぎたのか不思議と身体が熱かった。

◇

大股で足音を荒々しく立てたいのに、上質な絨毯《じゅうたん》が柾人の怒りを吸い込んでいく。

『宮本が朔弥くんの傍を離れたのって、十分くらいですよぉ』

それが本当なら、たった十分で朔弥をナンパしようとした男があれほどいたというのか。こんなパーティで学生に名刺を渡すのは、自己紹介以外の意味を含んでいると知らない朔弥に教えなかった、自分のミスに苛立った。

しかも名を連ねていたのは、どれも好色家であまりいい噂を聞かない連中ばかりだ。社会的地位を笠に着て裏でSMまがいなことを繰り返しているという話はよく耳にする。

そんな異様な性癖の男に目をつけられてしまう雰囲気を醸し出しているとわかっているから、朔弥をここには連れてくるのが嫌だったのだ。

宮本がきっと巧く言ってくれただろうが、そうでなければ……

『山村くんが魅力的なんだから仕方ないだろう……僕の好みじゃないけどね』

飄々《ひょうひょう》と言ってのける蕗谷にも腹が立つ。同時に彼と唯のやり取りも気になって一秒でも早く朔弥の元に駆けつけたかったが、ホスト側の人間である柾人が容易に会場を抜け出すことなどできない。

それもまた柾人の苛立ちを大きくした。

会社のためとはいえ、やはり朔弥を傍に置けばよかった。だが連れまわしたら先程よりももっと大勢の人間に朔弥を晒《さら》してしまう。果たしてどちらが良かったのか。

部屋の前で一度足を止める。大きく深呼吸をして苛立ちを抑える。朔弥にはこんな自分は見せたくない。いつも余裕を持った大人の姿だけを彼の目に焼き付けたいから。

朔弥のことで簡単に苛立ってしまうみっともない自分の姿など、何一つその目に映したくない。

だが、どうしても蕗谷が絡むと落ち着いていられない。彼が何をしでかすか予想できないからだ。

スペアのカードキーを差し込みドアを開ける。

「朔弥？」

もう休んでいるのだろうか、部屋の中は間接照明が点いているだけで、朔弥の声は聞こえない。代わりにキングサイズベッドの窓側の端が盛り上がっている。

柾人は堅苦しいパーティスーツを脱いでクローゼットにかけてから、ベッドへと近づく。

「朔弥、もう寝たのかい」

珍しく目深まで布団をかぶって丸まっている朔弥の顔が見たくて、柔らかい布団を捲った。

「……ぁ」

「どうしたんだい」

「ま……さと、さん？」

隙間から入り込む光に気づいた朔弥は、柾人の名前を呼ぶ。だがその瞳はどこか潤んで見える。

ベッドに腰かけ、柔らかい髪の感触を堪能しようと手を伸ばす。栗色の髪に触れただけなのに、朔弥から熱い吐息が漏れる。

気になって彼を包む布団を大きくめくりあげた。

柾人がコーディネイトしたシャツのボタンをいくつも外し、トラウザーズのまま丸まっている。

「どこか具合が悪いのかい」

「まさとさん……身体が……あ、つい……」

「風邪をひいてしまったのか？」

慌てて朔弥の額に手を当てる。

「ぁ……ん」

額に熱はない。だが頬は赤くなるほどに熱い。

「会場で冷えてしまったのかな……今すぐ医者を呼ぼう」

ベッドから立ち上がろうとしたが、朔弥が両手を腰に絡めて阻止する。

「朔弥？」

「身体の……おく……熱い……助けてぇ」

「だから医者を呼ぼう」

「違うの……これ……」

朔弥は柾人の太ももに頭を乗せた。そしておぼつかない手つきで柾人の前に触れる。その奥には
いつも朔弥を翻弄《ほんろう》するものがあると知っていながら。

「こらっ、なにをしているんだ」

「ぁ……これぇ……ほし……」

不器用にファスナーを下ろし、その奥に隠れている柾人の欲望を導き出すと、うっとりと見つめた。

「やめなさい朔弥っ……こら……っ！」

熱い吐息を吹きかけながら、朔弥が躊躇うことなく欲望に舌を這わせた。そして仔猫がミルクを舐めるように、ぴちゃぴちゃと音を立てて先端を中心に舐めていく。

「朔弥……っ」

「おかしいの……まさとさんのこれ……んぁ……すごくほしぃ」

舌を伸ばし先を尖らせて、柾人の欲望を根元から先へと舐めあげては、先端の穴を擽《くすぐ》る。両手でそれを支えては何度も繰り返す。

「だめぇ？」

一体朔弥に何が起こっているのか……いつもの彼ならはじめは恥ずかしがるのに、身体が熱いと訴えては柾人の欲望を煽《あお》り続けていく。

しかも前をはだけさせた煽情的《せんじょうてき》な姿のまま。淫《みだ》らな姿を晒《さら》して欲望を咥える様に、彼に弱い柾人は簡単に墜落する。朔弥のしたいようにさせ柔らかい髪を指に絡めた。

「ぁ……まさとさんの……おきい……」

「君が……そうさせたんだろう」

「ん……うれし……」

柾人の股間《こかん》に顔を埋めて舐めるだけではなく、大きく口を開いて欲望を喉の奥まで導こうとし、含みきれず何度も咽る。

「無理してはダメだ」

「……ほしぃよぉ」

どうしたのだろう……だが朔弥を止められない。滅多に見ることのない妖艶《ようえん》な姿に、一瞬にして虜になってしまったから。本当に具合が悪いのか、それとも……

脳裏に蕗谷と唯のやり取りが浮かび嫌な予感を抱きながら、柾人は身体を高ぶらせた。

「これぇほし……」

たっぷりと唾液《だえき》で濡れた欲望に頬ずりして上目で訴えかけてくる。

先程までの清楚な朔弥とは全く違う妖しさに柾人の嗜虐心《しぎゃくしん》が頭をもたげた。

「どこに欲しいんだい？」

「ん……おくぅ……」

「それはどこだい……私に教えてくれ」

「ここ……」

そう言うと朔弥は布団を捲り、トラウザーズのボタンを外した。自分から腰を上げめちゃくちゃに蹴落とし、柾人の好みで買い与えたボクサーブリーフも脱ぎ捨てると、いつも欲望を咥えて悦ばす蕾を露にした。

「ん、どこだい。もっと私に見せて」

「ぁん……このおくがあつい……」

大きく足を開いていく。

「この奥？」

蕾に指を這わすだけで朔弥の身体は跳ね上がった。淫《みだ》らな反応に柾人は彼の身体に起こったことがわかった。

催淫剤《さいいんざい》だ。いつの間にか口にしたのだろう。もしそれが蕗谷が個人輸入しているものだとしたら、朔弥はもう犯されることしか考えられない人形と化しているだろう。

忌々しく思いながらも、これほどまでに妖艶《ようえん》な朔弥をそのままにして平気でいられるほど柾人は聖人君子ではなかった。

自分から柾人を求める彼なんて、こんな機会でもなければ味わうことはできない。

「朔弥……その奥を私に見せて」

「できない……」

「前に教えただろう。自分で指を舐めて濡らして……あとはわかるだろう」

柾人の淫《みだ》らな指示にも朔弥は素直に従う。細い指に赤く艶めかしい舌を絡めてたっぷりと唾液《だえき》を塗りこむと、躊躇うことなく蕾に伸ばす。ゆっくりと蕾をなぞり、先端を含ませていく。

「ぁ……んっ」

自分の指に感じているのか身体は震え、可愛い蕾がぎゅっと自身の指を締め付ける。

柾人は恋人の艶姿をベッドの足元に置かれたソファに腰かけじっくりと眺めた。

どこが熱いのか柾人に見せるために懸命に蕾を広げようと、小さな刺激に可愛い啼き声をあげては指をゆっくりと潜り込ませていく。一本、また一本とゆっくりとした仕草に、すぐにでもその奥を貫きたがる欲望をなだめ、じっくりと淫《みだ》らな恋人の姿を脳裏に焼き付けた。

朔弥は二本の指を第二関節まで含ませ拓こうとしたが、まだ硬い蕾は拒むように強く窄《すぼ》まろうとする。

「ひぁ……ん……できなぃっ……」

「ゆっくりほぐしてあげないと。いつも私がどうしているかを思い出してごらん」

朔弥は膝を立てると足を大きく開き、指がもっと潜り込みやすいように上体を起き上がらせた。左肘で体重を支え指を深くまで入れてから、いつもの手順をなぞる。

その姿を唇を舐めじっくりと観察する。

朔弥は柾人の視線を気にすることなく、手首をひねって中を掻《か》き混ぜ、自分から感じる場所を探していく。見つけると執拗なまでに擦《こす》り続けた。

「あぁあっ……ん、ここ……ぁっん……いぃよぉ」

可愛い分身がプルプルと震えては跳ね、蜜の涙を零していく。透明なそれがたらりと零れて朔弥の指に届き、滑りとなっていく。

「んゃぁ……きもち……ぃぃっ」

恋人のマスターベーションを覗き見ているようだ。

指の動きが次第に大胆になっていく。もう朔弥の頭の中は快楽を追いかけることに精いっぱいで、柾人に中を見せてねだることなど忘れてしまっているのだろう。

「やぁっ……ぁぁん……もっとぉぉ」

抽挿《ちゅうそう》する速度を速めていく。シーツについた指が綺麗に整えられた白布を掴んでめちゃくちゃに乱していく。頭を振り、そして高い声を上げて自分の指で絶頂に達する。

「やぁぁぁ……ぁっ……」

腰を突き出して上下に振り、ピュッピュッと蜜を吐き出した後、身体を倒した。

荒い息を繰り返して余韻にふける恋人の目は虚ろだ。

「こら、だめだろう朔弥。私に中を見て欲しかったんじゃないのかい。さぁ見せて」

足を閉じることを禁じ、再び蕾に指を入れるよう指示する。躊躇うことなく朔弥は柾人の言葉に従い、充分にほぐれた蕾に指を挿れて露にする。

ひきつく内壁の動きまでもが見えるほどにいっぱいに広げる。

「ぁぁん……まさとさ……あつい……」

「独り遊びしてもまだ熱いのかい」

「ん……あつい……」

「どうして欲しいんだい」

「まさとさんのおっきいので……いっぱいにしてぇ……ぃっぱいついて……」

「今日の朔弥は欲張りだね」

おいで。ベルトを抜きトラウザーズのボタンを外し欲望を露にしてから手を伸ばすと、朔弥はおぼつかない足取りでソファに近づいてきた。

そしてまた柾人の欲望を頬張る。

柾人もまた突き出した腰に手を回し、朔弥の蕾を可愛がる。唾液《だえき》と蜜でたっぷりと濡れた蕾は嬉しそうに柾人の指を含み甘く締め付けてくる。蕾を犯された朔弥は頭の動きを激しくしてくる。

「んぅっ……」

「ここはもうぐちゃぐちゃだね」

わざと濡れた音を立てるように乱暴に指を動かす。

「んんんっ……ぅっ」

「この中に欲しいのかい？」

「んっ……んっ」

「自分で挿れてごらん」

ソファに膝乗りにさせる。朔弥は震える手で欲望を支え、おそるおそる腰を落としていった。

「ぁ……ぁぁぁっ」

一番太い部分までをじっくり時間をかけて飲み込んだが、その時に感じる場所を擦《こす》ったのだろう、膝から力が抜け一気に根元まで飲み込んでしまう。

「性急だね、イヤらしい子だ」

「ごめんな……さい……ぁっ」

「そんなにこれが欲しかったのかい」

何度も激しく頷いて、シルクのドレスシャツにしがみついてくる。

「きらっちゃやだぁ……」

「私に嫌われたくない？　どうして？」

「ぁいしてるから……まさとさんだけだからぁ……ぉねがい……」

「バカだね。愛しているといつも言っているだろう」

「もっとぉいっぱ……いって……」

「愛しているよ、朔弥。君だけを愛しているよ」

「オレも……まさとさん、ぁいしてる……」

「嬉しいよ。どれだけ愛しているか、欲しがっているかを私に教えてくれ」

「ん……」

細い腰が淫《みだ》らに揺らめき、そして自分から柾人を貪り始めた。身体を浮かせては足の力を抜いて奥まで自分で犯す。ぎしぎしとソファが音を立てた。

激しい動きに柾人は奥歯を噛みしめた。堪えなければすぐに持っていかれそうになる。それほどに媚薬に侵された朔弥は魅惑的だ。欲望をきつく絞めつけて大きく身体を動かしてと容赦がない。

蕾は柾人の形をなぞるように形に合わせて開いていく。

「ぁあっゃぁぁぁぁ……まぁぉさ……そこぃぃっ」

「そんなにしたらすぐに達《い》ってしまうよ」

「いってぇ……ぃっぱいだして……ぜんぶ、オレだけにだしてぇ」

「朔弥にだけだっ！」

たまらない。もっと苛めようと思ったのに、それすらもままならないくらいに煽《あお》られる。なによりも朔弥がその心の中にある感情を訴えてくるのが嬉しくて、柾人もじっとしていられなかった。

身体が落ちてくるタイミングで腰を打ち付ける。

「ひゃっ！」

深い快感に高い悲鳴を上げ身体を跳ねさせ、そしてまた落ちるタイミングを狙う。

何度も何度も繰り返しては朔弥を乱れさせる。ぎゅうぎゅうに締め付ける蕾が収縮を繰り返す内壁に、柾人も長くはもたなかった。

朔弥の分身を掴み、乱暴に扱いて腰を動かした。

「ぁぁぁ、も……ぃくぅっ！」

ひときわ強く締め付けられた柾人も、欲望を解放した。

朔弥の蜜で濡れたシャツを脱ぎ、彼のも脱がす。余すところなく柾人が愛した証を残す身体が光の下に浮かび上がった。

ピクリピクリと身体を震わせ、まだ絶頂の海の中を揺らめく朔弥の胸の飾りを口に含んだ。

「ぁっ」

日々柾人に苛まれ感じやすくなっている胸の飾りは、ちょっと舐めただけで身体を震わせ、中に収まったままの欲望を締め付けてくる。いつもよりも乱暴に食み歯を立てる。

「やぁぁぁっ」

反対も乱暴に弄っていくと朔弥は髪を振り乱して啼き始める。達《い》ったばかりの分身がまた力を取り戻していく。

「いや？　朔弥はここを弄られるのも気持ちいいんだろう？　私に教えて」

「ん……ぃぃっ……ぁぁぁっ」

腰が跳ね、身体が仰け反る。

いつもよりもずっと敏感に反応する身体に、柾人もまたすぐに高ぶっていく。

朔弥を抱いたまま立ち上がると窓まで移動する。歩く振動だけでも朔弥は感じて、柾人にしがみついて可愛い啼き声を上げる。出窓《でまど》に座らせ、そのまま腰を動かす。

「ぁぁぁん……まぁぉさぁぃぃっ、へんっなる！」

柾人にしがみついたまま下から突き上げられ、朔弥は啼きながら快感を伝えてくる。両足を大きく開かせ出窓《でまど》に後ろ手をついた格好にさせ腰を掴むと、深くまで欲望を突き刺す。

「やぁぁぁぁっ！」

激しく腰を使えば、柾人の欲望の名残が淫《みだ》らな音を立てる。

「感じて啼く朔弥はとてもっ、綺麗だ……」

「はげしっ……わかんないよぉぁぁっ」

「私に抱かれてる君がどれだけ美しいか教えてあげる」

一度欲望を抜くと出窓《でまど》から下ろし窓へと身体を返す。渋谷の夜景を広げる窓が鏡のように朔弥の姿を映し出す。

「やっ！」

「ほら、これが私の愛おしい朔弥だ」

いやいやと首を振る朔弥の顎を捕らえて、自分の姿を見させる。

「この綺麗な恋人はこうすると……もっと綺麗になるんだっ」

後ろから朔弥を犯していく。

「ぁぁぁぁあっ！」

「この体位は好きだろう……自分がどんなに綺麗に乱れるかを、ちゃんと見ていなさいっ」

柾人はもっとも感じる場所を執拗なまでに抉っていく。

「やぁぁぁ……ぁぁっ！」

「目を閉じないでちゃんと見るんだっ」

「は……ぃ……ぁぁっ」

「ほら、少し苦しそうに、でも私のもので悦んでいる朔弥の顔は綺麗だろう」

朔弥は初めて見る自分の淫《みだ》らな表情に目が離せず、窓に映る己の姿を見続けた。愉悦《ゆえつ》に飲まれて恍惚《こうこつ》とする表情を、柾人もまた朔弥の肩越しに堪能する。

その表情にどれだけ柾人が心を奪われているかを知ればいい。そして己の魅力に気づき少しは自覚を持って欲しい。こんなにも美しい恋人を持って柾人がどれほど幸せを感じているのかを。その淫《みだ》らさにどれほど溺れているのかを。

だが、同時に不安にもなる。果たして朔弥が欲しているのは自分だけかと。こんなにも魅力的で、短時間で多くの男を魅了《みりょう》する彼は、この腕の中にずっと留まってくれるだろうか。

感じすぎている朔弥を苛むように、動きを止めた。

「ねぇ、朔弥のここは何でいっぱいになっている？」

「ひゃっ……ぁぁ……まさとさんの……おっきいの……」

「朔弥はこれが好き？」

「うんっ……すきぃ……」

蕾の周りをなぞり訊ねると、嬌声《きょうせい》に混じって可愛い言葉が返ってくる。だから柾人は己の中にある意地悪で黒い感情をどんどん露にしていく。

「これをどうして欲しいんだい？」

朔弥の感じる場所を狙って緩く突き上げる。

「やぁんっ……ぁ……もっとぉ」

激しさに慣れた身体は、急にお預けを食らって貪欲に柾人を求め始めた。細く形のよい腰が揺らめく。欲しい欲しいとギュウギュウに柾人の欲望を締め付ける。

「もっと、どうして欲しい？」

「ぃっぱい……いっぱいしてぇ……」

「してくれるなら、誰のでもいいの？」

「ゃぁ……まさとさんだけぇ」

「私だけ？」

媚薬で自制が効かない朔弥は涙目で振り返った。

「んっ……まさとさんだけだから……ぁっ」

「約束して朔弥。ここに私以外のものを挿れてはダメだよ」

「するぅするから……はげしくしてぇぇぇぇっ」

「ちゃんと言うんだ、朔弥」

「まさとさんだけ……オレがセックスするの、まさとさんだけ……」

「いい子だ」

チュッと首にキスを落とす。

「ぁん……オレのぜんぶ、まさとさんのものだからぁ……なにしてもいいから」

いっぱいして。可愛いおねだりに頭が沸騰しそうだ。

求めていた以上の言葉に、柾人は己の何かが壊れかかろうとしているのを感じた。

「いっぱいしたら毀《こわ》してしまうね……」

「いい、いいからっ……まさとさんがいいっ……オレをこわしてぇ……」

「……明日どうなってもいいのかい？」

「いいっ……まさとさんだけだから……ぜんぶまさとさんのだから……してぇ」

本能だけになった朔弥はどこまでも柾人の嗜虐心《しぎゃくしん》を煽《あお》り続ける。

「愛しているよ、朔弥っ」

彼を悦ばせる動きを再開すれば、快楽で恍惚《こうこつ》となった綺麗な顔が仰け反り、必死に愉悦《ゆえつ》を耐える艶めかしいものへと変わっていく。

「ほら、朔弥がどんな顔をして達《い》くのかもちゃんと見るんだ」

そう言って柾人は腰の動きを早めた。

「ぁぁぁぁああっ！」

敏感な朔弥はまた分身を触れられぬまま絶頂を迎えた。

「ほらっ……綺麗だろう……」

「ぁ……っ！」

「わかったかい。朔弥はとても綺麗だろう。美しくて艶めかしくて、魅力的な私の恋人だ。……他の誰にもこの顔を見せないでくれ」

懇願。みっともないとわかっていて、そう言わずにはいられない。

「まさとさんだけ……まさとさんだけだからぁっ」

「約束だよ、朔弥」

「んっ……はぃ……ぁぁっ！」

「まだ終わらないよ……もっといっぱい愛し合おう……」

渋谷の夜景を見ながら柾人は何度も何度も朔弥を犯し続けた。

そして長い情交に意識を失った朔弥をベッドに横たえ布団をかけると、柾人はシャワーを浴びホテルが用意しているルームウェアに身をくるみ部屋を出た。

エグゼグティブルームのみのこのフロアには宿泊客専用のラウンジがあり、深夜の時間帯は軽食と酒が用意されている。そこに赴くと、予想通り蕗谷がすでに呑み始めていた。

「やぁ、可愛い山村くんはどうだった？」

「やっぱりあんたか」

怒りたいのに、朔弥のあんな姿を堪能した後ではどうしようもない。

嘆息して隣に腰を下ろす。

ウイスキーのロックを頼み軽食を口に運ぶ。柾人と蕗谷はずっと挨拶に回っていたため食事を摂る暇はなかった。ルームサービスでも取って朔弥と食べようと計画していたのに、蕗谷のいたずらで吹き飛んだ。その恨みを言うために来たはずなのに。

あまりに当たり前のようにしている蕗谷を目にしてやめた。

「唯くんはもう寝たのか。あまり振り回してやるなよ。あの子にはお前だけなんだからな」

「わかっているよ。唯のために会社を大きくしたからね」

「重いものを抱えさせるな」

「わかっている」

蕗谷は少し寂しそうに渋谷の街を見た。繁華街《はんかがい》は土曜日の深夜に近い時間でも煌々《こうこう》と灯りが輝いているが、蕗谷の視線は反対側の薄暗い場所にある、会社が入っているビルへと向かっている。

「いい会社になってきたよ。自分の手でもっと大きくしたかったけど……」

諦めた笑みに柾人は何も言えなかった。

蕗谷の抱えているものの大きさを知っているから。

「あぁそうだ。近いうちに倉掛にプレゼントを贈るよ」

「不要だ。碌《ろく》なもんじゃないんだろう」

「それなら山村くんが今日飲んだヤツはどう？」

「あれはいったいなんなんだ」

「ある島で『花嫁の涙』と呼ばれているんだ。バージンちゃんでも涙流しながら喜んじゃうっていうね。しかも全く後遺症なしの完全植物性。気に入った？」

蕗谷がいたずらっぽい表情に感傷を隠しているのを知って、柾人は敢えて目をつむる。

「いくらだ？」

「交渉次第かなぁ。僕が気に入る会社にしてくれたら譲ってあげるよ」

「……それは頑張らないといけないな」

嘆息し、ウイスキーを舐めた。

◇

サーシング株式会社の受付に立った朔弥は、緊張した面持ちのまま、受付にある電話の受話器を取った。貼り付けられている部署の内線番号をプッシュする。

『はい、開発部です』

「……山村朔弥です。本日かず……」

『朔弥くんだぁ、ちょっと待っててねぇ』

電話を取ったのは宮本だった。緊張していただけにちょっとだけ拍子抜けしたが、気を取り直して背筋を伸ばした。どんな仕事を紹介してもらえるのだろう。全く知識がない分、不安で仕方なかった。今までにないくらい緊張し、一秒が長く感じられる。

「おまたせぇ、朔弥くん。会議室はーこっちなのぉ」

いつもの甘ったるい声で、宮本は出てきたのと反対側の扉を開け案内してくれた。

奥の席に座るよう促され、履歴書を用意して腰かける。

「ちょっと待っててねぇ、すぐに和紗ぶちょおも来るからね。ごめんねぇ、今忙しくって、ゆっくりできないの」

コーヒーを置くと宮本は部屋を出ていった。

柾人も今日は遅くなると言いおいて出社した。本当に忙しいのだろう。それなのに部長である和紗の時間を煩わせるのは申し訳なかったが、朔弥もせっかくの好機を逃したくはない。自分にできることが見つかるかもしれないのだから。

しばらく待っていると扉が開いた。慌てて立つ。

「やあ、山村くん。今日はよく来てくれたね」

和紗だとばかり思っていたが、入ってきたのは蕗谷だった。

「あっ！　……こん、にちは……」

「昨日は会えなくて残念だったよ。倉掛にいっぱい可愛がってもらえたかい」

いろんなことがフラッシュバックして顔が真っ赤になる。自分から柾人にしたことや、長い時間抱かれ続けたこと。なによりも翌朝に読んだ唯からのメールの内容が一層挙動をおかしくさせた。

『あのジュース、したくなっちゃう効果が入ってます。止められなくてごめんなさい』

異様に身体が熱かったのも、柾人の顔を見たら抱かれることしか考えられなかったのもすべて、蕗谷から渡された飲み物が原因だったと知った時は、ショックでしばらく動けなかった。

次に、わかって飲み干した泣きそうな唯の顔を思い出し、やるせない気持ちになった。きっと自分よりも唯のほうがショックだろう。その後どうなるかを知っているのだから。

ショックで塞ぎこんでいる朔弥の後ろからメールの内容をちらりと見た柾人は「気にしなくていい」と励ましつつも、あれが飲み物のせいなのは残念だと朔弥の良心の呵責《かしゃく》に付け込んできた。

「なにもない状態で朔弥から可愛いおねだりをして欲しいな」

そして素面《しらふ》のままで昨晩の再現を、チェックアウトのギリギリまでさせられたのだった。

そこまで思い出して朔弥は赤くなった顔を伏せた。とても蕗谷を直視できない。何も答えられないでいると、反応だけで満足したのか、蕗谷は笑い朔弥の前に腰かけた。

「仕事の話をしようか」

「はいっ！　あの、和紗さんからアルバイトをご紹介いただけると……」

「うん、我が社でのアルバイトだよ。今忙しくてね、人手を増やしたいと思っていたんだ。渡りに船だったよ。あ、履歴書を預かるね」

朔弥の前に置いた履歴書をするっと手に取ると、開いてじっくり眺めた。

そして蕗谷は簡単に会社の業務内容を説明してくれた。

サーシング株式会社はＢｔｏＢのシステム開発をメインとしており、クライアントの要望に合わせたシステム開発と平行して管理・運営を行っている。

だが、今は新たにＡＩを組み込んだシステム開発に取りかかっており、その協力会社との調整にいつも以上に時間がかかり、社員の業務を圧迫しているそうだ。

そのために自由に動き、皆を助けるポジションのアルバイトを探しているという。

「希望は十四時から十八時だね……夏休みの期間だけ十時から十八時でもいいかな？」

「はい！」

「あと……十九時までは無理かい？」

「ぁ……ごめんなさい、ご飯を作らないといけないので……」

「なるほどね。大きい子供のお守りは大変だ、あっははは」

あの柾人のことをこんな風に揶揄《やゆ》るのは蕗谷だけだろう。はじめは喜んでもらえて嬉しかった家事も、今は自分の使命になっている。

週に二回はジムに通っている柾人だが、外食ばかりの生活になりやすい仕事を考えれば、下手でも自分の作った料理を食べて欲しい。まだ要領はとても悪いが。

「蕗谷さんは、夕食はどうしているんですか？」

「うちは唯が専業主婦をしてくれているからね。愛妻料理を食べに帰るよ」

堂々と唯のことを妻扱いしている。

「お仕事で忙しいときは、唯さんはずっとお一人なんですか？」

このところ柾人の帰宅は遅い。時には日付が変わるギリギリに帰ってくるときもある。柾人よりも上の役職にある蕗谷はもっと多忙なのだろうと訊ねたが、一笑された。

「僕はいつも定時上がりだよ」

「えっ、お仕事は？」

「そんなの全部、倉掛に押し付けるに決まっているだろう」

……元凶はこの人か。唯の心配をして損した。

柾人が疲弊して帰ってくるのは仕事が忙しいだけではないと知り、なんとも言えない気持ちになる。

そして、朔弥にはいつもなんでも話して欲しいと言うのに、柾人は仕事の話を何一つしてくれていないことに気が付いた。守秘義務もあるだろうが、それでも小さな愚痴《ぐち》一つ零さない。

ただ「疲れを癒してくれ」と朔弥を抱きしめてくるだけだ。

「では月曜日から金曜日までの十時から十八時まで宜しくね。なんだったら今から仕事をしていくかい、こちらは大歓迎だよ」

「あの……こんな簡単に決めていいいんですか？」

「むしろ山村くんをスカウトに行こうと思っていたくらいだよ。うちはエンジニアのほとんどを他社から引き抜いたからね。しかも急激に会社を大きくしたから結構恨まれているんだ。変なのを雇って内部情報を抜き取られたら大変。山村くんだったら心配ないだろう。しかも倉掛のために頑張ってくれるし」

「そうですけど……」

だが、柾人はどう思うだろう。

サーシングではない会社への紹介だと思っていたから何も話さずにいたが、ここで働くとなったら嫌がるかもしれない。

不安を抱きつつ、柾人の傍にいて役に立てるかもしれないと考えると断れなかった。

「君はうってつけの存在だと、僕も和紗も思っているんだ。アルバイトだけどぜひ頑張ってね。一応所属は開発部になるけれど、部署の枠を超えて仕事をしてくれると嬉しいよ」

「わかりました」

「ではみんなに紹介しよう」

蕗谷に伴われ開発部のオフィスに入る。

「みんな注目！　今日からアルバイトで入る山村くんだから。色々仕事を教えてね。では山村くん頑張ってね！」

「あ、はい。山村朔弥です、よろしくお願いします」

頭を下げるが返事がない。

それもそのはずだ、なぜかほとんどの社員が机に突っ伏して眠っている。

「ごめんねぇ、朔弥くん。今お昼寝タイムなの」

先程別れた宮本も、よく見ると目の下にクマを作っている。昨日から徹夜で仕事をしているのだという。パーティの準備からずっと家に帰れないメンバーもいると聞き、あまりの激務に驚く。

特に新たなプロジェクトに携わっているメンバーは、ほとんど会社に住んでいるに近い状態らしい。宮本はプロジェクトメンバーではないものの、別の仕事で帰れないという。

だから決まって午後三時から四時までは昼寝をするルールになっていた。フレックスを導入しているのでどうしても生活リズムがずれて、昼食後がこの時間になるんだとか。

「あの、オレは何をすればいいですか？　なんでも言ってください！」

そんな状態ではみんないつか死んでしまう。

朔弥は山積みになっている本を並べたり紙の資料をスキャンしたりと、雑用をこなしていく。

次第に一人二人と意識を回復したメンバーは、最初は驚くが、朔弥がアルバイトで入ったと理解すると、すぐに容赦なく仕事を指示してくる。本当に、猫の手も借りたいくらいに忙しいようだ。

朔弥は、頼まれた仕事をすべて引き受けていく。

会社というのは賑やかなものだと思っていたが、開発部は各々パソコンやスマートフォンにヘッドホンを挿し、黙々とキーボードを叩いているだけだった。連絡が社内SNSで行われているからなのかもしれない。あまりに静かな社内で、キーボードを叩く音と朔弥の動く音だけが響くというのは、一種異様だ。

もうそろそろ退社時間が近づいてきた頃、開発部の扉が開いた。

「あ……柾人さんっ」

「朔弥……なぜここにいるんだっ！」

会議を終えて開発部の横にある自分のオフィスに入ろうとした柾人は、すぐに朔弥の存在に気づいた。ツカツカと近づいてくる。

「あっ……今日からここでアルバイトをすることになりました」

会社だから言葉を硬くする。

「私のところにそんな稟議《りんぎ》は上がっていないぞ」

すぐに視線が責任者の和紗へと向かう。

「社長決裁はおりている。気にするな。あと倉掛、社長が『仕事を大量に残して帰るから後はよろしく』だそうだ。山村くんは十八時までの勤務だったね。もう上がっていいわ」

「なんだと！」

「あ……すみません。お先に失礼します」

なんとなく雰囲気が悪くなるのを感じて、朔弥はそそくさとその場を離れた。きっと家に帰ってきた柾人から色々聞かれるだろう。なんて言えばいいのか考えなくては。

嘘をつくのが下手な朔弥は言い訳をどうしようかと考え、地下鉄に乗った。

まさか、柾人の誕生日プレゼントを買うためにアルバイトを始めたとは言えない。

なんて言おうか……

言わないという選択肢を持たない朔弥は、家に帰るまでずっと頭を悩ませる羽目になる。

◇

「どういうつもりだ、和紗ちゃん」

「それは蕗谷に聞いてちょうだい。ただ、この万年人手不足を解消するためにアルバイトを入れるのも一案として出てはいた。いい人材が入ってよかった」

簡単にアルバイトの募集ができない事情を抱えている会社にとって、朔弥は確かに魅力的な存在だろう。自由の利く大学生で他社との繋がりがない上に柾人の恋人では、裏切ることも考えづらい。

しかも、先日の市川の件のやり取りの様子を記録した音声データを聞いたが、柾人が不利になることを一切口にせず、知らぬ存ぜぬで切り抜けようとしたのには驚いた。

そんな朔弥なら、容易に会社の情報を外部に漏らすことはないだろう。

だが、それは経営陣としての意見であり、恋人の立場としては容易に受け入れがたい。

セックスでの快楽を知ってからの朔弥は、とてつもなく艶めかしい存在になっているのだ。同じ嗜好《しこう》の者たちが目にすれば、垂涎せずにはいられないほど魅力的になっている。

先日のパーティでそれは実証された。

余計に朔弥を閉じ込めて誰にも見せたくない衝動に悩まされているのだ。大学を辞めさせ、一歩も家から出ないように閉じ込めてしまいたい。大きく綺麗な瞳が柾人以外を映し出さないように。

朔弥の何もかもを独占したい柾人にとって、アルバイトとはいえ朔弥には社会に出て欲しくはない。

「蕗谷から伝言だ。『いつも仕事を頑張っているご褒美に、職場でもカワイ子ちゃんを愛でられる環境にしておいたよ』、だそうだ。倉掛、山村くんは籠の鳥にはならない。蕗谷のように囲い込みたかったら、もっと洗脳するか、無能な人間を選ぶべきだ」

仕事が溢れかえっている和紗は、ちらりとも柾人を見ず、ずっとキーボードを叩きながら口を動かした。

「気が散って逆に仕事にならないと考えなかったのかっ！」

「倉掛はカッコつけだから、山村くんが目の前にいれば今まで以上に頑張るだろう、良かったね、とも言っていた」

「あの野郎……」

だが的を射てはいる。朔弥がいるとわかったなら、柾人は仕事を馬車馬のようにこなしていくだろう。朔弥にとっていつでも頼れる大人のふりをするために。

それを味方であり旧知《きゅうち》である彼らに付け入られるとは思ってもいなかった。

「お前がどんなに籠の中に閉じ込めたくても、できないのがわかっているだろう。なら目の届くところにいてもらったほうが安心じゃないか」

そんなのわかっている、嫌というほど。

もうすぐ就職活動が始まる。蕗谷や和紗の言うように、自分の目の届くところに朔弥がいてくれたほうが安心はする。

だが、できることなら魅力的な彼が大勢の人間の目に触れることは避けたいのだ。

自己満足だとわかっている。朔弥のためにならないことも。

「いい加減大人になれ。籠の中に入れるだけが相手の幸せじゃない。扉を開けていても必ず帰ってきてくれる関係というのが世の中にあるんだと学べ」

言葉もなかった。正論だ。

籠に閉じ込めたい、朔弥が魅力的だからと言い訳を並べて、本当は柾人が不安でしょうがないだけだ。いつか飛び立ち、外の世界を知ってしまった彼が、自分の手の中に戻らないかもしれないと。喜んで柾人の傍に戻ってくるという保証が何もないから。

「お前のいけないところは、相手を信頼していないところだ。たまには信じてやれ」

大人になれ。三十路を目前にした人間が言われる言葉ではないだろう。

だが遠くない未来にやってくるであろう重責を考えれば、確かに自分は大人にならなければならない。朔弥との関係をこのままにしていいはずがない。

今はまだ学生でも、彼も年を経て社会人になる。柾人と朔弥の関係は恋人でしかなく、彼の人生に何かを保証することも、強制することもできない。

わかっている。だからこそ焦ってしまう。完全に自分のものにして決して離さないために、蕗谷が唯と強引に養子縁組までした時は愚かとも思ったが、今になってみれば羨ましいとすら感じる。

自分も朔弥のすべてを縛ることができたなら。

だがそれでは意味がない。

市川に縛り付けられ、変な常識を植え付けられた彼を知っているから。あんな悲しい顔はさせないと心に誓っているのに、自分もまた朔弥を好き勝手に動かそうとしている事実に愕然とした。

「わかった。好きにしろ」

そう言うのが精一杯だった。

現実から目を背けるために、山積みになった仕事を片付けていった。

ざわりと足元に、懐かしい恐怖が纏わり付くのを感じた。

第六章

透明なパーテーションの向こうで朔弥が楽しそうにフロアを歩き回り、誰かと話をしているのが見える。柾人はちらりとそれを確かめて、またモニターに視線を戻すが集中できずにいる。

すぐ傍に朔弥がいるのに声をかけることができないどころか、朔弥は自分といるよりも楽しいのではないかと思う時がある。

盛大に嘆息したいのを隠し、小さく息を吐き出した。

あの日から足元をねっとりとした黒いものが纏わり付いている。酷く懐かしいそれは、かつて自分から引き剥がしたものだ。今になってまた足元に絡んでくるのを、柾人はどうにもできずにいる。

恋人を籠の中に押し込めて漸《ようや》く得られる安心がそれらを綺麗に流していくのに、今はただどうすることもできず、足元から飲み込まれるのを待つようでもあった。

もう一度朔弥を見る。

薄い背中は忙しなくフロアを歩き回り、手に持っている書類は量を増やしていた。歩くたびにあちらこちらから仕事を頼まれるているのだろう。

その一つ一つを丁寧にこなし、アルバイトに入って間がないのに、開発部のみならず会社全体から頼りにされている姿は、誇らしい反面、自分だけのものだと叫びたくてしょうがない。

『扉を開けていても必ず帰ってきてくれる関係というのが世の中にある』

和紗の言葉が頭から離れない。

彼女の言うことは正論でしかない。柾人が朔弥と築くべき関係は、どんな状況でも必ずこの腕に帰ってくると、隣にいるのは互いであると信じるものでなくてはならない。

わかっている、嫌と言うほど。

だが不安でしかたない。かつて柾人はすべてを奪われてしまったのだ、両親も、思い出の残る家も、家族が大事にしていた会社も、一つ残らず。

朔弥に詳細は伝えなかったが、柾人は交通事故遺児だった。

ある日突然、家族を失った。そして叔父によって住む場所も何もかも奪われ、親族によって両親の位牌《いはい》すら壊された。子供で無力だった柾人は何一つ奪い返せなかった。

その名残か、大事なものを見つけるたびに閉じ込めなければ安心できず、不安が募ると今のように足元をおどろおどろしいものが渦巻くようになった。言葉にするなら、恐怖である。無力な子供では太刀打ちできない恐ろしいものは、大人になった今でも柾人を覆い尽くそうとする。

（このままじゃだめだ）

自分が変わらなければ。朔弥が愛されて花開いたように、自分もまた強くならなくてはダメだ。

頭ではわかっていても、その方法がわからない。どうしたら朔弥が自分だけを見つめてくれるのか、どうしたら朔弥が自分しか見ていないと信じられるか。

彼の愛が自分にあるのはわかっている。

誰よりもまっすぐに見てくれて、自分の愛し方を受け入れてくれる希有《けう》な存在であるのも。

同時にどこまでも魅力的になった朔弥が、他の人間に奪われやしないか、掠われやしないか、神経を尖らせるようになった。執拗なまでに朔弥に「セックスをするのは柾人とだけだ」と言わせるのも遠因だとわかっているのに、止められない。そうしなければ安心できないのだ。

就職活動が始まったら、朔弥も当たり前のように様々な会社の面接に行くことだろう。優秀な彼ならすぐに内定を得られるはずだ。

そうなったとき、彼は遠くに行ってしまうかもしれない。心が離れてしまうかもしれない。

まだ働き始めて数週間だというのに社内での評判が高く、青田買《あおたが》いしろという声が上がるほどだ。

「青田買《あおたが》いって……朔弥は物じゃないんだ」

吐き出して、すぐさま違うと頭が否定した。

ただの物ではない、自分だけの存在だと主張したくてしょうがないんだ。

誰も声をかけるな、誰も朔弥を見るな、そのすべてを支配していいのは自分だけだと叫びたくてしょうがない。

「悪癖だ、わかってる」

わかったところでどうにもできないのが癖であることも知っている。

「わかっているが……どうしたらいいんだっ！」

吐き出して、その苛立ちをぶつけるようにキーボードを叩いた。

机の上には書類が山積みだ。そのほとんどが、事務処理能力が存在しないと言っても過言ではない蕗谷が置いていったもので、今日中に処理しなければ家に帰れない状況なのに、ちっとも仕事に手がつかない。不安が動きを鈍くさせている。

(どうしたら安心するんだ、どうしたら縛り付けられるんだ)

宝物である車は、権利が柾人にあると書類で証明されている。

だが朔弥にはそれができない。どんなに愛し合っても求め合っても、それを書類で証明できない。

「よもや社長と同じ手は使いたくないな」

蕗谷は運命に出会い、すぐさま養子縁組するために画策《かくさく》をし、リスクを負うことすら厭わなかった。周囲の目など気にせず、時に恋人である唯の気持ちも押さえつける強引さを持った彼は、自分の理想のためだけに動く豪胆《ごうたん》さがある。

だが柾人が同じことをした時、朔弥が変わらず綺麗なままいてくれるのか不安でしょうがない。

強引に何かを進めて彼の心を蔑ろにしてしまった時、果たして今と同じように自分に笑いかけてくれるだろうか。

失恋してすぐの朔弥を知っているだけに、二度と彼を傷つけたくないと願い、しかしすべてを奪いたい衝動に引っ張られそうになる。

(昔のままでいてはだめなんだ……もうあの頃とは違う)

もう無力な子供ではない。一つの会社をこれから任される立場になる柾人には年齢以上の力があるし、そうなるように今まで頑張ってきた。その力も、朔弥も、奪われることはないと頭では理解しても、心が追いつかない。

(まだまだだな……できることがあるとすれば……)

朔弥に敬愛されるよう、仕事に励むことだ。

さらりと仕事のタスクを確認してコスト表と見比べる。気になったところはチームリーダーに社内システムのコメント機能を使用して書き込んで返事を待つ。その間に溜まった書類の、特に法務関係をさらりと確認して社判を押していく。

このような確認をすべて柾人がやっているのは「法学部を卒業したから詳しいよな」と振ってきた蕗谷のせいだ。普通なら社長管理の社判も角印も、柾人の手元にあるのを誰も不思議に思わないでいる。

「……いい加減、私の下にも誰かついて貰うべきか」

ならば朔弥だろうと愛しい彼の顔を思い浮かべ、すぐに打ち消した。

サーシングに就職してくれれば嬉しいが、朔弥にだってやりたいことがあるだろうと己を律しているのだ。何もかも奪うのはいけないと自分に言い聞かせ、扉を開けても彼が必ずこの腕の中に帰ってこられるよう、虚勢《きょせい》を張っているのだ。

あくまでもそれが虚勢《きょせい》であると柾人自身が一番理解している。

そんな時、嫌な人影が近づいてくるのを目にして、盛大に嘆息した。

バンッと勢いよくドアが開かれる。

「倉掛、財閥《ざいばつ》から連絡だ！」

いつものごとく蕗谷だ。いつになったらその辞書に「ノック」という言葉が書き込まれるのか。

「なんの用だ」

「あれっ、職場でも愛しの山村くんを楽しめるように尽力した僕に、その言い方はないんじゃないのか？」

「頼んでないが」

「まあまあ、そう不貞腐《ふてくさ》れない。絶景だろう、職場に可愛い恋人がいるというのは」

「そういうあんたは、唯くんを社会に出す覚悟ができたのか？」

自分の世界に閉じ込めるために、蕗谷が唯を縛り付けているのは戸籍《こせき》だけではないと知っている柾人は訊ねてみる。

絶対に会社勤めなんてさせないと、あの手この手を使って唯のやる気を削いでいる蕗谷が、笑って言うことじゃない。返ってきた言葉は想像したものだった。

「するわけないだろう。唯は家にいればいいんだ」

やはり変態の二つ名にふさわしい発想だ。

「なら朔弥も同じにして欲しかった」

「バカだね、倉掛は。山村くんには両親がまだ健在だろう。それを御せずに彼を独占できるのか？順当に社会に出るよりは、ここに閉じ込めた方が有益だと僕は思うよ」

また始まった。

朔弥がアルバイトを始めてから、蕗谷や和紗と何度もやりとりしている内容だ。

「朔弥の希望を聞かずに押しつけるのは反対だ」

「なるほどね、山村くんがうちには入社したいと言ったらいいんだね」

言質は取ったぞと笑う蕗谷が憎たらしい。

蕗谷と同じにはならないと誓う一方で、今になって羨ましくてしょうがない自分がいた。

その細い足を鎖で繋げ、誰にも会わすことなく家に閉じ込めてしまいたい。そう、すべては柾人が臆病《おくびょう》になっているから産まれるのだ、この不安は。

なにを選ぶにせよ、自分自身が納得して決めていかないと、消えることはないだろう。

「それは……朔弥次第だ。私が決めることではない」

「またまた。無理してないか、倉掛。まぁ山村くんのことは追々するとして、女王様からお呼び出しだよ」

蕗谷はずっと手に持っていた書類を差し出した。さらりと目を通して盛大に嘆息した。

「なぜ今の時期なんだっ！」

思い切り机を叩きたくなる。なんだったらモニターごと破壊してしまいたいくらいだ。

「それは我らが女王様の御心次第、だよ。あの人に何を言っても通じないけれどね」

蕗谷がしきりと「女王様」と呼ぶのは、自身の母親のことだ。たまには息子として御して欲しいとも思う。

だが、巨大財閥《ざいばつ》を束ね、その女王として名実ともに君臨《くんりん》している彼女に逆らえる人間はいるのだろうかと考えて、すぐに放棄した。

柾人もまた、彼女に逆らえない人間の一人である。苦境から救い出し、高校から大学卒業までの七年間を支えてくれたのは他でもない、蕗谷の母親だ。代償は「蕗谷家の人間の力になること」と経営についても勉強をしたから、今があると言っても過言ではない。

本来は彼女が運営している事業の一つを任される予定だったが、それを知っていて蕗谷が柾人を掠め取ったのだ、言葉巧みに。自分が育てた人間を掬い取られたと憤慨している彼女は、相手が息子だからと表面上は許してくれたが、時折こうして無理難題を突きつけてくるようになった。

今回は関連企業の社長候補の顔合わせという名目での招集で、互いに面識を持つために二週間も「研修」として集められる。

「顔合わせに二週間も必要なのか？」

「いるんじゃないかな、女王様のおもてなしにはそれだけの時間が」

他人事として笑う蕗谷に腹が立ち、一泡吹かそうと現実を突きつける。

「社長はどうするんだ、二週間も」

「ん？　僕はいつも通りだよ」

「いつも通りなんてできるわけがないだろう。こういう書類を二週間も溜めるつもりか」

こういう、と机の上に山積みになっている、蕗谷が勝手に押しつけた書類を叩いてやった。一日でも凄い量になるのに、それが二週間ともなればデスクから溢れてしまうだろう。

蕗谷もやっと現実に気付いて蒼白になった。チラリチラリと書類の山を見つめる。そこにあるのが自分では処理しきれずに柾人に押しつけたものだと知って、慌てだした。

「倉掛常務、終わったら社に戻る……というのはどうだい？」

「女王様のご機嫌取りは夜の部もあると思うんだが。それに毎日飛行機で帰れるわけないだろ」

「じゃあ休日は会社に戻っておいでよ」

「あの人がそれを許すと思っているのか？」

沈黙してしゃがみ込む蕗谷に溜飲《りゅういん》を下げたが、二週間、会社どころか家に戻ることすらできない。

二人で思い切り嘆息した。

「倉掛、なんとかしてくれよ」

「あんたこそなんとかしてくれ、あの人を。なんで顔合わせだけでシンガポールに行かないといけないんだ」

嘆いても始まらない。行くしかないのだが、このままではだめだ。朔弥との関係を一歩前進する方法を考えなければ。それこそ和紗の言う「扉を開けても必ず帰ってくる関係」のために、蕗谷とは違う方法で彼を縛り付けたい。

「ん？」

シンガポールの文字に閃いた柾人は、すぐさまパソコンのブラウザを立ち上げ、欲しい情報を検索していった。

「これだっ！」

「なんだ倉掛。いいアイデアでもあるのか？」

「すまない社長、シンガポールに行ってくる」

「なんで？　そこはなんとしても僕のために阻止すべき事柄じゃないの⁉」

隣で騒ぐ蕗谷のことなど気にせず、柾人は仕事を猛スピードで片付けていった。

その一部始終を遠目で朔弥が見つめているとも知らず、彼を縛り付ける方法を取り入れるべく、出発までの間の仕事を片付けていくのだった。

◇

朔弥がサーシング株式会社で働くことを柾人は怒らなかった。

代わりに初めて会社の話をしてくれた。

元々は同じ大学の同好会にいた蕗谷と和紗と、蕗谷の知人との四人で遊びで立ち上げた会社だったこと。自分たちが面白がって組み立てたシステムを、蕗谷の伝手《つて》で売っていたこと。

ずっとそのまま小さな有限会社として続けていくつもりが、ある日蕗谷が上場の話をしだし、それに向けて人を増やし会社の方向性を定めて、本格的に動き始めて七年目になったこと。

従業員数が百人に達したが、急速に業績を伸ばし様々な仕事を片っ端から引き受けたせいで、今は人手が足りない状態になっていること。

それらをただ抱き合いながら寝物語として語ってくれた。

朔弥は、自分の知らない柾人の話を聞くのがとても嬉しかった。今まで柾人は自分のことを積極的に話さなかったから、余計に嬉しかった。そして同じ会社で働く仲間として認められたような気持ちになる。ただのアルバイトなのに……

柾人が見ている世界を垣間見ることができるのは、存外朔弥にとって歓びとなっていた。

同時に、ともに働くことで、柾人がどれほど凄いのかもわかった。

すべての業務が柾人を通して行われるのだ。

自分は事務系だけだと嘯《うそぶ》くが、開発についてもアドバイスを出すし、クライアントとの交渉もする。一人で何役もこなしている柾人が暇なはずがない。どんなに忙しいのか、アルバイトで内情を見て理解したからこそ、食事にもっと力を入れなければと心を固めた。

もっと疲れが取れるものを、もっと精が付くものを。今まで母の料理を見てそれとなく作っていたが、これではだめだと行き帰りの電車の中でレシピサイトを見るのが習慣になった。

少しでも助けになりたい。少しでも支えになりたい。

柾人の会社だと思うと、仕事への気合いも変わってきた。

だからアルバイトを始めてからひと月で自分から仕事を探せるようになった。誰かに言われる前にできることをやり感謝されるのが嬉しくて、朔弥は夏季休暇中の課題を進めながらサーシングに通い続けた。

柾人とは社内で何度も顔を合わせるが、思っていた以上に多忙なようで、なかなかゆっくり話す機会もない。だが、朔弥を見つけるといつもの優しい笑みを浮かべてくれる。それだけで胸が高鳴り頑張ることができた。

朔弥の仕事は本当に雑用という言葉がぴったりで細々としたものが多いが、それでも今まで働いた経験がないから、すべてが新鮮でやりがいがあった。

月末の金曜日ともなるとサーシングの社内も様々な締め切りに追われてにわかに忙しくなる。

「徳島さん、先日の出張費の精算書類が出てないと経理の方がおっしゃってましたよ」

経理部の前を通った時に仲良くなった経理部長からの愚痴《ぐち》を、さりげなく担当者に伝える。

「忘れてた！　領収書どこだぁぁぁぁぁ！」

「いつも二番目の抽斗《ひきだし》にしまってますよね。良かったら手伝いますよ」

「ありがとう山村くん！　本当に気が利くなぁ……常務の恋人じゃなかったら、ぜひうちの娘を貰って欲しいくらいだ」

「お嬢さんまだ四歳じゃないですか。あ、これは家族のお土産ですよね、多分落ちないと思います」

「だよなぁ。よし、プリントアウトしたから領収書を貼ってくれ」

「わかりました」

「山村くんさぁ、常務から変なことされてないか？　困ったことがあったら力になるから、いつでも言えよ」

このセリフはアルバイトを始めてから、いろんな社員に言われている。

だが柾人と付き合って困っていることも悩んでいることもないから、いつも返事に戸惑ってしまう。あるとすれば……柾人の帰りが日に日に遅くなっていることと週末の交情が以前にもましてしつこくなっていることくらいだが、さすがにそれは相談できない。

「大丈夫です。常務はいつも優しいです」

柾人のことを役職で呼ぶのはまだ慣れないが、いつもと違う感じが好きで、朔弥は社内であえてこう呼んでいた。

「でもあの人、束縛とか凄いだろ。窮屈《きゅうくつ》じゃないか？　一人で出かけたいとか、たまには一人でのんびりしたいとかあるだろ」

「ぁっ、まさ……常務も一人になりたいって思っているんでしょうか……」

「あの人は絶対、山村くんにストーカーのように張り付いているのが一番楽しいよ。山村くんが窮《きゅう》屈《くつ》じゃないかと思ってさ」

確かに柾人は休日ともなると朔弥から片時も離れない。必ず視界に入る位置にいるか一緒に出かけるかだが、朔弥はそれを窮屈《きゅうくつ》に思ったことはなかった。恥ずかしいと思うことはあっても嫌になることはない。

そうでなくても近頃は柾人の仕事が忙しく、平日に一緒にいる時間が減ってきている。盆の時期も会社に通い詰めて疲れた顔で帰ってきていたし、それに対して朔弥は抱き枕になることくらいしかできなかった。本当はもっと役に立ちたいのに。

「オレは……一緒にいられるのが嬉しいです」

この会社では皆が柾人と朔弥の関係を知っているし、自然と受け入れてくれているので、つい本音が漏れてしまう。

だが、朔弥の言葉を聞いた他の社員たちが『割《わ》れ鍋《なべ》に綴《と》じ蓋《ぶた》かよ』と思って呆れつつも応援していることは知らなかった。陰で猛獣使いと呼ばれていることも。

「ごほっ、それならいいんだ。でも本当になんでも言えよ。じゃあこれを経理に出してくる」

「行ってらっしゃい」

朔弥もまた仕事に戻る。最近は会議が頻発しているせいか、資料をまとめる機会も多く、なんとなくではあるが、現在柾人をメインに進めているプロジェクトの内容がわかってくる。

ただのアルバイトだとしても蕗谷や和紗が慎重に人を選ぶのは、こういうことなのかと理解していく。敵が多いという彼らが慎重になるのも仕方ないだろう。

会議資料のファイリングをしていると、いつもよりぐったりした宮本が近づいてきた。

「朔弥くぅん聞いたぁ？　常務が来週からしゅっちょーにいくんだってぇ。朔弥くんはいつから大学が始まるの？」

「えっ……どれくらいに帰ってくるんですか？　大学は十月から始まりますけど……」

「そっかぁ……じゃー、常務の出張中にご飯行こうねぇ」

それだけ伝えたかったのか、またフラフラと自分のデスクへと戻っていった。

出張……柾人が家に帰らない日があるのか。開発部の新プロジェクトメンバーの何人かの出張が頻発していたが、柾人も出張するという発想がなく、なぜか落ち着かない。

考えてみれば、柾人と付き合い始めてから離れている時間がほとんどなかった。いつの間にか一緒にいるのが当たり前になってしまったのだ。今は特に出社する時間まで一緒だから柾人がいなくなるのが、どうしてだろう、とても心細く感じられる。

(出張ってどれくらいなんだろう……すぐに帰ってきてくれるのかな？)

柾人がいない部屋が想像できなくて、その中で自分は一人で何をしていいのかわからない。

その日は仕事中に柾人と話す時間がなく、家に帰ってからも悶々としていた。

ただの出張だとわかっている。仕事を終えたら帰ってくる、それもわかっている。なのにじっとしていられない。早く帰ってこないだろうかと、冷めていく食事を前にじっと待つしかなかった。

「ただいま」

いつもより比較的早いが、それでもゴールデンタイムを大幅に過ぎた時間に柾人は帰ってきた。

「おかえりなさい。あのっ、真由里さんに聞いたんですけど、来週から出張に行くんですか？」

「情報が速いな。二週間ほど行ってくる」

「……長い、ですね」

二週間。

一ヶ月の半分も柾人と会えない。別れるわけではないし、今生の別れでもない。

柾人が出張している間も、朔弥はアルバイトをして勉強してと、やらなければならないことがあるし、終わったら帰ってきてくれるのに、どうしてだろう、とても悲しい気持ちになった。

本音は行かないで欲しい。柾人とともにいる毎日が楽しくて幸せでとても心地よいから、それがすべて奪われるんじゃないかという錯覚に陥る。

でも今、朔弥が感情のままに引き留めてしまったら仕事が進まなくなってしまう。わかっているから口が裂けても行かないで欲しいなんて言えない。胸の中に巣食うマイナスな感情を押し殺して口角を上げた。

「その準備をしないといけないですね。なにを用意すればいいんですか？」

必死で笑顔を作り、いつも通りに振る舞う。

冷めた食事を温め、一緒に食べて他愛ないことを話して、シャワーを浴びて布団に潜る。

いつものルーチン。なのに気持ちはずっと沈んだままだ。

徳島も長期で出張に出かけていたが、彼の家族はどんな気持ちだったのだろうか。まだ幼い子供は何を思ったのだろう。みんな大切な人が離れるのは寂しくないのだろうか。

取り留めなく考えながら柾人の胸に顔を埋めた。彼を抱きしめる腕がいつになく強くなってしまっているとは気づかないまま。

「どうしたんだい、朔弥」

少し疲れた柾人の声。

いっぱい休んで欲しいのに、拭えない不安から逃げたくて朔弥は現実を見ない方法をとる。

自分から柾人にキスをして身体を押し付ける。伸ばした舌がすぐ柾人のものに絡めとられた。

「あ……」

長いキスの合間から自然に熱い吐息が零れ出る。

「欲しいのかい？」

「んっ……だめ？」

わざと甘えてみせる。不安を隠すために。

二人の間には確かなものがないのに気付いてしまった。どんなに愛し合っても、想い合っても、二人が立っているのは砂上《さじょう》の城だ。何かのきっかけで脆く崩れてしまう。

どれほどこの関係が毀《こわ》れないように気を張っていても、朔弥には足元を強固にする力がない。

このまま柾人が帰ってこなければ、出張先で心変わりしてしまったら、自分はまた一人になってしまう。こんなに近くで抱き合っているのに、恐ろしいまでの孤独がまた纏わり付いて、朔弥を飲み込んでしまう。恐い、ひたすら恐くて震えた。

忘れるように柾人にしがみ付く。仕事で疲れているのに、休んで貰いたいのに、誰よりも愛している柾人にこの不安を吹き飛ばして欲しかった。

いつもと違う朔弥の様子を柾人も感じているだろう。けれど、何も言わずに強い力で抱きしめてくれる。

（柾人さんだけがいれば、それでいい。もうなくすのは嫌だ）

この温もりを失う恐怖に、足が震えた。

（心が苦しい……）

そっと心の中で呟いて、顔を彼の肌に擦《こす》り付けた。

このままなにもかもを忘れて、ただ柾人の熱だけを感じたい。

朔弥は今まで気が付いていなかったのだ。

自分にとって柾人がとても大切で失いたくないと切望していることを。柾人がいない日常すら想像ができないほど、彼の存在が大きくなっていることを。

そして誰よりも柾人が大切で、失くしたらもう生きていけないほど、心を寄せてしまったことを。

◆

土日を挟んで柾人は出張に出かけた。

帰ってくるまでの二週間、なにをすればいいのかわからないまま、ただ目の前のことをこなす日々が続いた。いつものように仕事をして、帰ってからご飯を作って課題をこなす。一人では大きすぎるベッドに横たわって柾人の匂いを探す、そんな日々が過ぎていった。

たった二週間だとわかっていても、寂しさは拭えなかった。

開発部の人たちは優しく、朔弥が少しでも落ち込んでいると代わる代わる声をかけてくれたが、気を使わせてしまう申し訳なさに無理にいつも通りに振る舞うので精一杯だった。

ただ彼がいないだけで、こんなにも寂しいなんて知らなかった。

金曜日、柾人は朔弥の様子がおかしいとわかっていても何も言わず、土日もただ朔弥に求められるままに抱き続けてくれた。片時も離れず、どんな場所でも朔弥の気持ちを優先してくれた。

いつもならどこかに出かけようと誘ってくれるのに、それすらもせずただ抱き合うだけの週末を過ごした。たっぷりと愛情を示してから出かけていったが、それでも朔弥の心はぽっかりと穴が開いたような、なんとも言えない寂しさを感じていた。

一人で食べる食事の味気無さに、だんだんとキッチンに立つのも億劫《おっくう》になる。

初めて上京した時の、不安を伴った寂しさとは全く違っていた。どこか身を割かれるような痛みすらある。

そんな中、宮本が属しているチームの仕事に区切りがつき、約束通り食事に行こうと誘われた。

場所は会社のそばにある小洒落《こじゃれ》たレストランで、メンバーの行きつけだという。

しかも個室だ。

「今日は女子会だからぁ、ちょっと奮発《ふんぱつ》ディナーだよぉ」

宮本やほかの女性社員たちがささっと席に腰かけるのを真似て、朔弥も一番端の席に腰かけた。

女子会に自分が入っていいのかと疑問に抱きながら。

すでに料理を注文していて、着席してすぐに大量の料理が運ばれてくる。

あのパーティからひと月以上、開発部は殺気立つほど仕事に追われ、盆休み返上で出勤してくる人たちばかりだったので、本人たちにとって本当に久しぶりのご馳走《ちそう》なのだろう。

月曜日の朝は、出社するとゴミ箱には大量の弁当の箱が積み重なっているのが常だから。

「朔弥くんも遠慮しないで食べるんだよぉ。常務と社長が細すぎるって心配してたからね」

面倒見のいい宮本が大皿料理を取り分けながら渡してくれた。

「あっ、オレがやります」

「じゃあ、半分手伝ってぇ」

「山村くん、なに呑む？　この店はスパークリングワインがお勧めなの」

「せんぱぁい、朔弥くんはアルコール禁止令ですぅ。常務がアルコールを呑ませたら二度と参加させないって、顔こぉんなにしてました！」

「……ちっ、あの変態常務！」

社内では話さない明け透けな話で彼女たちは盛り上がる。ついていけなくて朔弥はただ手元に置かれた料理と、ウエイターが持ってきたソフトドリンクを口に運びつづけた。

会話の主な内容は仕事が多すぎることへの愚痴《ぐち》。だが、皆一様に従業員を増やせとは口にしない。下手な人間を雇えないということが社内に浸透しているのだろう。それでも愚痴《ぐち》が次々と出て、とうとう柾人と蕗谷の愚痴《ぐち》に及ぶ。

「常務は、朔弥くんを囲い込みすぎですぅ！　もっとフリーに青春を歩ませるべきです！」

「わかる！　そうだよね。独禁法にひっかかる！　山村くんに自由なさすぎだもんっ。今回の出張で常務の面倒を見なくていいから少しは休めてる？」

話を振られ、慌てて口の中のジュースを飲み込む。

「あ……」

「あの変態常務がいないんだから、漸《ようや》く友達と出かけたりできるでしょ」

「オレ、友達とかいないから……。柾人さん、変態なんですか？」

「あれが変態じゃなかったらなんなの！」

この単語は社内でもよく耳にするが、今まで聞けずにいた。

アルコールがほどよく回っている女性たちが、その理由を口々に教えてくれた。

柾人は恋人ができれば、甘やかし続けて自立できないようにしてしまうとか、自分だけを見て欲しいからと遊びを一切禁止するとか。外出も必ず二人一緒、なにをするのも常に一緒。そんなんじゃ窮屈《きゅうくつ》で相手が発狂する！　と叫びに近い声が飛ぶ。

確かにすべて柾人が朔弥にしていることだ。

自立した女性にとっては、地下牢に閉じ込められているに等しい、らしい。何一つ自由がなく、やりたいこともしたいこともさせてもらえないのは拷問《ごうもん》に値する、と。

よって柾人は変態の二つ名を授けられた。

「朔弥くんはぁ、そんなにがっちんこに締め付けられてどぉなのぉ？」

「でもオレは……嬉しいです。柾人さん、いっぱい……大切にしてくれるから」

「えーっ！　じゃあ今家にいないわけでしょ。ちょっと自由にできて嬉しいなとかは？」

「……寂しい……です」

そっちかー！　女性陣がそろって頭を抱える様子に、変なことを言ったのかと慌てる。朔弥は自分の感覚に自信をなくし始めた。

「こら、お前たちの価値観を山村くんに押し付けない」

「ぶっちょー、お疲れ様でぇす」

遅れてやってきた和紗が朔弥の隣の席に座る。

「遅くなってすまなかった。飲み物はいつものでお願い」

慌てて和紗のお皿に料理をよそって差し出す。

「ありがとう。ところで山村くん、なぜ寂しいかを考えたことはあるかしら」

なぜ……。ずっと直視しないようにしていた自分の感情。なぜこんなにも寂しいのだろう。

家族や兄弟と離れて東京に出てきた時は、同じような寂しさはなかった。それよりもこれから一人でやっていかなければならない不安のほうがずっと勝っていた。

知り合いが誰もいない東京で、ただ大学に通って家に帰るだけの毎日が続くと寂しさは感じた。世界で一人きりだと錯覚していたから。

そして市川と付き合っていた時は、自分を見てくれない寂しさもあった。

でも、どれも柾人がいなくなった今のような気持ちにはならない。何が違うのだろう。

しかも柾人はただ仕事で出かけたにすぎない。どうしてこれほどまでに寂しいのか。たくさん愛してくれる存在だから。朔弥を誰よりも愛してくれる存在だから。

——いや、違う。

きっと柾人はもう、朔弥にとってかけがえのない存在になっているからだ。あの人を失ったら自分は死んでしまう。生きる意味をなくし途方に暮れて、この世からいなくなってしまいたいと願うだろう。

あの人に愛されたいし、ずっと愛していきたい。あの人のためならなんでもしたい。あの人の傍にずっといたい。自分のすべては柾人のものだから。

たどたどしい言葉で自分の気持ちを和紗に告げた。彼女はただ静かに微笑み「そう」と返してくれた。

「でもオレ、なにをしていいかわからないから、だから余計寂しくて不安なんだと思います」

柾人のためにできることがはっきりわかっているなら、きっと朔弥はここまでの寂しさを感じなかっただろう。なにもできないからこそ、このまま離れてしまうんじゃないかと怖くなる。

柾人は離れていかない、大丈夫。いつものように自分を愛してくれる。そう知っているのに、信じているのに、自信がなくなってしまう。この身体以外に差し出せるものがない。身体を繋げて得た安寧《あんねい》は自分が努力して手に入れたものではなく、二人に距離があれば通用しなくなるもの。

だからこそ、何かを確かめたくて出張を知ったあの週末、彼を何度も欲したが、何一つ自信には繋がらなかった。

「倉掛のためにできることがあるとしたら、山村くんはどうする？」

巧妙な話術で誘導されていると気づかず、藁《わら》にも縋りたい一心の朔弥は目を大きく見開いた。

「なんでもしたいです！」

周囲の女性たちが、部長の魔の手にはまってしまったと憐みの視線を送ってきているとも知らず、朔弥は飛びついた。

「そう、なら好都合。山村くん、在学中にこの資格を全部取りなさい」

和紗はカバンから様々な資格のパンフレットを取り出し、朔弥に手渡した。

「この資格を取れば柾人さんの役に立てるんですか……」

朔弥はパラパラとパンフレットを捲った。専攻しているゼミで必要な資格も含まれているが、初めて目にするものもある。

「試験費用と参考書代、セミナー参加が必要な場合の費用はすべて会社で持ちます。その都度請求してください」

「え、でも……」

「そして我が社に就職しなさい」

「わぁお！　うちで初めての新入社員だぁ」

「山村くん、大事な話をします」

そう前置きをして、和紗は自分の前に置かれた日本酒を一口で飲み干した。

「近い将来、代表が蕗谷から倉掛に代わります」

「蕗谷さんが社長じゃなくなるんですか？」

「会長として名を残しますが、名実ともに会社を動かすのは倉掛になります」

「どうして……」

サーシング株式会社は元々これほど大きな会社にするつもりはなかったものだ。大学生が遊びで始めた会社で、時期が来たら解散させるつもりだった。

なぜなら、蕗谷がある財閥《ざいばつ》の三男で、いずれは数多ある事業のいくつかを引き受けなければならない存在だからだ。彼が自由にできる僅かな時間に面白いことをしようと始めたのがサーシングで、柾人も和紗もそれがわかっていて乗った。

小さな有限会社の主な取引先は、蕗谷の実家の会社だった。その傘下《さんか》に吸収される形で終わるだろうと皆が思っていた。

だが、会社を大きくせざるを得ない理由ができた。蕗谷が唯を養子縁組する条件として、会社を一定規模まで育て上げるよう命じられたのだ。比較的短期間に。

誰もが無理だろうと思われる内容に、蕗谷は躊躇いなく承諾した。

強引な手段で人を引き抜き、同時にクライアントも引き抜いた。当然他社からしたら面白くはなく、恨みを向けられる。だがそれでも蕗谷は躊躇わず、憎まれるのも厭わないまま会社を大きくした。提示された三分の二の期間で。

会社は大きくなった。そして蕗谷は希望通り、名実ともに唯を手に入れた。

だが、話はそれでは終わらない。蕗谷が財閥《ざいばつ》から外れることなどできない。目標が達成されたあとは、家業に目を向けなければならない。彼には財閥《ざいばつ》の人間として引っ張っていかなければならない事業があり、すでにサーシングの業務と並行してその経営に当たっている。

「蕗谷がいつも定時で上がっているのは、別の仕事があるからです。唯くんを抱える代償とも言えますね、自業自得ですが」

唯を自分のものにするために、蕗谷が抱え込んだものはどれほど重いのだろうか。きっと朔弥には想像がつかない。

柾人の仕事だけでも忙しく心配になるのに、それ以上に多忙であろう蕗谷の姿を唯はどう思っているのだろう。小動物のような天真爛漫な雰囲気を持った彼のことを思い出す。

「先のパーティは上場三周年という名目の他に、蕗谷の後任は倉掛であると印象付ける狙いがありました。今倉掛が忙しいのも、新しいプロジェクトと並行して、引継ぎなどを行っているからです」

「そう……だったんですね」

さらに大きくなっていく会社のすべてが、柾人の肩にのしかかっていたのか。そしてその柾人に、自分はただ甘えるだけしかできないのか。不安に顔が曇る。

「だから山村くんに倉掛を支えてもらいたいのです。公私ともに。私と蕗谷は、君ならしてくれると期待しています」

「オレにできるんでしょうか……」

「現状のままを要求しているのではない。山村くんもわかっているでしょう。君なら必ずその位置に立ってくれると信じているわ」

今できることだけを求めているわけではないとはっきり言われ、頭を打たれた気持ちになった。今、無力を嘆いていては意味がないんだ。和紗は、朔弥が柾人のためにすべきこと以上をなし、社会的に隣に立って遜色《そんしょく》ない存在になれと言いたいのだ。それがひいては柾人の役に立つのだと。

「やってくれるわよね」

「……わかりました。オレ、柾人さんのためにやります」

「ありがとう。倉掛は正直とばっちりだけど、乗ってしまった船が沈むのは誰も望まないわ。一緒に頑張りましょう」

「そぉですよぉ。みんなでのりきろー！」

充分に酒が回っている女性陣が体育会系のノリでオー！　と拳を上げた。

「唯さんはこれを知っているんですか？」

「さあ、どうかしら。それは唯くんと蕗谷の問題だから、他人が首を突っ込むのは藪蛇《やぶへび》を突くようなものよ」

「唯くんは、専業主婦の道がぁ決まってまぁす」

「個人的には、専業主婦として夫を支えるのもいいけど、一緒に戦うのも素敵な関係だと思う」

またワイワイ話し始める女性陣の明るさに笑いながら、自分がすべきことを示された高揚感に、今までずっとあった寂しさが薄くなったような気がした。

道が示された。手をこまねいてばかりだった自分に、すべきことが見えてきた。

なにをしていいのかわからず流されるように過ごしてきた朔弥が、初めてしたいと思ったことが叶う。柾人のために、柾人の役に立ちたい。柾人が見ている世界に自分もいたい。

経営なんてわからないし、柾人が抱えている仕事を代わることもできないけれど、それでも支えていきたい。ただ守られて愛しまれるだけの自分ではいたくない。

なにも知らなかった頃の自分ではもうないんだ。

やろう、やるしかないんだ。柾人と、そして自分のために。

己の無力さに悲観するんじゃなくて、これからは柾人のために力を持とう。その道標を優しい人たちが示してくれたのだから。

生まれて初めて目標を持った朔弥は、その日から大学の勉強の傍らに資格の勉強も始めた。勉強に充てる時間が大幅に増えたが、全く苦にはならなかった。専門外の資格も多く、わからないことがあれば資格ハンターの異名を持つ社員に聞いたり、サーシングで専門にしている社員が空いている時間に教えてくれたりと、一日一日があっという間に過ぎた。

女子会で一緒だった社員たちと週末に買い物にも出かけた。流行に疎い朔弥はアドバイスされながら初めての給料で買い物をしたりと、今までにない充足感があったが、それでもやはり心のどこかで柾人が一緒だったらと思ってしまう。

今ここに柾人がいたらと、ふと考えてしまうのだ。いつも握られていた右手が少しだけ冷たい。隣に彼がいないのはやはり寂しかった。

柾人が帰ってくる日、朔弥はアルバイトをしながら扉を開くのを待ち続けたが、予定よりも遅くなっているのか十八時を過ぎても会社には戻ってこなかった。

まだ仕事が立て込んでいるのだろうか。不安になりながら退社し、帰路に就く。

今日は柾人の誕生日なのに、帰ってくるのは深夜だろうか……また一人の食事なのか。

そんなことを考えて玄関の鍵を開けた。

「おかえり、朔弥」

「柾人さん！」

なんで？　会社には戻らなかったの？

質問が、でも口から出てこない。それよりももっと強い感情が瞬時に朔弥の中をいっぱいにした。

嬉しい。ずっと会いたかったのだ。靴を脱ぐのももどかしく抱きついた。

「おかえりなさい、柾人さん……」

「ただいま。熱烈な歓迎で嬉しいよ」

あぁ、この人だ、自分が欲しかったのは。

とてもかけがえのない存在のこの人が、また傍にいてくれる。

今生の別れじゃないのに、たった二週間会えなかっただけなのに、こんなにも会えるのが嬉しくなるほどに朔弥の中で柾人の存在は大きくなったのを実感する。同時にとても幸せな気持ちが心を満たすのも。逞しい腕の感触に泣きたくなる。

「疲れただろう、ご飯を作ったから一緒に食べよう」

なかなか離れない朔弥に提案し、床に落ちたカバンを拾い上げる。

「随分重いな」

「あ、勉強の本がたくさん入っているから」

「大学の？　会社でも勉強していたのかい」

「資格の本……和紗さんが必要な資格を在学中に全部取れたら、サーシングに入社させてくれるって。そしたらオレ、ずっと柾人さんと一緒にいられるから」

あなたを支えたい、いいですか？

言外の気持ちを、柾人なら汲み取ってくれる。そう信じて、朔弥は彼を見つめた。

ずっと傍にいたい。どんな時でも隣にいて力になりたい。柾人と一緒にずっとこれから先を進んでいきたい。そういう目標を持っていいだろうか。

柾人と離れたら自分は生きていけない。もうこの人にすべてを捧げたいと願ってしまったから。

今ある自分も、これからの自分も、全部。

「後悔はしない？」

「うん、わかったから。オレ、柾人さんがいなかったら死んじゃうくらい愛してるんだって。だから……傍にいさせて」

「食事はあとだっ！」

柾人は乱暴に朔弥の手を引き、寝室へ向かう。そして、勢いをつけたままベッドへと押し倒した。

酷く険しく真剣な表情で覆いかぶさってくる。

「もう離さないよ、朔弥が嫌がっても。それでもいいんだな」

真摯《しんし》な表情に、どうしてだろう、泣きそうになった。胸から溢れる感情のすべてを告げたくて、でもあまりにもたくさんありすぎて。だから今一番強い想いだけを口にする。

「ずっと離さないで」

「離すものか、こんな可愛い恋人を手放せるほど私はできた人間じゃない」

激しいキスの嵐に息をつく間もなく舌が絡めとられ、口腔《こうくう》内を余すところなく嬲《なぶ》られ、久しぶりの柾人に朔弥は酔いしれた。そして朔弥も柾人の愛情に応えるように自分から舌を使う。柾人に愛されるだけじゃない、自分も愛したいんだと伝えるために。

広い背中を何度も掌で確かめる。

自分のすべてが柾人のものであるのと同じように、彼のすべても自分のものだ。離したくない。ずっと自分だけを見て欲しい。そのためになんだってしたい。

濃厚なキスを受けながら朔弥は手を下ろしていく。朔弥を啼かせる熱いものの場所に。

そこはすでに硬くなり、朔弥を欲していた。数度衣類の上から形を確かめるように手を這わせた後、露にしていく。柾人の手もまた、朔弥の存在を確かめるように着ているものを剥ぎ取っていった。

「少し痛いかもしれないが……我慢できない」

朔弥の身体と快楽を一番に気遣う柾人の、いつにない性急な様子に、朔弥は胸を熱くして足を開いた。柾人になら、なにをされてもいい。痛くても、それが柾人なら嬉しい。

この先も一緒にいるための、彼の隣に立つための最初の儀式に、朔弥は興奮した。

二週間、ずっと触れられなかった蕾は、久しぶりの熱に期待し、彼を誘うように収縮を繰り返す。

熱い欲望が宛がわれゆっくりと割り挿ってくる。

「んっ……」

「口を開いて……ゆっくり息をして……そうだ、上手だ朔弥」

「ぁ……ぁん！」

少し挿れては抜かれ、また挿ってくることを繰り返して、柾人の欲望は朔弥の身体にその形を思い出せる。ローションの滑りの助けを借りないきつさに痛みを感じるが、それすらも愛おしい。

自分のすべてを柾人に捧げるための儀式に興奮し、ゆっくりとでも彼を受け入れられるのが嬉しかった。

時間をかけ一番太い部分を飲み込む。痛みを感じているのに、朔弥の分身は久しぶりの柾人との情交に震え、先端から涙を零し二人が繋がっている部分を濡らしていく。

「あぁ……まさとさっ」

「苦しいか？」

「ううん……やめないって……んっ！　嬉しいから……」

もっともっと自分を求めて。もっともっと欲しがって。

柾人の欲望をさらに奥へと挿入させるために腰を揺らめかせた。

「あぁっ……んっゃぁぁぁっ！」

ずるりと柾人の欲望がもっとも感じる場所を抉るように奥へと挿っていく。

久しぶりの強い快楽に襲われ、朔弥は呆気なく絶頂を迎えた。

「あ……ぁんっ」

白濁《はくだく》が柾人の腹部を汚す。身体を跳ねさせ、中の欲望を何度もきつく締め付けた。唐突な訪れに、朔弥も何が起こったのかわからずに、身体を震わせて放心したように柾人を見つめた。

「大丈夫か、朔弥」

「ぁ……っ」

柾人が動くと欲望が内壁を擦《こす》り、それだけで愉悦《ゆえつ》の電流が背筋を駆け上がる。そしてまた柾人を強く締め付けてしまう。

「どうしたんだ？」

「だってぇ……」

きつすぎる快楽にポロリと涙が零れ、柾人にしがみついた。そして意地悪を言う彼の背中を弱い力で叩く。

「まさとさん……自分でしちゃいけないって……」

ずっと放っておかれた身体は、僅かな刺激すら貪欲に求めてしまう。弱い快楽すら、いつもよりずっと大きく感じられ朔弥の身体をおかしくさせる。今だって朔弥の中で欲望が脈打ち大きくなるだけで、背筋に電流が駆け抜けていく。

「あっ……ひゃぁ！」

柾人が強く腰を打ち付ける。

「ここはっ寂しかったんだね！」

「んっ……寂しかった……ゃぁあっ」

朔弥の細い両足を肩に掲げて、強く何度も速いリズムで腰を打ち付けてきた。

「ゃぁぁぁ……ぁぁあっ……まぁぉさ……すきぃ……」

「私もっ、愛している」

その言葉だけで嬉しくて、朔弥はまた絶頂を迎えた。そして、きつく絞めつけられ、柾人もまた朔弥の中で欲望を解放する。

荒い息遣いが、久しぶりに部屋の中を淫《みだ》らな空気で埋める。性急な繋がりにいつもよりずっと早い終わり。それでも朔弥は身体とともに心の深い場所が満たされていた。

「朔弥……愛している」

朔弥の中に熱い想いを吐き出した柾人が、一度己の欲望を抜き覆いかぶさってくる。細い腕でそれを抱きとめ、朔弥もまた気持ちを告げる。

「オレも愛してます、柾人さんのためのオレになりたいんです……」

柾人の右手がいつものように慈しむ優しさで頬を撫で、キスを落としてくれた。下唇を甘く噛んで開かせると、いつも朔弥を甘く溶かす舌が潜り込んできた。

達《い》ったばかりの身体は、舌で嬲《なぶ》られるだけで最奥が切なく収縮を繰り返す。

自分の目標を、愛しいこの人に認めて貰えたのが嬉しくて、心までが震えてくる。

たっぷりと愛されているんだと実感して、唇を離した。

「そうだオレ、柾人さんに渡したいものがあるんです」

柾人の下から抜け出して、ベッドの下に隠していた小さな箱を取り出した。

柾人はきょとんとした顔で受け取り、おそるおそる箱を開けた。彼が好きなブランドを女性陣に聞き、様々なアドバイスを貰って見繕った品は、ブルーサファイアのタイピンとカフス。

「これなら、柾人さんがお仕事の時でもつけられます」

自分の贈ったものをずっと身に着けて欲しい。いつも傍に自分がいると思っていて欲しい。

これを着けてくれている間は、離れていてもきっと大丈夫だ。今回みたいに出張で帰ってこなくても、朔弥が贈ったものを身に着けていると思うだけで、淋しさだって乗り越えられる。

そんな気持ちを子供っぽいと感じないだろうか。不安になって柾人を見る。

だが、彼はとても嬉しそうにそれを見つめ、そして朔弥を抱きしめた。

「とても嬉しいよ、朔弥」

「誕生日、おめでとうございます」

一番に言おうと思っていた言葉。柾人がこの世に誕生したことを誰よりも感謝しているのは自分だと伝えたい。

「ありがとう……私の誕生日だからね、私のわがままを聞いてくれるかい」

「なんですか?」

首をかしげる。でもきっとどんな内容でも、柾人が望むなら自分は受け入れるだろう。だからなにを言われても驚かないと思っていた。

なのに。

柾人が枕の下から取り出したのは、掌に乗る小さな箱。渡され、開けてみる。

「え……？」

指輪が二つ、そこに鎮座していた。

「これ……」

「出張先の国に、短期間でフルオーダーの指輪を作ってくれる店があるんだ。朔弥に似合うデザインを考えてみた。気に入ってくれると嬉しいんだが」

ゴールドとピンクゴールドに挟まれたプラチナが、室内灯の光を反射している。

「私と一緒につけて欲しい。この指に。朔弥が私を愛しているのだと誰にでも見える形で表したい」

柾人の器用な指に左手を掴まれ、指輪を一つ箱から出すと薬指に嵌めていく。

「わがままを聞いてくれるかい？　……出張は不本意だったが、朔弥の驚く顔を見られるならと思って頑張ったんだ」

狡い……そう言えば朔弥が逆らえないと知っていて口にするのだから。

でも。

「はい……っ」

「朔弥、愛している。永遠を誓わせてくれるか」

「はい……オレもっ、愛……してます」

同じ指輪を同じ指に互いに付ける意味。

柾人もまた同じ想いでいたことが嬉しくて、朔弥は柾人に抱きついた。

「永遠に、君だけを愛しているよ、朔弥」

◆

——三年後。

サーシング株式会社は今までにない画期的なシステムを新たに開発し、業界に新風を巻き起こした。代表である柾人の元には取材の依頼が日々舞い込み、急遽広報部を立ち上げなければ対処が追い付かない状態になっていた。

「社長、本日は雑誌のインタビューが三件、テレビの打ち合わせが一件入っております」

「そうか」

社長室の重厚なデスクの横にある鏡でネクタイを結び、柾人は秘書の言葉を聞きながら、すでに送られてきている取材内容を確認する。

「……質問の内容が同じだな。三誌一気にやってしまうのはダメか？」

ノットの形を整え終えると、ブルーサファイアのタイピンをつける。

「仰っている意味がわかりません。冗談はいい加減にしてください」

「やはりダメか」

「悪あがきはやめてください。次に……」

秘書はその懇願をさらりと却下し、タブレットを見つめたままスケジュールの確認を進めていく。

その左手の薬指には柾人と同じデザインの指輪が光っていた。

「わかった。素直に秘書様の言う通りにしよう。代わりに、ご褒美のキスの前払いをねだってもいいかい」

「……昨日もそうおっしゃっていましたが」

秘書の冷たい反応にも、柾人は笑顔を返す。

「私は毎日でもいいんだけど」

柾人がそう言って銀フレームの眼鏡の向こうにある大きな瞳をじっと見つめれば、秘書はしょうがないと嘆息した。

「……今日だけですよ」

「わかっている、愛しているよ」

「それは……家だけって約束ですよ」

文句を言いつつも秘書は背伸びをし、細い指で柾人の頬に触れると、その薄い唇を重ねた。

番外編一　花火と墓参りと甘える彼

茹だるような暑さが続く八月も後半に入ったが、一向に気温は下がらない。

東京は猛暑日《もうしょび》の連続記録を更新していた。

九月には気温が平年並みになるだろうと天気予報は告げるがその気配は感じられず、首都圏は朝から暑く、エアコンを点けていないと倒れそうなほどだ。

そしてここでも、推奨温度より低く設定した部屋の中で、温かな布団を被り規則正しい寝息が繰り返されていた。

先月から始めたサーシングでのアルバイトに慣れてきた朔弥は、ゆっくりと意識を浮上させた。

僅かに目を開き、温かさの理由を認識してまた瞼を閉じる。

週末はいつも気を失うほど愛され、翌日は起きるのも億劫《おっくう》になるのに、土曜日の今日は身体の疲れがない。朔弥は少しの淋しさを抱えて、心地よい熱の元へと頬を寄せた。もう馴染んだシトラスの香りが少しだけ強さを残してそこにある。

(柾人さん、いつ帰ってきてたんだろう……)

近頃忙しいようで、どんどんと帰りが遅くなっている柾人。昨夜は金曜日にも関わらず、とうとう「先に寝てくれ」とメールを送ってきただけで、退社してから顔を合わせられなかった。

社長の蕗谷が定時で帰っているのに、どうして柾人はこんなに忙しいんだという不満が胸に宿り、押さえ込めば代わりとばかりに不安が湧きあがる。

近頃の柾人は、本当に忙しい。普段からサーシングの社員は皆忙しいと聞いたが、それでも出会った頃はこれ程ではなかった。社内でも顔を合わせることが稀《まれ》で、大丈夫かと心配になってしまう。

だから寝ないで帰ってくるのを待とうと思っていたのに、気がつけばベッドの上だ。

(疲れてる柾人さんが運んでくれたんだよな……)

申し訳なさが募ってしまう。

そんなに頑張らないで。そう言いたくても朔弥にはできない。

柾人が抱えている仕事がどれだけ大変なものなのかも、皆が柾人の指示を待っていることも知ってしまった。彼が先頭をきって動かなければ会社が立ちゆかなくなるのも、アルバイトとして入って嫌と言うほど理解した今、無理をしないでとはとてもじゃないが口にできない。

同じ枕に頭を乗せ、クマができた顔を見る。

窶れた柾人が心配で仕方ないのに、そんな姿ですら格好良く見えてしまう。

「あまり無理しないでください」

恐る恐る柾人の頬に手を当て、小さく告げてみた。いつも朔弥に対して慈しんだ眼差しを向けてくれるその目が開くのを待ったが、起きる気配はない。本当に疲れているんだ。自分のわがままで起こすのも気が咎め、気付かれないようにそっとベッドを降りた。

朝の支度を終えキッチンに行くと、柾人の分の料理がそのままカウンターに残されていた。

「柾人さん、食べなかったんだ……」

冷たくなった食事が余計に不安を煽《あお》る。

どんなに遅く帰ってきても、いつもなら朔弥が作った料理を食べてから寝てくれるのに、昨夜はそれすらできないほどに疲れていたに違いない。

「……悪いことしちゃったな」

柾人の言いつけ通り、先に寝室で寝れば良かった。疲れて帰ってきて、朔弥を寝室に運んだなんて、さらに疲れさせてしまっただけだ。

ごめんなさい。心の中でこっそりと謝って、夕食にラップをかけ冷蔵庫に入れてから、朝食の準備をする。

疲れた柾人が少しでも元気になるように、レシピサイトを眺め、消化のよいものを作り始めた。

夏バテも心配だから今朝は梅粥《うめがゆ》だ。昨夜食べていないならがっつりとしたものがよいとも思ったが、空きっ腹に重い食事を入れては負担になるかもと気が引ける。粥だけでは腹持ちが悪いと、副菜を多く用意し最後に柾人の好きな白身魚の西京焼《さいきょうや》きを焼いたら完成だ。

時計の針は九時を指しているのに、いつも規則正しい柾人が起きてくる気配がない。

「やっぱり仕事のしすぎだよ」

ぼそりと愚痴《ぐち》を言う。本当はもっと朔弥が手伝えればいいが、まだ学生でしかもアルバイト。

どんなに頑張っても、柾人の仕事を肩代わりするには役不足だ。同時に、どれだけ彼が凄いのかを嫌と言うほど思い知らされる。

会社にいる間の柾人は本当に凄い。躊躇うことも臆することもなく決断を下していく。しかも誰からも不満が出ることがない。何を選べば最善か、会社にとって有益となるかを常に考えているからこそできることだ。その場のひらめきだけではない、確固たる信念があるから、多少の無茶でも皆がついていく。

本来であれば社長である蕗谷の仕事だろうに、なぜ柾人がと思わないでもない。大学生で会社組織に疎い朔弥にはわからない何かがあるのだろうと口には出さないが。

感嘆の言葉しか出てこないほど柾人の凄さを目の当たりにして、朔弥は柾人に向ける感情を強くしては、自分の無力さを痛感してしまう。もっと柾人のために色々なことがしたいけど、開発部のアシスタントがせいぜいで、とてもじゃないが柾人が役に立っているとは思えない。

「はぁ……どうしたらいいんだろう」

作った料理を綺麗にカウンターに並べ、箸置きに箸を置く。あとは梅粥《うめがゆ》をよそえば完成だ。そこまで整えても、寝室からは物音一つない。

使った器具を洗ったら、柾人が起きてくるまでやることはない。

「ちょっと様子を見てこよう」

ただ疲れて眠っているだけだったらいいが、最悪のことも考えてしまう。なにせニュースでは過労死の話題で持ちきりだ。あれを耳にしたとき、一番に柾人のことが頭に浮かんで、心配と不安が膨らみ胸を壊してしまいそうだった。

そうならないように食事に気をつけているが、心配の種は尽きない。

朔弥がベッドを抜け出した時のまま、布団は僅かも動いていない。気になって近づき顔を寄せれば、心地よいリズムの呼吸音が聞こえた。

「良かった……あっ」

スッと伸ばされた逞しい腕に腰を抱えられ、引き寄せられた。

「起きてたんですか!?」

「朔弥の声で起きた……おはよう」

「おはようございます、おきま……んんっ」

朝にしては濃厚なキスが始まり、朔弥を翻弄《ほんろう》していく。

舌を絡めたっぷりと味わうと、歯列をなぞられ上顎を擽《くすぐ》られた。

「んぁ……っ」

柾人の逞しい身体の上に乗せられ、後頭部を優しく押さえられては逃げられない。そんな言い訳を自分にして、朔弥も久しぶりの濃厚なキスにのめり込んでいく。

今週に入ってからにわかに忙しく、じっくりとキスをする時間なんてなかった。チュッと出かけに唇を合わせるばかりで、寂しかった身体が歓喜してしまう。

ダメだ、まだ朝なのに。柾人は疲れているのに。けれどももっと欲しい。柾人の手によって馴らされた身体は、貪欲に彼を求めて熱を上げてしまう。

そんな自分が恥ずかしいのに、朔弥は止めることができなかった。

「まさとさん……」

唇が離れた合間にその名を呼べば、すぐにまた頭を引き寄せられ貪られる。唾液《だえき》まで啜《すす》られ、身体の奥で燻っていた熱が燃え上がっていく。

透明な糸を引いて唇が離れる頃には、朔弥の頬は上気し、指先まで力が入らなくなっていた。

「昨夜は朔弥を堪能できなかったからね。君も疲れていただろう、これからは待たずにベッドで休んでくれ。あれでは風邪を引いてしまう」

二十四時間空調が完備されたこのマンションは、猛暑が続く中でも快適な温度に保たれている。むしろ外気温との差に、帰ってすぐは寒さすら感じる。

「でも……あんなに遅くなると思わなかったんです」

「すまない。少し立て込んでいてね」

チュッと可愛いキスをされ、心配なのに身体が期待してしまう。

もう一週間も抱かれていない。アルバイトを始める前までは、夏期休暇に入ったからと毎晩のように柾人が覆い被さってきた。服を脱ぐのも恥ずかしいくらい身体中にキスマークや噛み跡を付けられたが、今は少し薄れて、それが寂しい。

「来月半ばには落ち着くと思う。朔弥に寂しい思いをさせているね」

優しい手がTシャツの上から背中を撫でる。いつものように柾人の首元に小さな頭を乗せ、うっとりした。

こうして彼に抱かれる時間が好きだ。激しく貪られると愛されているんだと実感するし、穏やかに包み込まれると慈しまれていると心が満たされる。気持ちが緩やかに落ち着いていくが、一点だけはなかなか落ち着かない。それを隠すように少しだけ腰を浮かせた。

「朔弥もアルバイトを初めて一ヶ月だ、そろそろ疲れが出てきた頃だろう」

「……大丈夫です。オレよりも柾人さんの方が心配です」

言外に働き過ぎだと伝えているのに、柾人は蕩けた表情で朔弥を見つめる。

「君に心配をされるのは嬉しいね。体力はあるつもりだ、安心しなさい」

「あまり過信しない方がいいですよ」

過信しすぎて無理をした人から過労死するんだと、テレビのコメンテータが言っていたのをそのまま口にする。自分にとって大事な人だ、できるならずっと一緒にいたいと思っている。だからその身体を労って欲しいのに、柾人はクスリと笑ってハーフパンツに包まれた臀部《でんぶ》を揉み始めた。

「ちょっ……だめですっ」

「どうしてだい？　私の体力を心配しているんだろう。あることを証明しようと思っているんだが」

「だめです……ゃあっ」

パンツの上からグリグリと敏感な蕾を押され、意図せず甘い声が上がってしまう。

「そうかな。朔弥の身体は期待しているみたいだ……昨夜は私に可愛がって欲しくて待っていたのかと期待したんだが、違ったのかな」

「違いますっ……そこばっかり……んっ」

グニグニと揉まれて突かれて、硬かった分身が下着を僅かに濡らすのを感じる。

恥ずかしい。嫌だと思っても、柾人にされていると考えただけで興奮し、自分を抑えられなくなる。用意してある朝食のことも忘れ、その手に身を委ねてしまいたい甘い誘惑と戦いながら、だが確実に煽《あお》られていく。

チュッチュッと顔にキスをされ、甘い音楽を奏でる唇を啄《ついば》まれるともう駄目だ。

「まさと……さっ」

ギュッと彼のパジャマを握り絞めてしまう。

「私を欲しがっている可愛い顔になった。体力がある証明をしたいのだが、いいかな？」

分身がはちきれそうになる。けれどこのまま流されてしまうのはいけないとわかっている。意を決して心地よい腕の中で暴れた。

「ダメですっ、ちゃんとご飯を食べないと……昨夜も食べてませんよね」

きつく言おうと思っていたのに、声は泣きそうになってしまう。本当は拒みたくない。今週は可愛がってもらっていない己の蕾が切ないと訴えるが、いつものように流されては柾人が休めない。

一度始まってしまえば、それこそドロドロに溶けるまで離して貰えず、朔弥も彼から与えられる愉悦《ゆえつ》を求め続けてしまう。せっかくの休日なのに、それでは柾人がゆっくりできない。そうでなくても、今は忙しくて大変だというのに。

せめて朝食は食べて欲しくて、名残惜しい気持ちを叱責し、柾人から離れた。

「ご飯、ちゃんと食べてください」

「……仕方ない。ちゃんと言うことを聞かなければ朔弥に嫌われてしまうな」

必死で自分を抑える朔弥と違い、柾人は余裕だ。恋人が怒った振りをするのですら楽しみ、了承を告げるように頬にキスをすると、躊躇うことなくベッドから起き出した。珍しくパジャマのままリビングへと向かう。

冷めてしまった料理を見て「美味しそうだ」と声を弾ませる。朔弥は、まだ落ち着かない下半身に腰をもじつかせるが、このまま流されないぞと固く決意し、最後の準備をした。

柔らかい梅肉を潰し混ぜた粥を椀によそい、さらに小ぶりの梅干しを一粒、その上に乗せる。それをカウンターに置くと、柾人は朔弥が席に着くのを待って手を合わせた。いつもと変わらない綺麗な箸の持ち方で食事を始める。それを見てから朔弥も食事を始めた。

朝にしてはボリュームのある食事だが、柾人は次々と口に運んでいく。やはり腹を空かせていたではないかと、ちょっとだけ笑った。

「焼き加減がいいな。朔弥は本当に料理上手だ」

「ただ焼いただけです……」

定期配送で届く食材には、焼き方や焼き時間までしっかりと記載されており、誰が作っても同じ味になるよう配慮されているのに、柾人は決まって朔弥を褒める。そんな、ほんのちょっとのことでも舞い上がってしまうのは、それだけ柾人の言葉が嬉しいから。

同時に今まではこんな風に認められたことなどなかったなと、もう一年ほど会っていない家族のことを思い出す。素直に褒められたことはなく、できない部分ばかりを叱られていた。

だから、未だに手放しに褒められると擽《くすぐ》ったくて、どう反応していいかわからない。

「仕事はまだ忙しいんですか？　オレに手伝えることはありますか？」

一分でも一秒でも早く帰れるように、手伝えることがあれば遠慮なく言って欲しい。願いを込めて彼を見つめれば、スッと目が細められた。

「そうだね、朔弥には大事なことをお願いしたいんだが」

「なんですか！」

今まで柾人が仕事関係のことで頼ってくれることがなかったから、嬉しくなって身体も言葉も前のめりになってしまう。どんなことだろう。自分でわかることだろうか。いや、わからなくても調べて柾人のためなら頑張れる。そうなろうと、今鋭意努力中だ。

社内のことも少しずつではあるができるようになってきた。大学が始まるまでひと月ほどあるし、どんなことでも引き受けようと心を躍らせる。

「支度が終わったら、車の助手席に乗って欲しいんだ」

「……またお出かけですか？」

躍った心が一気に沈む。車はプライベートでしか使わないのを知っているだけに、仕事では役立たずだと言われているような気になる。

それが顔に出たのか、柾人の大きな手が柔らかい髪を撫でた。

「今日は大事な日なんだ。どうしても行かなければならないところがあってね、付き合ってくれると嬉しいんだが」

いつもながらずるい言葉の選び方だ。絶対に朔弥が断れないよう、伺いを立ててくるのだ。拒否しては申し訳ない気持ちになってくる。だからこそ、ずるいのだ。

仕事面では認められていないのかと落ち込む心が、少しだけ温かくなってしまう。

「どこに行くんですか？」

「朔弥と一度行ったことがある海だ。どうしてもね、今日じゃないといけないんだ」

いつもと変わらない声音。だが柾人の顔に少しだけ淋しさが滲み出ている。そんな表情、初めて見た。悲しみを堪えているようにも見える。泣いてはいけないと笑おうとしている表情に似ていて、なぜだかわからないが包み込みたくなる。

「わかりました。最近ずっと家だけでしたから、ちょっと嬉しいです」

これが柾人の望む言葉かはわからない。けれど朔弥の言葉を聞いて笑みが深くなる。

「ありがとう、助かるよ」

なにがあるのかは深く訊ねず、なんてことない会話のまま、食事を再開する。

「夏の海なんて初めてです、オレ、海水浴とか行ったことないんですよ」

夏休みはいつも忙しなくて、畑と田んぼを行き来した思い出しかない。家の手伝いばかりで遊んでいたのはいつだったか、それすら忘れてしまうほどだ。

「なら少し海に入るかい」

柾人の表情が明るくなる。それもいいなと思って、すぐに警報が脳内に響き始めた。

「だめっ……だめですっ！」

「なぜだい？　水着がなければ、行きしなに買えばいいだろう」

「違います……脱げないから……」

薄くなったとは言え、朔弥の身体にはぱっと見てわかるほど柾人に愛された跡が残されている。家の中だからTシャツでいるが、外に出るときは首元が隠れる服装にしなければ見えてしまうくらい、あちらこちらにキスマークと噛み跡があるのだ。

「ダメかい？　私は綺麗な恋人を見せびらかして歩きたいんだがね」

カッと顔が赤くなる。ギッと柾人を睨めば、あの蕩けるような眼差しに加えて、頬を綻ばせた。

ひたすら甘やかすときの表情に、恥ずかしくて俯く。

「そんな……綺麗じゃないです」

朔弥を綺麗だと言うのは柾人だけだ。他の人からしたら冴えない上にひょろりとした朔弥が、あんなに愛された跡をたっぷりとつけた身体を露わにしたら、嫌な気分になるだろう。

何度も何度も首を振り、拒絶を示した。

「残念だ。私としては、見せびらかした上で、こんなに綺麗な子が私のものなのだと自己主張して回りたいのだが……嫌かい？」

「嫌ですっ……」

「仕方ないね」

クスリと笑って最後の小皿を空ける。喋っていても箸を動かしていたのかと感心し、自分の前に残った料理たちに慌てて意識を向けた。

「ゆっくり食べなさい、その間に私はシャワーを浴びてくるよ」

「はい……」

朔弥をからかって楽しむのは今に始まったことではないが、やはり慣れない。綺麗なんて言われ慣れていないし、本心だとしたら、そう見えるのは柾人だけだ。

それにしても、いつも規則正しい生活をしている柾人が風呂にも入らないで寝るほど疲れているのに出かけて大丈夫か、そちらの方が気になった。

車の運転は神経を使うため、疲れやすい。近場の海とはいえ運転して大丈夫なのか不安になる。朔弥も一応免許は持っているが、さすがに交通量が多い都心の道を走ったことがないので不安しかない。それに柾人が大事にしている車を傷つけては申し訳ないからと、借りてはいけないと思っている。だから、途中で交代することもできないのだ。

だが、ドライブは柾人の息抜きだということも知っている。

「明日は本当にゆっくりして貰おう」

食事を済ませ、流しで洗い物を始める。出かけるなら一通りの家事を終わらせてしまおうと、フローリングワイパーを取り出し床を軽く撫でる。部屋を綺麗にしている間に柾人が浴室から出てきた。細々と動き回る朔弥を見つめ、ぼそりと呟く。

「全自動掃除機を購入した方がいいいな」

「何を言っているんですか、もったいないですよ。そうでなくても、柾人さんは買い物をしすぎです」

朔弥の生活の面倒をすべて見てくれるだけでなく、似合うからと次から次へと服を買ってきてくる。しかも名の通ったブランドの服ばかりを。一生分の服がクローゼットから溢れかえるのではないかと心配になる。

もういらないと何度断っても、「この服を着た朔弥を見たいんだ、私の楽しみを奪わないでくれ」と懇願されてしまえば、受け取るしかない。分不相応な衣装を身に付けてアルバイトに通っても、全部に袖を通せる日は来ないような気がする。

今日こそは何も買わせないぞと思うのに、掃除しているだけで全自動掃除機の購入を検討されては堪ったものではない。

「苦じゃないので必要ないですよ」

「そうかい？　わざわざ掃除しなくてよくなるんだが」

「大丈夫です……オレが柾人さんのためにしたいんです、……ダメですか？」

いつも柾人が朔弥を説き伏せる時に使う文言をそのまま流用すれば、苦笑された。

「それは断れないね……だがこれから大学も始まるんだ。サーシングでのアルバイトも継続するとなると、朔弥の勉強の時間が減ってしまうよ」

またあの手この手で口説き落としにかかる。

「柾人さんはオレを甘やかしすぎですっ」

「そうかい？　掃除する時間があるのなら、その全部を私を癒やすことに回して欲しいんだがね」

「……バカなことを言っていないで、着替えてくださいっ！」

出かけるんですよね、と語尾につけ寝室に押し込む。すぐにそういう色っぽい話をするから、朔弥も我慢ができなくなるんだ。

柾人の言葉だけでされてきたことを思い出し、彼のことが欲しくなって蕾の奥が疼く。

絶対に今日はしないで、たっぷりと柾人を休ませるんだと心に誓い、出かけるまでの時間、家を綺麗にすることを専念する。

◆

小さなボストンバッグを後部座席に置いた柾人は、すぐに朔弥の隣の席に滑り込んできた。

年式の古い車は、メンテナンスをまめにしているおかげで快適だ。ラジオから流れる緩やかなジャズを背景に、車は隣県の海へと向かって走り出す。

観光地でもある目的地に向かうには首都高湾岸線を使うのが一番早く、柾人も躊躇わずレインボーブリッジに向かうインターチェンジへと入っていく。

「今日は随分と混んでますね」

前回連れて行ってもらった時は、同じ時間だがまだ車が少なかったように思う。今日はその倍くらい混んでいる。首都から離れれば離れるだけ車の数は増えていき、とうとう白い橋の上で止まってしまった。

「しょうがない、今日は特別な日だからね」

日差しが強すぎるためにサングラスを掛けた柾人が、暇つぶしとばかりに朔弥の柔らかい髪を指に絡め始める。

止めてほしいのに、柾人の顔を直視できず、注意することさえできない。まるで芸能人のようなのだ、雰囲気が。この人が本当に自分の恋人なのかと、何度目かもわからない信じられない気持ちを纏いつつも、やはり格好いいと見蕩れてしまいそうになる。

「何が特別なんですか？」

「今日は花火大会があるんだ。皆そのために向かっているんだろう」

「……こんなにたくさん？」

まだ現地まで数十キロもある。こんなにも渋滞するくらい人間が集まる花火大会というのが想像できず、もう一度前を見る。

先頭の車の陰すら見えず、快晴に海面から反射した光ばかりが飛び込んでくる。目がチカチカして、やはり都会は人が多いと慄く。どこからこれほどの人が湧いて出るんだと恐怖すら感じるのは、朔弥が生まれ育ったのが農業地帯だからだ。農地がほとんどを占めているため、一つ一つの地域は広いが、住人は少ない。こんなに人が密集する場所などどこにもなかった。

それが当たり前の感覚でいたので、このような渋滞を見る度に驚きを隠せない。

遅々として進まないが、海の上にある橋では途中で下りることもできない。

「毎年のことだが、今年も賑やかだな」

渋滞にも慣れっこの柾人はステアリングを離し、膝の上に手を置く。朔弥の髪を弄る手はそのままに。長く節張った指が髪から僅かに見える耳へとターゲットを変え、擽《くすぐ》ってきた。

輪郭《りんかく》を確かめ、柔らかい耳たぶを摘まむ。そのたびに小さく身体を強張らせてしまう。

「時間はあるんだ、のんびり行こう」

「そう……ですね」

だが、朔弥には柾人ほどの余裕はない。僅かな接触ですら敏感な身体は快楽へと繋げようとする。

そう、柾人に馴らされてしまった。車内という密室とはいえ、まだ日は高く、隣の車線の車から見られてしまうこの場所で変なことはしないだろうが……

柾人は、時々朔弥には信じられないようなことをするので、断言はできない。

「そういえば、大学はいつから始まるんだい」

「十月からです……でもすぐに試験なのでちゃんと……勉強……しないと」

「そうだね、学生の本分だからね。そうなると朔弥がとても忙しくなってしまうね……やはり全自動掃除機が必要だと思うんだが」

「……またその話ですか？」

いらないと断っているのに、柾人はどうしても導入したいようだ。買ったところで柾人の仕事が楽にならないなら不要だと朔弥は思う。もっと自分を労ることにお金を使えばいい。

「オレがするのはダメですか？」

「朔弥も忙しいだろう。そうでなくても、アルバイトを始めてから私は構われてない」

「……柾人さん？」

まっすぐ前を向いた柾人の、整った横顔を見つめる。アルバイトをすることについては怒られなかったから、すべて受け入れてくれたと思っていたのだが……不満があったなんて知らなかった。

「でも……家にいる時間は全部、柾人さんのために使ってますよ」

掃除も料理も。柾人のためと思うからこそ頑張れるのだ。一人暮らしをしていた頃、これほどまめにやっていたかと問われればすぐさま否定する。掃除だって洗濯だって週に一、二度で、こんなにも頻繁《ひんぱん》ではない。柾人のために少しでも快適な空間にしたいから、こんなに頑張れるのだ。

「それだってこれから勉強が入るだろう。もっと私を構ってくれなくなる」

「そんなことはありませんよ」

いつだって心の中心にいるのは、柾人だ。彼のためならアルバイトも頑張れるし、勉強だっていつか役に立てるならと以前よりも力を入れている。

今の朔弥の行動原理となっている人は、サングラスで隠した目をこちらに向けた。

「いや、あるよ。以前だったら拒まなかった」

すぐに顔が真っ赤になる。なにが、なんて訊かなくてもわかる。朝の拒絶だ。

「あれは……その……」

「私はたっぷりと、綺麗な恋人を思い切り可愛がりたいんだけどね」

静かな声なのに、顔は真剣だ。いつもの朔弥を揶揄《からか》っているものではない。

「柾人さん？」

小首を傾げ、耳を撫でる手を握った。温かい手が頬へと滑っていく。エアコンの効いた車内では心地よくて、頭をコトリと傾けた。

「淋しかったんですか？」

サーシングのアルバイトを始めてからも週末ごとにデートしたりベッドで過ごしたりをしている。それでも、淋しいと思っていたのだろうか、顔に出さないまま。

いつだって柾人のことしか考えていないのに。

いつだって柾人のためだけに動いているのに。

それだけではダメなのだろうか。

心情をあまり語らない朔弥だから、不安にしてしまったのかもしれない。柾人の言葉を借りるのではなく、自分の心をありのまま晒《さら》すのは、少し恥ずかしくもあり不安もある。

思いを告げては常に否定され続けてきたから。言葉を尽くしても誰も訊いて貰えなかったから。

そういう家族だったから、もう自分の気持ちを出すことを諦めてしまった。けれど、柾人には頑張って告げているつもりだった。つもりでしかなかったんだ。

「ごめんなさい……」

柾人の手の甲をゆっくりと撫でる。もう外から見られて恥ずかしいという気持ちはない。今はただ柾人に赤心《せきしん》を吐露《とろ》することの方が大事だから。

「蔑ろにしているつもりはないんです。柾人さんの役に立ちたくて……」

柾人のために何かをできる自分になりたくて、足掻いているだけなのだと知ってほしい。家のこともアルバイトのことも。

ただ、誕生日の贈り物に関しては内緒だ。いつも貰ってばかりで何かを返したいのだが、それを口にしたら絶対に彼は「いらない」と言うだろうし、物ではない何かを要求するだろう。

それでは朔弥の気持ちが済まない。

「オレなりに頑張ってるんです。サーシングのアルバイトも、家のことも。柾人さんのためになることをしたいんです」

まだ学生で、柾人のように何かを成し遂げてはいないが、足掻きたいと思っている。柾人とずっといるために。

「それではダメですか？」

上目遣いで見つめれば、前ばかりを向いていた柾人がちらりとこちらを見てくれた。嬉しくてゆっくりと瞼を下ろし、掌に顔を預ける。

「蔑ろにはしていません。柾人さんのために何かをしたいんです」

「……可愛いことをここで言わないでくれ。こうして触れることしかできないんだから」

「今日はオレがしますから」

「それは楽しみだ」

唇を撫で、瞼の縁を撫でる。こうして撫でて貰うのも久しぶりだ。一緒の空間にいる時間は増えたが、触れ合う時間は確かに減っていた。

柾人の仕事が忙しいのを目の当たりにして不安ばかりが募っていたが、自分が間違っていたのかもしれない。朔弥よりもずっと大人で、責任感もあり自己管理もできる柾人を心配することで、自分のポジションを確保しようとしていた。信じて帰りを待つことができない小心さが柾人を不安にさせているのだとしたら、変わらなければならないのは朔弥だ。

けれど、全く心配しないなんて朔弥にはできない。誰よりも大切な人だから。大事にしたいのだ、誰よりも。そんな想いを必死に告げるが、伝わっただろうか。あまり巧みではないこの言葉でも。

不安で視線を揺らせば、大丈夫だと教えるように顎の先を一撫でされた。

車が動き出し、ゆっくりと進み始める。柾人の両手がハンドルに戻り、静かなジャズの音色が揺蕩《たゆた》う空間で、会社の話を始める。

開発部が忙しすぎて皆が疲弊していること。経理部の人手が少ないと叫んでいること。ポロポロと朔弥の所に集まってきた情報を告げれば、「そうか、なんとかしないとな」と頷いてくれた。

高速道路を進み、昼に家を出た車は三時間かけて目的地に到着した。

「凄い人……」

海沿いのホテルの駐車場に車を駐め下りた朔弥は、あまりの人に驚いた。

高速道路の車の多さにも驚愕したが、その比ではなかった。海岸を埋め尽くす、人、人、人。隙間がないほど人で溢れかえっている。ここは都内ではないのに、なぜこんなに人が多いんだろう。

声も出ない朔弥に、柾人は笑った。

「毎年こうだ。有名だからね、ここの花火は」

「そうなんですか……それにしてもこんなに人がいっぱい来るなんて……」

「隅田川《すみだがわ》の花火大会はもっと凄いぞ。朔弥が見たいなら来年は行ってみようか」

慌てて首を振る。あっさりと言うが、ここよりも人が多いとなったらどうやって帰ればいいのか。朔弥には想像ができなかった。交通規制が毎年かかるような花火大会なんて、とてもではないが人の多さに圧倒され、花火をじっくり見ることなどできないだろう。

「経験として見てみればいい」

「いいです……夕飯の時間までに帰れないでしょう」

来年も自分が彼の食事を作ると疑わない朔弥に、柾人は一瞬まじまじと見て、それからギュッと手を握ってきた。

「柾人さん？」

東京の街中ではないのに、躊躇うことなく柾人はいつものように手を握ってくる。

「少し歩こうか。目的地はここではないんだ」

海とは反対側の小高い山へと足を向ける。海岸の人だかりが嘘のように、路面電車の線路を挟んで反対側は静寂《せいじゃく》に包まれていた。

猛暑を通り越して酷暑と言われているのに、木々に遮られた細い道はどこも涼やかで、海から流れ込んでくる湿り気を帯びた風は潮の香りを多く含んで、木の匂いと混じった独特の香りを作り出していた。山の中で生まれ育った朔弥は、不思議な世界に迷い込んだ感覚に陥る。

手を繋いだまま、柾人に導かれ山の奥へと入っていく。神社仏閣《じんじゃぶっかく》が建ち並び、歴史の教科書にも載っている場所を自分が歩いているんだと感嘆した。

「普段はとても静かな場所なんだ。今日が特別なんだよ」

緩やかな坂道沿いに土産物屋《みやげものや》が建ち並ぶが、急に勾配《こうばい》が激しくなるとそれも途切れ、地元の人しか通らないような細い道へと変わっていく。柾人はその中をしっかりとした足取りで進んでいった。

「大丈夫かい、辛かったら言ってくれ」

「平気です、山道は慣れてますから」

とはいえ、目的地を訊いておけばよかった。知らない道を歩く不安は朔弥を心細くさせる。知らず握る手に力がこもった。果たして彼はどこに行こうとしているのだろうか。

歴史散策をしている気分でいた先程までと違い、山を上がるごとに家も少なくなっていく。

「もう少しだから頑張ってくれ」

「はい……」

上京してから二年、家業の手伝いをしていないせいか、昔より体力が減ったと実感する。定期的にジムに通っている柾人は息を乱さずにいるのが羨ましい。

(ちょっとは運動しないとダメかな)

柾人と出会った頃よりは体重が増えたが、彼のような逞しさには程遠い。誰もが憧れる体型になりたいと願うが、先は遠いと諦めてしまいそうになる。

息が切れ、短い呼吸を繰り返す頃、漸《よう》く柾人の足が止まった。

「ここ、ですか?」

山の中腹にしがみ付くように建っていたのは、古い寺だった。周囲を木に覆われ鬱蒼《うっそう》とした印象で、人が立ち入っていいのか躊躇するほど、今にも崩れそうだ。

「そうだ。まぁ境内《けいだい》よりも奥の方なんだがね」

柾人に続いて入り、本堂に一礼してからその横を通り過ぎた。

寺の裏は、ずらりと墓石が並んでいた。どれも古く、風化しているものもあれば、こけが蔓延《はびこ》っているものもある。

その中で柾人は手入れの行き届いた墓石の前で立ち止まった。周囲の墓石と違ってこれだけは真新しく、くっきりと『倉掛』と掘られている。

「お墓参りだったんですか？　お花っ、お花用意してませんでした、どうしよう……」

「いいんだ、花は。私が来たことを知られたくなくてね」

すべてを語ることなく、柾人は膝を折り墓前に手を合わせた。ただ静かに。花を手向《たむ》けるでも線香を立てるでもなく、ひっそりと墓参りをする理由はわからない。

ただ、柾人の姿は祈っているように映る。自分の知っている墓参りとは少し異なるように感じ、一人じゃないと伝えたくて隣にしゃがんだ。同じように手を合わせる。

ここに誰が眠っているのかはわからない。けれど、柾人にとって大切な人なら、自分にとっても大切な存在だ。目を閉じ、そっと心の中で語りかける。

(初めまして、山村朔弥です。突然伺ってすみません、今柾人さんとお付き合いをしてます)

訥々と語りかけ、次第に悩みを告げていく。

柾人の身体が心配であり、仕事に忙殺されないか不安であり、常務という役職の重圧の中で決断を下す姿が眩しくて、いつか隣に立てる人間になりたいと願っている。とりとめのないことを頭に思い浮かべては、語っていく。

（こんな自分ですが、これからも柾人さんと一緒にいたいと思っています。また来るかも知れませんが、許してください）

ペコリともう一度頭を下げてから目を開いた。

「ぁ……」

隣にいる柾人がじっと見ていた。朔弥のお参りが終わるのをただ静かに。

「随分と話し込んでいたね」

手を取って朔弥を立たせる。そしてじっと墓石を見つめた。

「恋人の朔弥です。誰よりも大事にしている存在です。この子のことも見守ってください」

小さく、優しく。湿った風に掠われるほどにひっそりとした呟き。木々がざわめき掻《か》き消そうとするが、しっかりと朔弥の耳に届いた。ギュッと言葉の代わりに手に力を込める。

柾人にとって大切な人たちに告げたそれは、熱くきつく、朔弥の胸を締め付けた。

知らず顔が真っ赤になる。

会社でもどこでも、柾人が朔弥に向ける気持ちはまっすぐで、疑ったことはない。親族の前でまでその想いを貫いてくれている。大事に想ってくれている。

悲しかった過去がすべて飛び散り、引きずっていた負の感情すべてが浄化されていくのがわかった。

（オレも……柾人さんは大事な存在です）

風に掠われないよう、心で呟き伝える。少し俯き、恥ずかしがる心を抑えて。

来たときと同じように手を繋いだまま山を下りる。いつもと違い、朔弥もしっかりと柾人の手を握り込んだ。嬉しいと恥ずかしいが綯《な》い交ぜになった、言い表せない感情がそうさせる。

空はすっかりオレンジ色に染まり太陽が山の向こうへと隠れる頃、やっと車を駐めたホテルへと戻った。

「疲れただろう、朔弥。食事にしよう」

「えっ、でも……今から帰れますか？」

海岸沿いの国道を見れば、上り方面は渋滞していて高速道路よりもずっと進みが悪い。とてもではないが今から帰ったら深夜を回ってしまいそうだ。

「今日はここを押さえてあるから心配しなくていい」

ここ、とホテルを指し示す。観光地の、しかも海の側に建つホテルだ、こんな大きなイベントの日に容易に部屋を取れるとは思えない。世間知らずの朔弥ですらその難しさは容易に知れる。

「どうして⁉」

驚きに飛び出した言葉は少し非難の色を纏ってしまう。

「朔弥が思っている内容ではない。毎年取っているんだ、ここの部屋を」

「そう……なんですか？」

「当たり前だ。でなければ押さえることはできない」

大学を卒業してから毎年、八月最後の土曜日にこのホテルの部屋を押さえているのだという。よく花火大会に日程がぶつかってしまうが。

「墓参りの帰りは必ず泊まっているんだ、夜の海が見たくてね」

茜色を映し出す海を見つめる柾人から、目が離せなかった。

いつも超然としている人が、こんなにも弱い部分を見せてくれたのは初めてで、抱きしめたくて伸ばした腕を慌てて下ろした。

「わかりました」

断ってはいけない。絶対に。柾人にとって特別な儀式を。彼の思うままに進行すべきだ。朔弥にできることは素直に頷いて、その背中を追いかけることだけに思えた。

決して大きくはないホテルは人で溢れかえっていた。リザーブしていなければレストランで食事もできなかったくらい、スタッフも忙しなく動き回っている。

窓辺の奥の席に腰かければ、すぐにウェルカムドリンクと前菜が運ばれた。

「お疲れ様。随分と歩かせて申し訳なかったね、足は痛くないかい」

「大丈夫です……でももっと体力を付けないといけないのがわかりました」

あまりにもなさ過ぎて、柾人に呆れられないか心配になる。

「そうだね、朔弥はもっと太った方がいい。私の帰りを待たずにもっと食べなさい」

昨夜のことを軽く非難され、すっと顔を隠す。

「気付いていたんですか？」

「当たり前だろう。待ってくれるのは嬉しいが、それで君が倒れたらと思うと仕事に集中できない」

「ごめんなさい」

柾人と一緒にご飯を摂りたくて、いつも帰りを待っている間に食欲をなくし、こっそりと自分の分を包んで冷凍庫に入れては、会社へと持っていく弁当に詰めている。

帰りが遅い柾人に知られているなんて夢にも思わなかった。

「今日はたくさん食べなさい。ここの魚はあの海で捕れた物ばかりだから、とても美味しいよ」

綺麗な焦げ目を付けた焼き魚が洒落《しゃれ》たソースを纏い、周囲を野菜が宝石のように散りばめられた皿は、見た目が美しすぎて食べるのがもったいない。

自分もこんな料理を柾人に食べて貰いたい。いつか、もっと上手になって……

欲ばかりが募っていく。柾人にしたいことはたくさんあるのに、して貰うことの方が多くて、どうしてもバランスが取れない。

(早く大人になりたいな……)

こんな時、特に思う。すべて柾人に負担して貰うのではなく、せめてこういった特別な日に、自分がもてなせれば……

「どうだい、口に合わないかい？」

「いえ、とても美味しいです……オレもこんなのを作れるようになればいいなって」

柾人のためにもっと何かをしたい、その気持ちが今は溢れかえっている。

そっと柾人が嘆息した。

「私と一緒にいて、朔弥に無理をして欲しくないんだ」

「でもっ！」

とてもじゃないが自分のことなんて考えられない。だって心はもう柾人に傾き、この人以外の誰かが入る余地なんてない。

「朔弥とずっと一緒にいられれば、それで充分なんだ。無理して、窮屈《きゅうくつ》になって、離れていかれる方が辛い」

「あ……」

ハッとした。頑張る方向性が違ったのだろうか。独りよがりだっただろうか。

落ち込みそうになる心と一緒に俯きかけた顔が、周囲の歓声にバッと上げた。

窓の向こうで花火が上がり、数秒後にはぱぁぁっと、真っ暗な空を彩った。

「あ……すごい……」

花火なんていつぶりだろうか。目が釘付けになってしまう。大輪の花が何本も咲き乱れ、次に小さな花が五月雨に打ち上げられる。久しぶりに空を見上げた。

「綺麗だろう。やはり、一人で見るよりは誰かと一緒の方がいい」

同じように花火を見上げる柾人の静かな声が胸を締め付ける。この人は毎年一人で、この賑やかな景色を見てきたのだろうか。

花も線香も手向《たむ》けられない墓参りをして、誰とも話すことなくただ流れる目の前の光景を見つめ続けていたのだろうか。思い浮かべて、あまりにもの悲しくてギュッと拳を握った。

来年も再来年も、ずっと二人で見ていたい。柾人の隣に、前に、後ろにいて、支えたいと想いを強くする。

けれど想いばかりが逸り、何をすればよいのかわからない。自分には何ができるだろうか。考えて、今できることは僅かしかないのを知る。

（オレ、強くならなきゃ……）

花火が打ち上げられても、ウエイターは粛々と仕事をこなし、空いた皿を片付けて次の皿を置いていく。いろいろと考えすぎて止まっていた手を動かしデザートまで腹に収めると、人々が夜空の百花繚乱《ひゃっかりょうらん》に見蕩れている中、席を立った。

「どうしたんだい、朔弥」

いつにない朔弥の雰囲気に声を掛けてきた柾人の手を握った。

「部屋に……行きましょう」

未だに自分から誘うのは恥ずかしい。けれど、何かしたい気分だった。あんな淋しくて取り付く島のない表情を見たくなかった。させたくなかった。

珍しく、柾人が甘えてくれているとわかったから。

ずっと心にしまい込んだ感情を、本来の彼なら絶対に見せてくれない心を、ちらりちらりと覗かせてくれている。拾い上げなければ、きっと後悔する、そんな予感があった。

手を繋いだまま、チェックインした部屋は、最上階にある和室のスイートルームだった。

「今年はここしか取れなかったんだが、結果的によかった」

言外にこんな贅沢は普段していないんだと言い訳しているようで、それが可愛くて、扉が閉まると同時に抱きしめた。

「朔弥？」

性的なことだけでなく、こんな些細《ささい》な行為ですら自分からしていなかった。柾人のことが誰よりも好きなのに。コトンと逞しい肩に額を乗せ、少しの恥ずかしさを乗り越える。

「今日は……オレがする約束ですから……」

「……では、ここではなく中に入ろう。明かりは点けないが、いいね」

靴を脱ぎ、扉のすぐ前にある襖の奥へと向かう。真っ正面に大きく取られた窓からは、続けて上がる花火と黒く広がった海が一望できる。花火が上がる度に部屋がパッと明るくなり、柾人の顔を映し出す。

もう一度、先よりも強く柾人に抱きついた。

「嬉しいね、朔弥から甘えてくれるのは」

違う、甘えたいんじゃない。甘えさせたいんだ。悲しみを悲しみとして表せない柾人を。

朝から少し情緒《じょうちょ》を乱し、いつもと違う顔を見せる彼を、どこまでも甘やかしたい。自分にできるのはこんなことくらいだが。

ストンと膝を落とし、ちろりと唇を舐めた。うまくできるか不安だ。

大きく息を吸ってベルトに手を伸ばした。自分から進んで何かをするのはあまりない。いつも柾人の手管に流されるばかりで、おかしくなっているときしかしたことがない。それが柾人の不安を煽《あお》っているのかもしれない。

一週間抱かれなかっただけで自分が淋しかったのと同じように。

ラフなコットンパンツの前を寛げ、ぴっちりとした下着の中から、いつも朔弥を前後不覚にするものを取り出す。まだ力を持たないのに、朔弥のよりもずっと大きな欲望を両手で持ち上げる。

知らずに喉を鳴らし、乾いた唇を舐める。そっと舌を伸ばし先端を舐めた。

「……っ」

柾人の呼吸が少しだけ速くなる。嬉しくてもう少し大胆に舐め、時間を掛けて濡らしていく。暗闇の中、続けざまに上がる花火の光が部屋を照らすのが幻想的だった。

非日常。夢の中で行われているような錯覚に陥り、朔弥はどんどんと大胆になった。くびれまでを舐め濡らし、ふっと興奮に漏れる熱い息を吹きかけてから、しゃぶり始めた。

「ん……無理をしなくていいが、嬉しいな。朔弥の顔が見られないのが残念だが」

きっとみっともない顔をしている。いつも綺麗だ可愛いと贈ってくれる賛辞《さんじ》とはかけ離れてるに違いない。

暗いままがよくて、彼が動けないように口淫《こういん》を激しくした。いつも柾人がしてくれるようにくびれと裏筋を執拗に舐め、時折、吸う。窄《すぼ》まった頬に大きな手が当てられた。

「とても上手だが、辛かったら止めていい」

嫌だ、もっと彼を悦ばせたい。そしていつものように自分だけを見て、自分だけを求めて欲しい。ずっと見つめて欲しくて、もっと刺激を大胆にしていった。舌の動きを大きくし、頭を動かす。

柾人にされているときは、すぐにでも達《い》ってしまいそうなほど気持ちよくて、必死に堪えなければあっという間に遂情《すいじょう》してしまう。なのに、彼の欲望は大きくなりはするが、僅かに透明な蜜を零すだけだ。

もっと気持ちよくさせたいのに。すべてを委ねて欲しいのに。実力が伴わないのが悔しい。動きを激しくすればいいのだろうか。それとももっと舌を動かせばいいのか。

わからなくて思いつく限りを実戦してみる。

「んんっ……」

「無理をしないで……あぁ、とても気持ちいいよ」

頬を撫でられ、それだけでぞくりと痺れが上がっていった。喉が窄《すぼ》まり、欲望を意図なく締め付けると、ドクンと口の中で跳ね透明な蜜が大量に零れ出た。

「う……んっ」

独特のしょっぱさが口いっぱいに広がり、ねっとりと舌に絡みつく。咥えたままコクンと嚥下して、もう少し奥へと欲望を導く。全部を口に含むには大きすぎて、根元の方を指で刺激する。

「こらっ、これでは出してしまう……この可愛い口に出すのも魅力的だが、今日は朔弥の中に挿れたいんだが、ダメかい？」

ダメじゃない。もう朔弥も我慢できなくなっている。

けれどもう少しだけ、あと少しだけ。自分が柾人を悦ばせている状況を味わいたい。きっと挿れられたら感じすぎて、柾人の快楽を優先できないから。

きついくらいに吸い、そのまま頭を動かした。

「うっ……本当に出してしまう……今どんな顔をしているのか、見せてくれないかい」

「んっらめ、らめれす……」

「見たいんだ。私のを咥えて気持ちよくなっている朔弥を」

ずるりと抜かれ、慌てて追いかけ舌を伸ばしたが、それよりも先に柾人が身体を離した。

パチンと明かりが点けられる。

「おいで」

座卓《ざたく》に腰掛け、しゃがんだままの朔弥を手招いた。すでに分身を大きくした朔弥はそこに刺激を与えないよう四つん這いで近づく。

「立って。朔弥の全部を私に見せてくれ」

「……はぃ」

シャツのボタンを外し、するりと肩から落とす。一枚、また一枚と床に滑らせ上体を露わにした。下肢《かし》を露わにするのを一瞬躊躇い、意を決してベルトを抜き取った。柾人の趣味で買った下着は肌にフィットして、硬くなった分身の形がしっかりと映し出される。

先端が濡れ、染みになっているのすら恥ずかしいが、柾人はそれを見つめ表情を変えないまま目の色を変えた。

「可愛いね。続きをしてくれるかい」

こくんと頷き、また欲望を咥える。

「この顔を見たかった……恍惚《こうこつ》として目を潤ませて……本当に色っぽくて綺麗だ」

感嘆の声を耳にし、口淫《こういん》を再開する。じっと柾人に見られているのを感じ、熱い視線に一層興奮してしまう。じわりと下着がまた濡れる。

前を包む布は全部レースで作られ、同じレース柄の伸縮性のあるヒモがT字のようになって臀部《でんぶ》を露わにした下着は、通り抜けるエアコンの風をダイレクトに感じられる。冷風が心地よいと思えるほど、自分が体温を上げているのがわかる。

顎が辛いくらい開かないともう咥えられず、先端だけを含んだまま、上顎に擦《こす》り付けた。手で濡れた幹の部分を擦《こす》り続ける。必死で柾人を高めているだけのはずなのに、まだ彼に感じる場所を触れて貰っていないのに、中がざわめく。

「ん……あっ」

自然と嬌声《きょうせい》を上げ、涙の膜で視界がぼやけていく。

柾人が髪を撫でてくる。指で梳き、柔らかさを確かめるように、さらさらと指から零す。それでいい、そのまま続けろと言われているようで、思いつく限りの方法で柾人の欲望をしゃぶり続けた。

背後から光が迫っていくるが、室内の明かりを点けたせいでそれも緩まる。

「もういいよ、朔弥。もっと深いところに私のを挿れてくれないか」

「ぁ……」

抱き上げられ、和室の隣にあるベッドルームへと連れて行かれた。そこも大きな窓が海側にあり、僅かに暗い分、花火の光がよくわかる。

パァアンとまた火薬が弾け、柾人の少し彫りの深い顔を美しく芸術的に彩った。

その中で、彼は躊躇うことなく着衣を脱いでいった。下着まで取り払った柾人が、いつものようにのしかかってくる。

「だめっ、柾人さんはこっちです！」

惚けたように見蕩れて、それから慌てて柾人を引き倒した。

「……どうしたんだ？」

瞬きして呆気にとられる柾人をよそに、目を伏せてそろりと身体を起こした。

「今日は……今日だけは動かないでください」

自分が悦ばせるんだと誓った先ほどのことをうっかり忘れそうになった。

柾人の腰に乗り、何度も深呼吸を繰り返す。女ではない朔弥が柾人を受け入れるには準備が必要だ。マンションの寝室であれば、専用の潤滑剤がベッドサイドのチェストに収納されているから問題ないが、ここにはない。指を舌で濡らし、膝立ちになって蕾へと伸ばした。

淫《みだ》らな下着はセンターの紐をずらすだけで蕾が露わになる。

「ん……は……ぁあっ」

一週間ぶりに指を受け挿れた蕾は、先端を喰わせただけでギュッと締め付けてきた。濡らすのが目的なのに、甘い声が勝手に上がってしまう。

初めてじゃない。何度か経験している。たっぷりと解し濡らせば、柾人を受け挿れるときに痛くないと知っているから、第一関節まで挿れたまま蕾を弄っていく。自慰《じい》のためではない……のに、甘い声が続けざまにポロポロと転がり落ちていく。

僅かに上体を倒し、片手を柾人の逞しい腹筋につく。

自分の指でも、そこを弄っているとグズグズに溶けてしまいそうだ。腰は勝手に揺れ、抽挿《ちゅうそう》を早めてしまう。半年前までこの行為が痛くて嫌だったのが信じられないくらい、挿れられただけで気持ちよくてもっと奥に欲しくなる。第二関節まで咥え込み、指を小刻みに動かした。

「ぁぁっ……はぁっ……やっ！」

意味を成さない言葉が立て続けに流れ落ちて、部屋の空気を濡らしていく。薄暗い部屋の中、花火の閃光が淫《みだ》らな朔弥を浮き上がらせる。

気持ちいい。おかしくなることしか考えられない。けれど、届かない。

自分の指では正気をなくすくらい気持ちいい場所を擦《こす》ることができない。あと少し、もう少しだけ奥なのに。指を増やし同じ事を繰り返す。けれどあと僅かなのに届かない。

貪欲な腰が揺れ早くそこを擦《こす》ってくれと催促する。自分だってそうしたい。できないのがもどかしい。熱くなる身体、けれど決定的な悦びはやってこない。

燻られているような感覚に、閉じていた目を僅かに持ち上げた。じっとこちらを見る柾人の熱い視線を見つける。全身を何度も何度も撫でるように見つめる視線から、頬を紅潮させ眉間《みけん》に皺を寄せる表情まで余すことなく焼き付けようとする意志の強さを感じた。

「ま……ぁとさ……っ」

「どうしたんだい。自分の指では気持ちよくないのか」

こくんと頷く。もっと気持ちよくなれることを知っているから。

「そんなことはないだろう。朔弥は自分でここを弄って達《い》けるんだ。私に見せてくれたあの日のことを思い出して指を動かしてごらん」

「あれは……んんっ」

「もう少し深く挿れて……あぁその体勢だと難しいのかな？　おいで、朔弥」

腰を掴まれ、引き寄せられる。指を含んでいるところが柾人の顔へと近づけられる。

「まさとさん？」

「今日はローションがないからね、たっぷりと濡らさないといけないだろう。このままでは濡れないぞ」

ペロリと指を辿って舌が中に挿ってこようとする。

「ひっ！　ぁあっ」

「指を開いて……そうだ、上手だよ朔弥」

大きく入り口を開くように指に力を入れれば、すぐさま柾人の舌が間を通って潜り込んできた。

「ひっ……ぁぁまさとさ……」

本当に中を濡らすだけが目的だというように、舌だけが挿ってくる。唾液《だえき》を纏い内壁を濡らし、すぐにまた抜けていく。燻っていた身体がさらに煽《あお》られるのに、脳を犯すような痺れは一向に訪れない。もっと気持ちよくなりたいのに、もっと乱れたいのに。

「ぁぁぁぁっ……まさとさ……やめてぇぇ」

「どうしてだい？　朔弥のここを濡らさないと痛いだろう……もっと濡らして、指を動かしたらぐちゅぐちゅ音がするくらいにしないと」

　自分がリードしたいのに、気がつけばいつもの調子になり、柾人の舌に翻弄《ほんろう》されていく。舌で内壁を擽《くすぐ》られる度に啼き、嬉しくて腰を揺らめかせる。もっとしてとばかりに離れたら追いかけて……。ベッドヘッドを掴む指に自然と力が入る。

「指を動かしてごらん……あぁ、いやらしい音がしてきた。聞こえるだろう、朔弥。指を増やして動いても痛くないかい」

「いたく……ぁぁぁっ」

「気持ちよさそうだ。これなら私のが挿っても痛くないかな」

　もう挿れていいんだ。柾人を悦ばせて甘やかしたかったのに、頭の中は自分が気持ちいいことでいっぱいになっていた。

　柾人を悦ばせたい、甘えさせたい。けれど本能に抗えない。

　元の位置に戻り、硬いままの柾人をもう一度舐めて濡らすと、躊躇うことなく腰を落とした。

「あぁぁぁぁぁぁぁっ」

「ぐっ……あぁ気持ちいいよ、朔弥。一番太いところをまずは挿れて……そうだ。奥はまだ濡れていないから、先に朔弥の気持ちいいところを擦《こす》ってごらん」

「ひぃっ……やだっやだ……きもち、いい……」

　甘い誘惑に逆らえず、言われるがまま分身の裏を欲望の先端で擦《こす》れば、欲しかった甘い痺れが背骨に沿って駆け上がり、一瞬にして朔弥の理性を焼き切った。仰け反って身体を震わせる。

ギュッと痛いくらいに締め付けられ、柾人もくぐもった声を上げるが、それを嬉しいと思う余裕はない。また腰を動かし気持ちいい場所を擦《こす》った。

「やぁぁあっ……もっとぉ、もっとしてぇぇ」

淫《みだ》らな下着を纏ったまま、朔弥は艶めかしく腰を使い始めた。身に付けたままの下着は、絶え間なく分身から溢れる透明な蜜で濡れ、もう受け止められないとばかりに変色が広くなる。

「あぁたまらない。朔弥」

「だめぇぇぇっ」

入り口付近だけを擦《こす》っていたのに、柾人の大きな手が腰を掴み下から突き上げてきた。

まだほぐれていないのに、奥を突き破る勢いで挿ってきた欲望に、朔弥は髪を振り乱し悶え、悲鳴に似た甲高い声を上げた。

「すぐいっちゃ……ぁぁぁあっやだ、はげしくしないでぇぇぇぇ」

「すまない……朔弥……朔弥っ」

グリグリと朔弥の腰を回転するように揺らした柾人は、小刻みに突き上げてきた。膝を立て抽挿《ちゅうそう》を激しくする。柾人が僅かでも動けばもう朔弥は翻弄《ほんろう》されるしかない。

この身体は柾人によって溶かされ、彼によって快楽を覚えたのだ。本気を出されたら朔弥は抗えず肉の悦びを貪るだけの存在になってしまう。

「もぉ……ぃくっいっちゃ……」

「だめだっ、まだ我慢してくれ……もっとたっぷりと恥ずかしい下着を履いた朔弥を可愛がりたいんだ」

「むりってきな……やぁぁぁぁぁぁぁぁぁぁぁあっ」

「ぅ……そんなにしめつけないでくれ」

「あっ……ぁっ……」

奥ばかりを突かれて、朔弥はあっけなく分身を解放した。下着だけでは受け止めきれないほどの蜜を放つ。

「ぁ……」

最後の一滴を吐き出した朔弥は、ばたりと柾人の身体の上に倒れ込んだ。肩で息を繰り返し、久しぶりに味わう絶頂に脳が麻痺《まひ》していく。

どうして柾人とするのはこんなに気持ちいいんだろう。もう長らく自分で慰《なぐさ》めることがなくてその感覚を忘れてしまったが、もっと淡泊だったはずだ。遂情《すいじょう》してもすぐに醒めるような感覚が訪れるのに、今は長引いてちっとも冷静になる瞬間がない。

頭がぼんやりとし、感覚だけが研ぎ澄まされる。

まだ中にある柾人の欲望が硬いまま蕾を押し広げ、脈すら感じられる。先に達《い》ってしまった罪悪感が沸き起こった。彼を満足させようと思ったのに。

情けない。冷静になれないまま身体だけが醒めていくのを感じ、悲しくなってくる。はらりと溜まった涙が流れ落ち、柾人の肌を濡らした。

「どうしたんだい？　辛かったか」

「ちがいます……オレが、したかったのに……」

「うん？」

あまりにも落ち着いているのが恨めしい。朔弥の中にあるのに、ギュウギュウに締め付けられているのに、余裕を垣間見せる。自分はすぐに翻弄《ほんろう》されるのに。

ほおっと息を吐き出し、柾人の喉元に髪を擦《こす》り付ける。

「オレが、柾人さんを気持ちよくさせたかった……」

「気持ちいいが？」

「ちがうっ、柾人さんだけ達《い》かせたかったんですっ！」

珍しく怒気を露わにした朔弥の言葉に、目を見開き、次の瞬間甘く溶けた。キラリと目が光った、ような気がした。嫌な予感がして身体を離そうとするよりも先に、両手が巻き付いてきた。

「まっ……柾人さん？」

チュッと頬に唇が当たる。

「ではたっぷりと朔弥に気持ちよくさせて貰おうか」

「え……ぁあっ」

そのまま身体を上下に揺らされ悲鳴を上げた。

奥まで届かないのに、分身の裏の膨らみに何度もくびれた部分が当たり、遂情《すいじょう》したばかりの朔弥を苛む。ひくりひくりと力を失った分身が力を持ち始め、二人の身体で刺激される。

しかも蜜でたっぷりと濡れた下着の中はローションをまぶされた時と似ていて、濡れた音が勝手に立つ。

「やっ……こんなっ……だめっだめ、ぃったばかりぃぃぃ」

「達《い》った直後の朔弥の中は本当に敏感で……耐えるのがやっとだ」

嘘だ、と叫びたいのに、唇からはひっきりなしに甘い声が上がってしまう。すでに花火は終わり、光源を失った薄暗い部屋で、柾人は狂乱に悶える朔弥の嬌態《きょうたい》を余さず見ようとする。髪を振り乱し、柾人の肩を強く掴んで愉悦《ゆえつ》を飛ばそうとするが、直接的な刺激で膨らんだ分身からはまた、甘い蜜が零れ出てしまう。

苦しい。気持ちいい。腹の奥に溜まった熱源を解放したくて、けれど続けざまに達《い》くことを恐れて、朔弥は下肢《かし》に力を入れてしまう。

「ぐっ……こら、そんなに締め付けたら……」

「あぁぁぁぁっ、もぉ……いって……おねがっ」

「まだ朔弥を味わい尽くしていない……もっと私で感じておかしくなれ」

「やぁあっ、そこばっか……だめっ」

柾人の腕が離れ、逃げるように上体を上げると今度は自重で接合が深くなり、感じやすい奥を突かれた。

「ひぃっ……だめっそこ！」

おかしくなってしまう。分身よりも最奥を苛まれた方が辛い。自分では何一つコントロールできなくなる。一度愉悦《ゆえつ》を覚えた身体は止まらず、ベッドに膝を突いて自分からも身体を上下する。落ちるタイミングを計って柾人が腰を打ち付け、最奥を突き破ろうとする。

理性なんてあっという間に霧散《むさん》し、柾人を欲するだけの存在になってしまう。

「やだぁぁっ……またぃくっ」

言葉だけの抗いを続け、身体は従順に快楽を貪っていく。長大な欲望が中を擦《こす》り最奥を突き破る勢いで挿ってくる。エアコンが効いた部屋なのに、しっとりと汗ばみ背中が濡れる。

柾人の上で何度も跳ね、ギュッと身体を強張らせ仰け反る。その様をじっと見られてはまた興奮し腹の奥を熱いものがうねっていく。

「朔弥……朔弥っ」

柾人の声音も次第に切羽詰まったものになる。

これ以上大きくならないと思われた欲望がドクンと大きくなり、内壁を押し広げる。

「ひぃっ……おおき、くしないでぇぇぇ」

「無理な相談だ……でも少し休もうか」

「え……？」

あれほど激しく突き上げてきた腰があっさりと止まった。勝手に跳ねる自分の動きでは、さっきのおかしくなるほどの愉悦《ゆえつ》はやってこない。突然お預けを食らった朔弥は、涙で滲んだ視線を柾人に向けた。

大きな手が伸びて、赤く膨らみ、だが今日は一度として触れられていない胸の飾りを摘まんだ。

「やっ」

「朔弥が落ち着くまではここを可愛がろう。気持ちいいだろう」

気持ち、いい。けれどあの強烈な快楽には程遠い。そこの刺激だけで遂情《すいじょう》した経験はあるが、一度味わってしまった、自分でも制御できない快楽を知ってからは、物足りなく感じている。

ギュッと摘ままれ先端を爪がひっかく。

「ひぃっ……ぁあっ」

腰をもじつかせれば中にある長大なものが内壁を擦《こす》る。緩やかに穏やかに、昂ぶっていくのが、もどかしい。あんなに激しかったただけに、物足りない。朔弥はじっとしてられず腰を揺らめかせた。

自分から嫌だと言ったのに、すぐにあの激しさを欲してしまう。

胸の飾りを両方同時に弄られ、痛いくらいに抓られる。ズクンと背筋を痺れが走っていった。

「本当に朔弥は痛くされた方が気持ちいいんだね」

「ちがっ……ぁあっ」

尖りを爪が食い込み、そのまま引っ張られた。汚れた下着の中で分身が跳ねる。

「可愛いと思って買ったが、朔弥が身に付けるとイヤらしくなるね」

下着のことを指されているとわかっていても、自分がイヤらしいと言われているようで恥ずかしい。なのに、興奮する。無意識に中の欲望を締め付け、また腰をもじつかせた。力を失わないまま、欲望がグリグリと気持ちいい場所を擦《こす》っていく。

長い指がピンと胸の飾りを弾き、そのまま肌を通って濡れた下着へと辿り着く。中で大きくなった分身を摘まむと敏感な先を刺激し始めた。

「っ……ん……っあぁぁぁぁぁぁ」

「朔弥の形がよくわかる……でもそろそろ私のを挿れて気持ちよくなっているそれを見せてくれ」

裾をずらせばすぐに分身が飛び出した。柾人に見て欲しいというように。

「可愛い」

「みないで……」

「どうして？　最近平日は朔弥のことを抱けないから、ちゃんと見るのは久しぶりなんだが」

一週間が久しぶりに該当するかはわからない。けれど、じっと見つめられているそれは、自分が吐き出した白濁《はくだく》に濡れ汚れている。それが可愛いはずがないのは、いくらこういったことに不慣れな朔弥だって理解している。

「私のを挿れて気持ちよくしている朔弥は本当に可愛い。……もっと可愛くしたいんだが、いいかな」

あんなにも自分が柾人を気持ちよくさせたかったのに、いつも通り流されてしまう自分が悔しい。けれどこのままは辛い。早くもっと気持ちよくなりたい。さっき味わった最奥から得られる愉悦《ゆえつ》で果てたい。小さくコクンと頷き、目を閉じ柾人の逞しい腹筋に両手を突いて抽挿《ちゅうそう》を始めた。クスリと笑うのが聞こえる。

「ひぃ……やっ、ぁぁぁぁぁぁぁぁぁぁぁっ」

また下から突き上げられ、求めていた愉悦《ゆえつ》に翻弄《ほんろう》されていく。下着から出された分身はそのたびに揺れ、透明な蜜を柾人の身体に飛び散らせる。

小休憩を入れた分、貪欲になった身体はどこまでも嬉しいと欲望を貪りつき、きついくらいに締め付けては気持ちいい場所が擦《こす》れるように揺らしていく。

「さすがにこれ以上は……我慢できないな」

「いってっ！　もぉいってぇぇぇ、ぃ……ちゃっ……」

「一緒に達《い》こう、朔弥」

「んっんっ、いっしょに……っあぁぁぁぁぁぁぁぁ！」

ベッドを軋ませるほど激しく突き上げられ、朔弥はまた分身を解放する。その締め付けに柾人も耐えられず、たっぷりの蜜を最奥へと放った。

倒れ込んだ朔弥の身体を抱きしめ、キスを顔のあちこちに散りばめていく。

愛されていると感じる瞬間だ。朔弥を愛しているからするんだという仕草に触れる度に、柾人へと向く気持ちを大きく強くしていく。

「愛しているよ、朔弥」

いつもの柾人だ。優しくて、ベッドの中では少し意地悪で、たくさんの愛情を注いでくれる。その変わらない仕草に、ホッとすると同時に、情けなくなる。

「……オレ、できなくてごめんなさい」

「どうしたんだい、急に」

「せっかく……柾人さんが甘えてくれたのに……」

弱さを初めて見せてくれたのに、受け止めようとしたのに、できなかった。いつものようにただ快楽に流されて、柾人に翻弄《ほんろう》されてしまった。もっと余裕を持って柾人を支えて抱きしめてあげたかったのに。しょんぼりとしていると、クスリと笑われた。

「あれが甘えているとわかるだけで充分だ。それだけ朔弥が私を見てくれているということだろう」

「当たり前です……アルバイトをしているときだって、ちゃんと見てます」

柾人がどれくらい大変なのか、しっかりと見ているからこそ、彼の助けになりたいのだ。和紗を始めとした優秀な人が柾人のそばにたくさんいるけれど、その一人になりたい。

まだ何も持たない無力な自分でも、ベッドの中だったらできるような気がした。気がしただけだったのが悲しくて、情けない。

なのに、柾人は強く抱きしめ、濃厚なキスを仕掛けてくる。息を上げているときのキスは少し苦しくて、同時に甘い。吐息も唾液《だえき》も吸われ、欲しがられるのをたっぷりと味わい、陶酔《とうすい》する。

「また甘えていいかい？」

「はい……オレ、ちゃんと受け止められなくて申し訳ないですけど……」

「安心しなさい、たっぷりと私は朔弥に甘やかして貰っているよ。けれどまだ足りないんだ。もっと君に甘えたいんだが」

「なにをすればいいんですか？」

できることは少ない朔弥でも、柾人の願いを叶えたい。

「まだ朔弥を味わいたい。今日は寝かせられないかもしれないが、許してくれ」

「えっ……ぁ……」

ずるりと中にあった欲望が抜けていく。力を失ってもずっと中にいて欲しかったのに。引き留めるようにギュッと力を入れても抜けていき、つい悲しげな声が上がる。

柾人は朔弥の身体をベッドに転がすと俯せの腰を上げさせ、下着を太腿まで下ろした。

とろりと中に放たれた蜜が零れ落ちる。ブルリと震える臀部《でんぶ》を開いてそれをじっと見つめてから、また欲望を挿れた。

「あっ……あさまではだめぇ」

「どうしてだい？　朔弥だって私を甘やかしたいんだろう。ならちゃんと付き合ってくれ」

「やすんで、ほしいのに……ぁぁっ」

朔弥の両手を掴んで柾人が後ろに引く。接合が深くなって上体が仰け反った。

「今はたっぷりと朔弥を味わいたい。眠るのはその後でいい」

「だめっふか……ぁぁぁぁっ」

中で欲望が大きくなっていくのを感じて戦慄《わなな》いた。期待が身体を敏感にさせる。

後ろからされるのに弱い朔弥は嫌だと首を振っても、どんどんと高められてしまう。

「どうして？　気持ちいいだろう、朔弥は後ろからされるのが大好きだからね」

「やだっ大きくならないで……へんになるっ！」

「もっといっぱいおかしくなりなさい……私のことしか考えられないようになれ」

双球まで挿れるかのようにグリグリと深くして、それから短いスパンで穿たれる。感じる場所を何度も擦《こす》られて、引っ込んだはずの涙がまた膜を張り朔弥の視界を揺らした。

パンッパンッと肉のぶつかる音が響き、嬌声《きょうせい》で部屋が一層淫《みだ》らな色へと染まる。

柾人を休ませると誓っていたはずなのに、欲望が大きくなれば気持ちよくてそんな思いが散り散りになり、もっともっとと自分から欲しがってしまう。

ドロドロに溶かされ、力が入らない上体を抱きしめられたまま肩を噛まれれば、夏期休暇に入ったばかりの狂乱の日々を思い出してまた興奮してしまう。口では何度も「やめて、早く達《い》って」と繰り返しても、身体はもっともっと気持ちよくしてと彼を貪ってしまう。

大きな窓に両手を突いて柾人を受け入れるときは、自分でもおかしくなったとしか思えないほど感じてしまい、真っ暗な夜の海を見ながら、鏡のように窓に映った柾人の余裕のない顔を見つめて、自分が彼にこんな顔をさせてるんだと嬉しくなってしまう。

薄くなったはずのキスマークも噛み跡も、新たに付けられて身体を震わせた。

「本当に感じきっている朔弥は……綺麗だ……愛してる」

後ろから抱きしめて、耳朶を噛み舐《ねぶ》る柾人に、掠れた声で伝えた。

「すきぃ」

「……もっと言ってくれ」

「んっ……ぁ……すき、まぁぉさ……すきぃ」

口の端から飲み込めなかった唾液《だえき》を垂らして想いを伝えていく。

こんなにまで貴方のことしか考えられないのは、好きだから。

こんなにも心配してしまうのも、抱きしめたいのも、支えたいと願うのも、すべて。

そして甘えてくるのが嬉しいのも。

「愛してる……朔弥、愛してる」

小刻みに最奥を穿たれて、もう何度も達《い》き吐き出す蜜をなくした朔弥は、それでもやってくる絶頂に翻弄《ほんろう》され、うっすらと海から太陽が顔を出すまでたっぷりと柾人を受け止めた。

◆

「本当に申し訳ない」

ステアリングを握りながら、満足げに謝ってくる柾人に、朔弥は拗ねたように顔を背け、リアシートに沈んだ。

本当に朝まで可愛がられると思っていなかったが、たっぷりと愛された代償に腰が言うことを聞かない。ホテルの駐車場に置かれたこの車に乗るのだって、柾人に抱き上げられなければ辿り着くこともできなかった。

「あまり怒らないでくれると嬉しいんだがね」

「……無理です」

昨日と違い柾人は上機嫌だ。車の少ない早い時間だというのに、疲れた様子は全く見せない。それどころか今にも鼻歌を歌い出しそうだ。

あんなにしたのに、自分ばかり感じてこんな有様だというのが情けない。

「そんなことを言わないでくれ。マンションに戻ったらちゃんと休むと約束をするよ」

「……絶対ですよ」

忙しい柾人を休ませたかったのに徹夜をさせるなんて、本当にどうかしている。けれど柾人を受け入れて悦ばないなんてできない。そして感じきってしまえば求められるのを拒めない。

「約束だ。ちゃんと休んで明日からの仕事を頑張るよ」

前を向いたまま柾人が朔弥に手を伸ばす。頬を撫で、泣いて腫れぼったい瞼を擦《こす》る。

たっぷりと柾人で満たされたというのに、昨日と同じようにそんな些細《ささい》な触れあいでまた感じて、ギュッと数時間前まで柾人を受け入れていた蕾を窄《すぼ》めた。

柾人に触れただけで落ち着きをなくす自分が悪いんだと思えてくる。

「……疲れてませんか？　運転が億劫《おっくう》なら言ってくださいね」

一応朔弥だって運転はできる。ハンドルを握るくらいはできるのだ。

「ドライブは私の楽しみだと知っているだろう、奪わないでくれ。それに、昨日よりは早く着けるからね」

車の数が少ない早朝だから、対向車もまばらだ。来るときに渋滞で停車を余儀なくされた橋を数秒で通り過ぎ、レインボーブリッジへと戻っていく。

もう馴染んでしまったマンションの駐車場に駐めれば、柾人は後ろの席に投げたボストンバッグを持って朔弥を抱き上げた。泊まるなんて知らなかった朔弥は、まさかバッグの中に一泊の準備が入っているとは思いもしなかった。そしてちゃんとローションが入れてあったことも。

最初からあのホテルで朔弥を抱くつもりだった柾人がそれを隠していたことも、今の怒りに繋がっている。だが、それが長続きしないのが朔弥だ。抱き上げられると申し訳なさが湧きあがり、許してしまうのだ。

慣れたベッドに戻り、布団を掛けられる。

「ゆっくりやすみなさい」

「柾人さんは……休まないんですか？」

離れないように柾人のシャツを握った。自分よりもずっと体力のある柾人は、荷物を片付けようとしているだろう。けれどこれ以上起きていて欲しくない。

なによりも、この広いベッドに一人で寝るのが嫌だった。

「今一緒に寝てしまったらね、また朔弥が欲しくなってしまう。もうこれ以上は辛いだろう」

辛い。足腰は立たないし気を失うように少し寝ただけで、まだ身体は眠りを欲している。

けれど柾人に抱きしめられて眠りたい。

「……ちょっと寝たらまた……してもいいですよ」

「そうやって朔弥が私を甘やかすから君を抱き潰してしまうんだ、わかっているかい」

「えっ……オレが甘やかしているんですか」

「これだから自覚がないのは困るね」

また髪を、頬を撫でてくる。大きくて温かい手は心地よくて、自分から頬を寄せ擦《こす》り付けた。朔弥の方がずっと柾人に甘えている。

「そして無自覚で煽《あお》ってくるから質が悪いんだ」

離れていこうとする腕を掴んで引き留めた。

「少しだけ……少しだけでいいです、寝るまでいてください」

彼に抱きしめられ眠ることに馴れてしまったから。一人のベッドは淋しい。眠りに就くときから抱きしめられたいと願うのは贅沢だろうか。

「そんな可愛いわがままを聞かないなんてできないな」

布団を捲って柾人が入ってきた。すぐに温かい身体に包み込まれる。馴れたシトラスの匂いが眠りを誘う。猫のように柾人の胸に顔を擦《こす》り付け、たっぷりとその匂いを吸い込んでから瞼を閉じた。

「本当に朔弥は私の何もかもを受け入れるんだね……困ったな。そんなことをされたら手放せなくなる」

手放さないで、その瞬間を想像しないで。

ただ自分が隣にいることを許して。それだけで充分だから。

そう言いたいのに、眠りへと半分以上委ねた身体は動こうとしない。勝手に規則正しい深い呼吸を始める。意識は微かにあるのに、どこも言うことを聞いてくれない。

「来年も一緒に墓参りをしてくれるだろうか」

しますよ、貴方がまだオレのことを好きだったら。ずっと側にいます。

心で伝える。

「来年も再来年も……この先ずっと……」

そう、この先ずっと。貴方の側にいたい。

とろりと眠りの中に入っていく。

柾人が何を言ったのかわからなくなるが、それでも側にいると心の中で告げて。

番外編二　スパダリがオメガバースを知ったなら

心地よい陽気が社長室に差し込む午後。

倉掛はデスクでパソコンを開きながら、秘書から社内の様子と連絡事項を聞いていた。

「ＡＩ搭載システムを使用した新たなゲーム開発の依頼が入っています。オメガバースを題材に、ＡＩで様々なストーリー展開を自動発生させたいそうです」

「……なんだ、そのオメガバースというのは」

「私も不勉強ですが、今流行りの設定だそうで。男女といった性別に加えて、それぞれに三種類の『第二の性』のいずれかを持ち、男同士でも子供が産める世界設定と聞いてます。こちらが資料です。開発部の女性社員が意気込んでます。近々プレゼンを行う予定ですので、詳細が決まり次第ご報告いたします」

（男同士で出産ができる？）

「わかった、そこに資料を置いておいてくれ」

「では私は秘書室に戻ります」

秘書が社長室から出ていくのを確認し、倉掛はデスクに置かれた書類に目を通した。

（ほう、アメリカ発祥《はっしょう》の設定か……なんだこのスラッシュ系というのは）

パソコンで調べながら資料を読み進めていく。

（主にファンタジー作品などで用いられると。なるほど。今の我々のような存在はベータと言われ、アルファは男女でも生殖能力《せいしょくのうりょく》を、オメガは繁殖《はんしょく》能力を備わっているのか。オメガの特徴は発情期があることで、アルファは発情したオメガに引き寄せられる……なんだこれは？）

倉掛は資料の中に記載された「運命の番《つがい》」の文字を見つけるとその部分をじっくりと読み進めた。

（……私と朔弥のようなものか）

そして仕事中だというのに妖しい妄想が彼の中を占め始めた。

■□

その日、仕事を終えたマサトは家の者たちの手配の行き違いで馬車の用意がなされず、愛馬に跨ったまま帰路につこうとしていた。

「どうしたんだい、マサト。良かったら僕の馬車で送ってあげようか」

「いや、結構だ」

友人であり上官でもあるショウイチ・フキヤはそう提案してくれたが、大男二人で窮屈《きゅうくつ》な馬車に乗るのが嫌で無碍にした。

貴族出身ではないマサトは、馬車に乗ること自体があまり好きではなかった。

アルファが支配するこの国で、マサトはベータの両親から突然変異的に生まれたアルファで、幼い頃は平民として暮らしていた。

生まれながらの上流階級であり、アルファばかりを送り出す名門一族の生まれであるフキヤと違う。マサトは、アルファとしての兆候が出始めてから国に徴集《ちょうしゅう》され、今の地位を与えられたにすぎない。

だからこそ、馬車などといった使い勝手の悪い乗り物はあまり好まないのだが、アルファは馬車での移動を強いられていた。

（一度ならいいか）

それは軽い気持ちだった。

アルファが馬車で移動するのは、オメガの色香《フェロモン》から守るためとされていた。

貴重なアルファの遺伝子を効率的に増やすため、国ではアルファを生みやすい家系のオメガを各家に派遣《はけん》し、家の繋がりとは別に繁殖《はんしょく》はそのオメガが担う役割となっていた。

産むためだけのオメガ。だが、マサトは愛し合いともに家庭を築く両親を見て育ったせいで、そのシステムに疑問すら抱いていた。効率はいいだろうが、愛が存在しない。

両親のように愛し合う者同士が家族になるべきだと考え、愛した者と子を育むことを夢見ているマサトは、徴集《ちょうしゅう》されてから初めて知ったそのシステムがどうしても受け入れられず、同時にアルファを守るためとする馬車すら嫌うようになった。

だから僥倖《ぎょうこう》だった。久しぶりに市中の空気を吸いながら屋敷《やしき》に戻れる。

ゆっくりと愛馬を歩かせて、慣れ親しんだ街の活気を肌で感じていた。幼い頃はこの街の雰囲気が当たり前で、自分もいつかは父の跡を継ぎ、ここで商いをするものだとばかり思っていた。

だが、今はアルファだけに与えられる貴族の称号と領地が、マサトを縛り付けている。

（アルファなどつまらない）

だが産まれた性を変えられないように、自分がアルファであることも変えることができない。

「ほら来いよっ！」

馬車では決して通らない生家の傍を進んでいくと、路地から怒声が聞こえてきた。

「やぁーーーっ」

か細い声が後から続く。

「もたもたしてんなっ！　お前は売られたんだよっ」

あぁ……。マサトは嘆息した。アルファを産めるオメガは重宝されるが、そうでないオメガへの扱いは乱雑で、本人の意思など関係なく物のように扱われる。

幼い頃から見てきた。不要な存在のように扱われる彼らが、生きるために子供を売るのはよくあることだ。そしてその子供たちがどうなるのか……

娼館《しょうかん》で春を売る者もいれば、権力者や嗜虐性《しぎゃくせい》のある者たちの慰《なぐさ》み者となり、飽きれば打ち捨てられる者もいる。そのような存在を直視するのは、マサトには辛いものだった。

気持ちが重くなるが無視して通り過ぎろうとした。

なのに……。逃げ出したオメガが馬の前に飛び出し、たった一瞬、そのオメガと目が合っただけなのに、マサトは慌てて愛馬を止めた。

屈強な男がオメガを捕まえようと追いかけてくる。当たり前だ、大事な商品なのだから。

だが。

そのまま見捨てることができない。マサトの中で何かがざわつき、いてもたってもいられなくなり馬から降りた。そして逃げるオメガを男よりも先に捕まえた。

「お、旦那。ありがとうございやす！」

引き渡して貰えると思っている男はにこやかにマサトたちに近づいてきた。オメガは諦めきれないのか、何度もマサトの手を振り切ろうと暴れている。

「……上玉だな」

「お目が高い。泣かせるのが好きな旦那方に評判の子になりますよ」

「ほう……いくらで買ったんだ？」

男は値段を口にする。それはマサトがよく耳にしていた相場の倍近い金額だった。柾人はもう一度オメガに目を移す。

なるほど、稀《まれ》にみる綺麗な子だ。今にも泣きそうな顔は確かに嗜虐心《しぎゃくしん》を煽《あお》る。もっと泣かせて許しを請う様を見たいとすら思わせる。好色な貴族たちがこぞって泣かせたがるだろう。そんな雰囲気を纏っていた。

「わかった。その倍で買おう」

マサトはもっていた金貨を男に投げ、纏っていたマントでオメガを隠した。

「この子は貰っていくぞ」

倍以上の金貨を受け取った男は嬉しそうにその場から去っていく。それを見送り、またマントの中のオメガに目を移す。自分が売られたのだとわかっているのか身体を固くしていた。

今にも零れてしまいそうな涙を必死で堪え、マサトからは逃げられないと思ったのか、じっとその場に立ちすくむ。

「安心しなさい。酷いことはしない」

マサトはマントを外し彼をくるむと馬の上へと抱き上げた。

「私の屋敷《やしき》に連れて行くが酷いことはしない。約束しよう……このまま家には帰れないだろう」

残酷な現実。親の元に戻れば、彼はまた売られるだろう。他のオメガよりも大金で買われたとはいえ、大人が一年食つなぐのがやっとの金だ。まともな職を得ることができない彼らにとっては、この子は金のなる木でしかない。また高く買ってくれる者に売られるだけだ。

彼自身もわかっているのだろう。かけられたマントを深く手繰り寄せ顔を隠すと、そのままおとなしくなった。マサトは彼の後ろに乗り、再び馬を歩かせる。

国より与えられた小さな館には執事《しつじ》が一人とメイドが二人いるだけだが、生まれ持っての財産がないマサトには十分な人数だ。マサトは執事《しつじ》にオメガを預けると、着替えるために自室に入る。

勢いで彼を買ってしまったが、さてどうしよう。

オメガ遊びをする趣味もなければ、繁殖《はんしょく》のためだけに抱く気もない。だが、あのままあそこにいさせてはいけないと、心の深いところが警鐘《けいしょう》を鳴らしていた。彼を決して放すな、と。

着替えてメイドが用意した食事を摂る。

そして書斎《しょさい》で仕事をしていると執事《しつじ》がオメガを伴ってやってきた。

その身は清められ、長かった髪は少し長めに整えられている。

なるほど、思い切り短くするよりもそのほうが彼には似合っていた。美しい顔をすべて晒《さら》すのではなく僅かに見せるほうが、より一層美しさが強調される。

(これほどまでに美しい青年は見たことがないな)

執事《しつじ》が彼を部屋の中へと促すと、そのまま扉を閉めた。

「まずは君の名前を教えてくれないか」

このままオメガと呼ぶのは忍びない。

「……サクヤ」

美しい容姿に見合った綺麗な声だ。

「サクヤか。これから君をそう呼ぼう。私はマサトだ。マサト・クラカケ。一応貴族をしている」

と言っても、突然変異だがな。自嘲《じちょう》を込めて言う。

本当はこんなところにいるような人間ではないという思いがずっと根底にあるからだ。貴族など窮屈《きゅうくつ》この上ないが、この国に生まれた以上逃げられない。

きっとそれはサクヤも同じだろう。彼がオメガである以上どこにも行き場がないように、マサトもまたアルファであることに縛られていた。

「……オレをどうする気……ですか」

女性用の夜着を身に着けて恥ずかしそうにしながら、所在無さげに問う。

執事《しつじ》も、そしてメイドたちもきっと、マサトがサクヤを慰《なぐさ》み者にするために連れてきたと思っているのだろう。主人を喜ばせるために娼婦《しょうふ》が身に着けるような姿をさせたに違いない。

煽情的《せんじょうてき》だ。恥ずかしがる仕草も緊張した表情も男を誘ってやまない。

サクヤは己の所作がどれほどまでに男を煽《あお》るかなどわかっていないだろう。些細《ささい》な仕草が男の嗜《し》虐心《ぎゃくしん》を煽《あお》っているのだと。

だがマサトは知っていた。きっと彼は親からずっと暴力を受けていたのだ。貧しさからくる苛立ちをその細い身体で受け止めていたことだろう。虐待された者たちがよくとる仕草だ。今殴られた跡がないのは、少しでも高値で売ろうと控えられていたからに過ぎない。

哀れだ。だが、マサトも彼の扱いに困っていた。慰《なぐさ》み者にするつもりはない。だからといって放逐することもできない。さて、どうしたものか。

「君はどうしたい？」

「え……？」

「行きたいところがあるなら行けばいい。なければここに留まってもいい。自分のしたいようにしなさい」

「でも……」

「私は君を買ったが奴隷《どれい》にしたいと思っていないんだ。ただ、この家の者たちは勘違いしているだろうが」

「……あなたは困らないんですか？」

こんな状態でもサクヤはまずマサトの状況を慮るのか。

「いや全く。行く当てはあるのか」

「ありません……」

「ではこうしないか。私の愛妾《あいしょう》のフリをする、というのは。そうだな、それがいい」

「愛妾《あいしょう》……ですか？」

ベータから突然変異で出てきたマサトは、名家の者たちと違って家同士の繋がりなど求められないが、私的な集まりに呼ばれることがあり、その時のパートナーに不自由していた。一時はパートナー不在で参加していたが、今度は好色な婦人たちからの誘いが面倒で顔を出さなくなった。夫以外と遊ぶのは嗜みとばかりに寄りかかられて辟易《へきえき》していた。

それを説明する。

「君が嫌でなければここに住んで、夜会の時だけ私を手伝ってくれ。それ以外の時間は好きにしていい」

「……それで、いいんですか？」

「あぁ、充分だ。君の居場所が見つかるまで好きにしてくれて構わない」

「あの……家の方々にもそれを説明するのでしょうか」

「それは面倒だな」

執事《しつじ》は問題がない。だが、メイドたちがどの貴族の夫人と繋がっているかわからない。偽物の愛《あい》妾《しょう》だと知られたら意味がない。

「部屋は用意しよう。だが、夜は申し訳ないが私とともに寝てくれないか。手は出さない、約束する」

「……わかりました。よろしくお願いします」

細い指を揃え、サクヤは頭を下げた。

所作の美しさに目が行く。生まれつきか、それとも誰かに教わったのか。

「ところでサクヤ。君は発情期はあるのか？」

「ぁ……オレ……人よりも遅いみたいで……未だ来ておりません」

「そうか。さて、私はオメガの発情について詳しくないので、その時はどうするか、またともに考えよう」

「はい……」

ホッとしたのだろう、サクヤの顔に初めて笑みが浮かんだ。

「っ……」

息を飲む。今まで見た誰よりも美しいそれに、マサトは目を離すことができなかった。

不安げな様子や泣きそうな眼差しは男の嗜虐心《しぎゃくしん》を煽《あお》るのに、その笑みは見るものすべてを魅了《みりょう》するほどの美しさを持っている。もしこの世に天使がいるのだとするなら、まさにこのような笑顔を零すのだろう。

(しまったな……)

マサトは早々に己の提案を後悔した。

オメガに興味がないはずなのに、彼の笑みに心が揺さぶられる。

なぜだ。胸がざわつく。これは一体なんだ。

しかも、今までどんな婦人が近づいても、オメガに触れても反応しなかった下半身が、形を変え始めている。机に隠されたことで誰にも気づかれることはないが……

自分の身体に起こる変化に戸惑いながら、だがアルファとしての矜持《きょうじ》か、それとも彼に知られたくないためか、必死に表情に出さないようにした。

このまま彼が視界の中にいては、舌の根も乾かぬうちに変な気を起こしそうだ。

マサトは理性を総動員し、余裕のある振りをしながらサクヤを下がらせる戦法に出る。

「食事は摂ったかい。……そうか。今日は疲れただろう、その扉の向こうに私の寝室がある。先に休みなさい」

「ありがとうございます」

頭を下げゆったりとした足取りで、サクヤは書斎《しょさい》から続いている寝室へと消えていった。あの笑顔を残しながら。

（なんだというのだ……）

己の下肢《かし》を見つめながら、マサトは嘆息した。まさかここまで如実に反応するとは。それとも最近ご無沙汰だったせいか……きっとそうだ。

マサトは誰にも気づかれないように息を殺しながら、己の下肢《かし》に右手を伸ばした。

目の下にクマを作りながらマサトは翌朝王宮へと出かけた。

あまり眠ることができなかった。

寝台《ベッド》の端をサクヤに貸しただけと自分に言い聞かせたのに、目を閉じても何をしても彼のあの笑みが頭から離れず、欲望を慰《なぐさ》めた後でも全く効果がなかった。

横になったことで流れた髪が彼の顔を露にする。白磁《はくじ》と表するに相応しい色の白さと、それをより強調する長い睫毛《まつげ》、薄く淡い色の唇。精巧《せいこう》なビスクドールを見ているようだ。ランプで照らしてもっと確かめたくなるような美しさに、マサトは自分の身体の奥が熱くなるのを感じた。

このまま犯してしまったら、この美しい顔はどう変わるのだろう。

泣くだろうか。それとも甘く溶けるのだろうか。

薄い唇に唇を合わせたならどんな感触なのだろう。その肌は……と頭の中がおかしいほどにサクヤのことばかりを考えて、漸《ようや》く眠れたのは日が昇り始めてからだった。

やはり別室にすべきだ。今晩にでもそれを提案しよう。このままでは仕事にならない。彼のことばかりを考えて、おかしくなってしまう。せめて睡眠だけでもきちんと確保して、理性を保たねば。

いつになくフラフラしながら、マサトは己が属している王宮騎士団の本部の扉をくぐり、自分のために用意された机に着いた。

「やあ、おはようマサト」

騎士団長のフキヤは、いつもの人を食ったような笑顔を浮かべて、すでに仕事を始めていた。

「おや、どうしたんだい。随分と死にそうな顔をしているじゃないか」

「ああ……」

こんなこと、相談できるか。拾ったオメガが魅力的すぎて眠れなかったなど。しかも生粋《きっすい》の貴族であるフキヤに。

だが気になることがある。貧しい暮らしをしていたオメガには有り得ないほど、彼の所作は優雅で、まるで貴族のようだ。きっとマサトよりも訓練を受けている。言葉遣いもなにもかも。

今朝も朝食をともにしたが、カトラリーの持ち方も口元に運ぶまでの流れるような動きも美しすぎて、食べるのを忘れてしまうほどだった。オメガなのに、なにもかもが美しすぎる。

だが、どう相談してよいものか……

信頼を寄せる上官であり友人でもあるフキヤに言ってよいものか悩みながらも、自分の中でももやもやとした気持ちを解消したくて、働かない頭が早期の解決手段を取ろうとする。

口が軽いようで、実は不要なことは決して発しないフキヤならと昨日の出来事を話した。

「あははは。やってしまったね」

軽快に笑われた。

「笑い事じゃない……」

「いやいや、笑ってしまうだろうそれは。堅物で通っている君がまさか、オメガの毒牙にかかるとはね」

毒牙か。だがサクヤがあまりにも清廉《せいれん》すぎて、妖艶《ようえん》な単語が当てはまらないような気がする。無垢《むく》で僅かでも触れたら傷ついてしまいそうで、同時に毀《こわ》したくなる衝動を与える、そんな危うさを孕んでいる。あれをなんと表現すればいいのだろう。複雑すぎてマサトでは言い表せない魅力だ。だがとても美しい。

「気になるんだが、オメガなのに所作が美しすぎるし、言葉も下町訛りがない。テーブルマナーも完璧だった。いったいなんなんだ」

「ああ、君は知らなかったね。きっとそのオメガは公娼《こうしょう》の子だよ」

貴族が私的に所有するオメガを愛妾《あいしょう》と呼び、国から派遣《はけん》されるオメガを公娼《こうしょう》と呼び分ける。そして、アルファを産むと言われる公娼《こうしょう》でも、神のいたずらか稀《まれ》にオメガを産むことがある。

産んだ男児がオメガとわかるのは第二次性徴が現れる十二歳前後。それまでは貴族の子として育てられるが、オメガとわかった時点で母とともに追放されるという。アルファを産むことができて当然の存在である公娼《こうしょう》にとって、オメガの子は恥であり、そんな公娼《こうしょう》を抱えた貴族は己の血を引いたオメガの存在を認めようとはしない。

そのため、稀《まれ》にサクヤのように気品のあるオメガが市井《しせい》にいるのだという。

「すべては公娼《こうしょう》の責任か」

「まあね。貴族は無駄に矜持《きょうじ》が高いからね。自分の子種からオメガが出たと認めたくないのだろう。だから公娼《こうしょう》は一貴族に一人なのさ。もしオメガを産んでしまったら、公娼《こうしょう》や一族で一番の劣等に責任を押し付けられるようにね」

「そこまでして、食えもしない矜持《きょうじ》が大切か」

「アルファであることが彼らのすべてだからね。ゆえに特権階級にいられるし、失ってしまえば食っていけない。そういうわけだ」

さすが、代々属しているだけに貴族社会に詳しい。

マサトのようなぽっと出貴族とはなにもかも違う。

矜持《きょうじ》など食えなければ意味がないと思っていたが、貴族の矜持《きょうじ》はそのまま彼らの家の存続に関わるのか。納得すると同時に、家族に捨てられたオメガが哀れでならなかった。

きっとサクヤの母親もそんな理由で放逐されたのだろう。オメガを産んだことで生家にも帰れず、公娼《こうしょう》ならそれ以外にどう働けばいいのかもわからずにいたに違いない。

自分が住んでいる世界のはずなのに、全く知らなかった。

「ただ、そのオメガが君の運命の番《つがい》でないことを祈るよ。出会ってしまったら地獄だからね」

「なんだ、運命の番《つがい》というのは」

「魂レベルで互いに惹かれあってしまうアルファとオメガのことさ。夢物語のようだけど、現実はそうはいかない」

アルファにとって運命の番《つがい》は危険だ。運命の番《つがい》を得たアルファは、もうそのオメガのことしか考えられず他を抱くことができなくなる。

優秀なアルファを送り出すことが貴族のもっとも大きな使命であり、責務でもあるのだ。運命とやらに翻弄《ほんろう》され、その責務を果たせなければ爵位を取り上げられるため、仕事もなくなる。

運命の番《つがい》との間にアルファが産まれれば幸い。だがもしオメガなら……

「だから運命の番《つがい》に出会わないように、アルファは馬車での移動が義務付けられているんだよ」

「……そういうことだったのか」

国を維持するため、さらに発展させるために、貴族すら駒でしかない。

そんな制度にへどしか出ない。だがこれが自分の属する国であり、この方法で大きくなってきたことは否めない。アルファでありながらベータとしての価値観を持つマサトには理解しがたいが。

「興味があるから、そのオメガ、今度会わせてくれるかい」

「……そのうちな」

運命か……

その言葉はなぜかマサトの心に甘く響いた。


サクヤとの生活は、苦行だった。

なるべく彼を視界に入れないように過ごそうと思うのに、気が付いたら彼を捜しているし、顔を見てしまったら話したくなる。その声を耳にしてしまえば離れたくないと願い、触れたいと切望してしまう。

触れた後、自分がどうなるのかわからない恐怖が付きまとい、自宅だというのに落ち着く場所が書斎《しょさい》しかなかった。愛妾《あいしょう》として扱わなければならないため、相変わらず寝台もともに使っている。

激しく後悔していた。こんなになるなら、初めから彼に愛妾《あいしょう》のふりなどと提案するのではなかった。

他のアルファのように好き勝手に嬲《なぶ》り、その身体に己の精子を吐き出したい激しい欲求とともに、どこまでも彼を慈しみたい感情とに挟まれ、何一つ身動きが取れない。

約束など反故にしてしまえと囁く自分と、約束なのだから守り切れという自分がせめぎ合っている。

そんな中、フキヤから邸宅で行われる夜会に招かれた。サクヤに会うためにわざわざ設けたのかと呆れながら、上官の招きを断れず参加の返事をする。

そして公休前の夜、己の任務を終え屋敷《やしき》に戻ると執事《しつじ》に伴われ着飾ったサクヤがマサトを迎え出た。

淡い緑色のドレスはサクヤの細い腰をより強調するように足元に向かって大きく広がり、コルセットに何か仕込んだのかふくよかな胸が作られ、男であることを隠すように白いレースが喉から胸元までを覆っている。深窓《しんそう》の令嬢と言われれば誰もが信じてしまうだろう。

「……っ。なぜ女装を……」

あまりの美しさに息を飲む。

確かに、男の愛妾《あいしょう》が女装をし私的な集まりに来るのを目にしたことはある。

だが男装の愛妾《あいしょう》だって当然いて、サクヤもそのような装いをするものだとばかり思っていた。まさか女装で来るとは……しかも違和感もなく美しいと素直に称賛してしまいたくなる。

「大変申し訳ございません。サクヤ様の希望にございます」

「サクヤの？　いや、理由は本人に聞くとしよう。まずは馬車に乗れ」

「旦那様、お召替えは……」

「私の恰好など誰も気にはしない」

「そうはまいりません。ご用意しております」

執事《しつじ》に促されながら嘆息する。

他家の家令を長く務めた老執事《ろうしつじ》は、マサトの教育係でもあった。貴族社会で恥じぬよう一から叩きこんでくれた執事《しつじ》に否を唱えることもできず、諾々と従うしかない。

着替え髪を整え馬車に乗り込むと、すでにサクヤが中で待っていた。本来なら自分がエスコートしなければならないはずだが、サクヤは効率を重んじるようだ。

「エスコートは貴族の前だけで大丈夫です」

「そうか……なぜその恰好を？」

「……昔の……知り合いに会うかもしれないからです」

あぁ、そうか。

フキヤに聞くまで知らなかったとはいえ、元々は貴族の子である彼にはそれなりの世界があったのだろう。もしかしたら家族に会うかもしれない。なら少しでも己の姿を隠したいのは最もだ。

配慮の足りない自分を恥じた。いくら貴族社会に疎いとはいえ、容易に想像できる事柄だ。

「すまない。なるべくこのような場には参加しないようにしよう」

「いえ。気にしないでください。社交は大事です。これはオレの個人的な事情ですから」

己のことよりもマサトの立場を優先しようとするその姿勢がとてもいじらしく、どうしようもなく彼を抱きしめたくなった。もっとわがままを言っていいんだ、あんな場所には行きたくないと言ってもいいんだと叫びたくなった。

「私のような突然変異と縁を持ちたがる奴などいまい。ただ今日は上官の家での集まりで断れないんだが」

「わかっています」

すべてを言わずとも察してくれるのはありがたい。

馬車がフキヤの屋敷《やしき》に到着し、そこからサクヤの様子ががらりと変わった。いつもの清廉《せいれん》な印象をそのままに、完全に女性の仕草をこなす。マサトにエスコートされる所作も自然で、誰も彼を男だと疑う者がいないようだ。さすがのマサトもその変わりように舌を巻いた。

小規模だと聞いていたが、侯爵家の小規模はマサトの予想を上回る規模で、大勢の人がひしめき合っていた。これほど多ければサクヤの幼少の馴染みがいてもおかしくないだろう。

もっと小規模の集まりにしてくれと心の中で叫びながら、マサトは今まで見てきた貴族たちが愛《あい》妾《しょう》にするようにエスコートをし、帰るタイミングを計った。

マサトの足りない部分はサクヤが小声でフォローし、なんとかそつなく過ごす。

さすがにサクヤを伴っているからか、婦人たちから声をかけられることはなかったが、なぜか今までマサトを遠巻きにしてきた男達からしきりにサクヤのことを聞かれた。自分の愛妾《あいしょう》だと答えると、一様に苦々しい顔で話題を変え離れていくが。

声をかけてくるほうが撃退できる分まだましで、遠くから嘗め回すような視線を送る者も多くいる。ペチコートの下を想像しているのが読んで取れるいやらしい顔に、唾を吐きかけたくなる。サクヤのすべては自分のものだと大声で宣言したくなる。

そんな衝動を必死で抑え、二人で壁の花に徹した。

人々の会話を邪魔しないような静かな音楽が、派手やかなものへと変わる。

各々、パートナーを引き連れホールの中心で踊り始める。最も優雅で華やかな時間だが、ダンスなどに興味のないマサトにはサクヤと踊るという選択肢はないし、当然サクヤも言い出しはしなかった。

だが、そんな二人の前に、サクヤを舐め回すように見ていた男の一人が近づいてきた。

「美しいお嬢さん、良かったら私と踊っていただけますか」

「申し訳ない、私の愛妾《あいしょう》だ」

何度も口にしてきた言葉を告げたが、男は蔑むような笑みをマサトに向けた。

「クラカケ男爵はダンスが苦手でしょう。それではこちらのお嬢さんが可哀そうだ。美しい花をただ壁に飾るしかできないのですから」

言葉巧みにマサトからサクヤを離そうとする。一通りダンスは習ったが何が楽しいのかわからず、一度も踊ったことがないのは確かだ。だが、それをあげつらってくるとは思わなかった。

「さあ、是非」

男がサクヤに手を差し伸べてくる。

だが、サクヤは手を延べようとはしない。マサトの後ろに隠れるように後退《あとずさ》る。しかし執拗な男は強引にその手を取ろうとした。

「っ！」

　誰かがサクヤに触れる、その事実だけでマサトは頭に血が上りそうになった。この美しいオメガに誰だろうと指一本触れさせはしない。男の手を払い、マサトはサクヤの手を掴む。

「ダンスなら、この子の相手は私に決まっているだろう」

　有無を言わせず、マサトはサクヤをダンスの輪の中に連れ出した。

「……すまない。できるか？」

「だい、じょうぶです」

　マサトはサクヤの腰に手を置くと、自然と彼もマサトの二の腕にその細い手を添えた。

　曲に合わせ踊り始める。

　数度授業で踊っただけのマサトとは違い、サクヤは軽やかなステップでマサトにリードされているような動きをしながら、如実に次のステップを教えるような動きをしてくる。

「……巧いな」

「幼い頃……よくこうして遊んでました」

　懐かしい思い出なのだろう。だが彼の瞳の奥には悲しみが宿っていた。幼い頃の輪の中から、一人だけ外れてしまった自分を憐れんでいるのだろうか。

　だが訊くことはできない。いつか彼が自分に心を許し話してくれるのを待つしかなかった。

　数曲ワルツを踊りながら人影の少ないほうへと移動し、テラスに出た。

「疲れさせた、申し訳ない」

「いえ……あぁ、ありがとうございます」

長い時間踊り続けた彼にウエイターから受け取った飲み物を渡す。

「マサト様もとても素敵でした」

誰に聞かれても怪しまれない単語を用いて、二人は秘かな意味合いを込めた会話を続ける。貴婦人のようなしぐさを崩さずに。

「おや、ここにいたのかい」

二人の会話を邪魔する声は、マサトが毎日のように聞いているもの。

「ほう、マサトの愛妾《あいしょう》というのは君かい」

フキヤは、いつもの悠遊としているが堂々とした立ち居振る舞いで近づいてきた。後ろに幼さを残す少年を連れて。

「お初にお目にかかります、サクヤと申します」

ドレスをつまみ優雅に貴婦人の礼をする。

だがフキヤはじっとサクヤを見つめると親しみを込めた笑みに変えた。

「久しぶりだね、君だったのか」

「人違いでございましょう」

「そうかい。わかったよ。クラカケ男爵は優秀な男だ。色々と力になってくれるだろう」

そういうと耳元で何かを囁いた。その言葉にサクヤは一瞬顔を強ばらせ、だがすぐに優雅な笑みを浮かべた顔に戻る。

「何を言ったんだ？」

「やあ、そんな怖い顔をしないでくれ。ユイが怯える」

「ユイ？」

「紹介がまだだったが、彼がユイだ。ゆっくり話せる部屋へ行こう、こっちだ」

マサトはサクヤの腰に手を回し、フキヤの後に続く。

そして着いたのは何度か訪れたことのある彼の執務室だった。サクヤをソファに座らせ自分もその隣に腰かける。

「すまない、客室ではできないのでね。おいで、ユイ」

「はい……」

少年が怯えるように、悠然とソファに腰かけるフキヤの前に立つ。

「この子はユイ。私のオメガだ」

私のオメガ。その絶妙な言い方がフキヤらしくなく、マサトは眉間《みけん》にしわを寄せた。

「マサト、君にいいことを教えてあげよう。ユイ、さっき言ったこと、わかっているね」

「……はい…」

「では始めなさい」

サクヤよりも若いユイは、怯え大きな目に涙を浮かべながら、だがフキヤの言葉に従う。己の服をすべて脱ぎ捨てるとフキヤの下肢《かし》を寛げそこに顔を埋める。濡れた音が執務室に聞こえ始めた。

「……何を見せるつもりだ」

「大事なことさ。君にもそのうちわかる」

ユイのくぐもった声にかぶせるように軽やかに言ってのける。

サクヤに見せる必要はないと彼の視線を隠そうとしたが、息を飲んだまま頬を紅潮させ、サクヤはじっとユイを見つめている。なぜだろう、その表情にマサトは動きを止めた。

「もう充分だよ。ユイ……」

明確な指示をしなくても、その次に何をすべきなのかわかっているのだろう、ユイは顔を上げるとフキヤに背中を向けて彼の膝に乗る。硬く瞳をつむりながら。そして猛《たけ》るフキヤを己の中に導いていく。

「やぁ……ぁんっ」

「いい子だ」

すべてを飲み込むとすぐに腰を揺らし始めた。

「んっぁぁ……ぁ」

必死で声を抑えようとしているが、強く唇を結ぶも時折甘い声が零れてしまう。慣れた腰つきで快楽を貪るユイの嬌態《きょうたい》をただ見せるためにここに呼んだのかと訝しんだ。

上官であり友人であるフキヤの交情など見せられて何が楽しいものか。

だが、自分の隣に座るサクヤは拳を握りながらじっと二人の交わりを見続けている。

彼は何を感じ何を思っているのだろう。きっと話してはくれない。

だが知りたい。彼の何もかもを。

「マサト、オメガは首筋やうなじから不特定多数のアルファを誘う色香を出すと言われていてね。発情期が来ればその色香は一層強くなる。オメガ自身抑えることはできないし、その色香を浴びたアルファは己を抑制できなくて発情が終わるまでずっと犯し続けるんだ。だが、それを起こさせない方法が一つだけある。こうするんだよ」

フキヤはユイのうなじに一度口付けをすると強くそこを噛んだ。

「ひぃっ」

サクヤから小さな悲鳴が上がる。

「やぁぁぁぁあっ！」

痛いくらいに噛まれているはずなのに、ユイは強い快楽を得たように分身から勢いよく蜜を零した。そして身体を強張らせ恍惚《こうこつ》とした表情を浮かべる。

「あぁ……」

倒れるユイの身体を抱きしめ、歯形を残したうなじを舐める。

「これでユイは発情しても他のアルファを惑わすことはないし、僕以外に抱かれなくなる。僕の番《つがい》になった。この子は僕の運命だからね……君ならこの意味がわかっているよねサクヤ」

「よろしいんですか？　ご家族はなんと……」

サクヤは硬い表情で訊ねたが、フキヤはただユイを慈しむだけで答えようとはしない。

「どういうことだ？」

「ショウイチ様は今、ユイさんと番《つがい》になられました。それは……公娼《こうしょう》を抱かないというのと同義です。ユイさんがショウイチ様にしか身体を開けないと同様、ショウイチ様もまたユイさん以外抱けなくなります」

貴族としての義務。公娼《こうしょう》を孕ませアルファを産ませること。

だからこそ、どんなに愛妾《あいしょう》を囲おうが番《つがい》とすることは滅多にない。同時にどれほど愛そうが公《こう》娼《しょう》を番《つがい》とすることはできない。

一家皆で公娼《こうしょう》を抱き、アルファを産ませることこそが大事なのだから。それを全うできないなら、家から追い出される覚悟もあるのだろう。

「兄や姉がいるんだ、僕一人ぐらい大丈夫さ」

「フキヤ侯爵家のご子息の中で、もっとも有秀と言われたあなたを？」

「そう……どんなに抗っても受け入れるしかない。それが運命だろう。マサト、わかったかい」

「……帰らせてもらう」

マサトは立ち上がるとサクヤの手を引き執務室からでた。荒々しい足取りで馬車に乗り込む。

不快な見世物だと吐き捨てればよかった。そうすればサクヤはきっと安心するだろう。

だができなかった。フキヤに噛まれ恍惚《こうこつ》とするユイを、サクヤはとても尊いもののように見つめていたから。そしてマサトもまた頭を激しく殴られたような気持ちになった。相手を永遠に自分のものにできる手段が存在するその事実に。

どんなに拒もうともそこさえ噛めば……いやサクヤの気持ちはどうなのか。自分を慕ってくれているのか。できれば彼とは心で繋がっていたい。アルファとオメガとしてではなく、ただのマサトとサクヤとして。そう願うのは傲慢《ごうまん》だろうか。

だが気持ちが止められない。初めて恋を知った少年のように、まっすぐに彼へと向かう気持ちを止められなかった。

どうして会って一月も経たない彼に、これほどまで想いが向かうのか自分でもわからない。だが彼以外の相手にこんな気持ちを抱いたことはない。気を抜けば一日中でも彼のことを考えてしまう。この感情はいったいなんだというのだ。

自分がわからなくてマサトは苛立ちに似た焦りを覚えてしまう。

馬車の中は重い沈黙が漂い、互いに下を向いて屋敷《やしき》に着くのをただ待つだけだった。

サクヤは今なにを考えているのか。フキヤとユイが繰り広げた淫事になにを思ったのか。

マサトはもし己が誰かと番《つがい》になるのであれば、相手はサクヤ以外考えられないほどに、ひたすら彼に想いが向かいどうしようもなかった。なぜ彼なのか、自分でもわからない。

だが、フキヤとユイのような関係にはなりたくはない。命じられて自分に付き従うのではなく、彼の意志で自分の傍にいてもらいたい。

そのために自分はなにをすればサクヤは喜ぶのだろう。なにをすればずっと傍にいてくれるのだろう。どうしたら自分に目を向けてくれるのだろう。今まで考えたこともなかった。

花を贈ろうか……いやサクヤは女性ではないんだ、喜びはしないだろう。では甘い菓子は……それも女性への贈り物だ。

果たしてサクヤはなにをすれば喜ぶのだろう。

……わからない。彼が何を望んでいるのか、何一つわからないから不安が募る。

本人に聞けばいいのだろう。しかし、ただ保護しただけだと示した後だけに、今更君に恋心を抱いたので愛妾《あいしょう》になってくれと言いづらい。

それよりも、そんなことを告げてサクヤが離れてしまうほうが怖い。貴族としての力を用いて彼を従わせたくはないし、彼が離れてしまうのも嫌だ。果たして自分はどうすればよいのだろう。

思った以上に自分は色ごとに不慣れだったという現実に、落ち込むと同時に変なものを見せ煽《あお》るフキヤを呪ってしまいそうになる。

フキヤさえあんなものを見せなければ、自分はこれほどまでにサクヤを意識しなかったはずだ。

……果たしてそうだろうか。

初めて寝台をともにした日からずっと意識してしまうほどに彼が気になっていたではないか。むしろ、初めて彼を見たときから気になってしまい買い取ったのではないか。

存在を知ったその瞬間からマサトはサクヤに惹かれたのだ。

マサトが鈍く気付かなかっただけで。

これを一目惚れというのか。感動するより先に己の鈍さに穴を掘って埋まってしまいたくなる。

もっと早く自分の気持ちがわかっていたなら、愛妾《あいしょう》の振りなどというバカげた提案なんてしなかった。真っ正面から会ったその日に気持ちを伝えられたら、また違った関係になれただろうに。

今どうやってこの想いを伝えていいのかわからなくなってしまった。

馬車はそんなマサトの思いをよそに屋敷《やしき》に着き、二人を下ろす。メイドたちにサクヤを任せ雑念がなくなるまで湯浴みをし、疲れた身体を引きずって注意力散漫に寝台に潜り込んだ。

さすがに今日はサクヤもここに来ないだろう。

今までにない疲労感に、寝具に潜り込んですぐに睡魔に襲われた。これほどまでに疲れたのは戦いに出た時以来だ。さすがに今日はよく眠れるだろうと寝返りを打つ。

「っ！」

耳をくすぐる安らかな寝息。心地よいぬくもり。鼻孔《びこう》をくすぐる微かに甘い香り。

サクヤだ。

マサトは慌てて身体を起き上がら布団を剥いだ。

いつもの位置に、変わらず女性用の夜着を身に着けたサクヤが、少し身体を丸めるようにして寝息を立てている。その身体は細く、強く掴んだら折れてしまいそうなほどだ。薄い腹部が呼吸をするたびにへこみ軽く上下している。食事はきちんと摂らせているはずなのになかなか太る気配を見せない。

そして今日の夜会では食事をまともに摂れずに長い時間踊らされ、そのうえフキヤの情交まで見せつけられたのだ。全く何も口にしていない状態である。

このまま起こすのも忍びない。明日の朝食は少し多めに食べさせねばとまとまりのないことを考えていると、サクヤが身体をぎゅっと丸めた。己の身を守るように。

そして、顔を歪めたかと思うと甲高い悲鳴を上げ始めた。

「サクヤどうした！」

マサトは慌ててサクヤを抱き起した。

「いゃぁぁぁぁぁぁぁぁぁ！」

「目を覚ませ！」

「ゃめてぇぇぇぇぇぇっ！」

「君を傷つける者はここにいない、大丈夫だ、サクヤ目を覚ませっ！」

強く身体を丸めて己を守ろうとするサクヤは、身体をさらにきつく抱きしめた。その肩を何度も揺らした。

「大丈夫だ、サクヤ。目を覚ませ」

「やっぁぁぁ……」

「サクヤ、目を覚ませ……サクヤッ」

「ぁ……マ……サト様」

ゆっくりと目を開けたサクヤは、ランプの明かりを頼りにここがどこなのかを把握したのだろう。強張らせた肩の力を抜いた。

「うなされていたようだが……」

「……起こしてしまい申し訳ございません」

「謝ることはない。夢を見たのか？」

「……昔の夢を……」

今日の夜会がきっかけか。悲しい過去を思い出してしまったのだろう。

幸福だった日々がある日突然崩れ、家族からの恨みを一身に受け、何もかもがガラリと一変した日々に、彼の心は深い傷を残してしまっているに違いない。配慮の足りない自分はまた知らぬうちに彼を傷つけてしまったのだろう。それなのに彼は気丈に何事もないと振舞おうとする。

サクヤを傷つけてばかりだ。

自分のことばかりに目が行き、何一つサクヤのことを知らないことに気付いた。

彼はどんな生活をしていたのか。どんなに傷ついたのか。これからどうしたいのか。なにをしていきたいのか。なにも話していない。

サクヤは貴族がひしめいた夜会など、本当は行きたくなかっただろう。ただ誠実な彼はマサトと約束をしたから、それを必死に守ってくれたのだ。

「悪かった。サクヤには辛いことだったのだな。もう夜会へ行くのはよそう」

「なぜ……」

サクヤは慌てて身体を起こした。

「君に辛い思いをさせるのは本意ではない。嫌なら愛妾《あいしょう》のフリもする必要はない」

「それではオレがここにいる意味がありませんっ！」

これ以上傷つけたくない。誰よりも彼を愛しているから。

そう、自分はサクヤを愛しているのだ。なぜかと言われてもわからない。ただ彼から目を離すことができず、彼のことばかりを考えてしまう。

できることならいつも笑っていてほしい。

できることならその笑みを自分に向けてほしい。

できることならこの手で彼を幸せにしたい。

そしてともに生きていきたい。

これが恋でなければなんだというのだ。

サクヤがオメガだからではない。きっと彼自身にマサトは惹かれているのだ。今まで夜会や茶会で会った誰にもこんな感情を抱いたことはない。

だから、彼が苦しむのであれば、己の地位なんてどうだっていい。ほかの貴族との繋がりなどくそくらえだ。それで彼が心安らぐなら、もうどこにも顔など出しはしない。ずっとこの館でただ静かに過ごせばいい。そしてマサトを慕ってくれればいい。ずっと、いつまでも。もうマサトの中に彼を手放すという選択肢はなかった。

アルファの強欲さが自分の中にも確かに存在している。

心も身体も、サクヤのすべてが欲しい。

だから。

「もう愛妾《あいしょう》のフリはしなくていい」

「でもっ！」

「君を愛しているんだ」

「え……っ」

驚きにサクヤが顔を上げた。初めて二人の目がしっかりと合う。

その瞬間。今までにない強烈に甘い香りがサクヤから立ち上がった。それを嗅いだ途端にマサトの下肢《かし》が一気に熱くなる。なぜか、目を合わせたままサクヤの動きが止まった。僅かに唇を開き呆然とマサトを見つめる。その瞳が次第に熱っぽく潤み始めた。

「サ、クヤ？」

「ぁ……」

仄暗い室内でも彼の変化がわかった。紅潮する頬、仄かに熱を帯びた身体。なによりも下着を身につけていないのか、女性用の夜着を押し上げて分身が自己主張をしている。

マサトもまた頭の中がおかしくなるほどにサクヤを犯すことばかりで脳内が埋め尽くされる。開いた唇から僅かに覗く舌を存分に嬲《なぶ》りたい。夜着を破り捨てその白い肌すべてに所有の証を残したい。なによりも、その細い足の間にある蕾に己の欲望を突き立てたい。

今までずっとサクヤの心を慮っていたはずなのに、それらが一瞬にして霧散《むさん》する。

衝動に抗えないまま、マサトはその細い身体を寝台に押し倒し覆いかぶさった。

「あっ……」

甘い声に誘われるまま、唇を重ね舌を潜り込ませた。驚きに奥に逃げようとするサクヤの舌を捕まえ引きずり出したっぷりと味わい尽くす。舌だけでなく口内すべてを舐め上げていく。そして唾《だ》液《えき》までもを吸い上げていく。

長く淫《みだ》らな口付けを続けながら、その細い身体を夜着の上からまさぐった。

「……ぅぅっ！」

どこに触れてもサクヤは敏感に反応し、合わさった唇からくぐもった声を漏らす。それすらも吸い取り、掌で乱暴にサクヤの身体を探ってゆく。

唇を解放すると、上体を起こし、邪魔な夜着を破り捨て、そして再びサクヤを味わうために細い身体に覆いかぶさり、先程たっぷりと嬲《なぶ》った唇をまた貪った。唾液《だえき》すら上等な酒のように甘くマサトを酔わせていく。

初めて触れるサクヤの肌の熱さと滑らかさを存分に掌で味わい、僅かに引っかかる胸の飾りに標的を移す。掌で数度刺激しただけでそこはぷくりと尖り、マサトからの刺激を待っているようだ。小さなそれを摘み、先端を指先で転がすように擦《こす》る。

ピクっとサクヤの身体は跳ね、くぐもった声がマサトの雄をいきり勃たせる。

唇を離し、零れた唾液《だえき》の跡を通りながら首筋を辿り、浮き出た鎖骨に歯を立てる。

「やぁっ」

上がる声すら甘く心地よい音楽に感じる。もっと啼かせたい。この甘い音楽をずっと聞いていたい。マサトは鎖骨をねっとりと舐め、唇を下ろしていく。そして胸の飾りへと辿り着く。指の刺激で赤く硬く尖ったそれを含みながら、ねっとりと舐め転がした。

「あっ……ぁぁぁゃあ！」

一際甘い啼き声にマサトの身体も熱くなる。まだ弄られていない反対の飾りも指で刺激しながら歯も使いもっと彼から甘い声を引きずり出す。その度にサクヤの細い身体がマサトの下で跳ね分身が大きさを変えていく。

どこを舐めても甘く、彼が啼く分だけ、あのマサトに自制を失わせる強烈な香りが強くなっていく。

「ぁぁぁ……んっ！」

左右の胸の飾りをたっぷりと味わい、硬さも赤みも増したのを確かめて唇は下肢《かし》へと向かってゆく。サクヤが身体を震わせる場所に噛み跡を残しながら。

そして勃ちあがった分身に辿り着くと、なんの躊躇いもなくそれを食んだ。

「やぁぁぁぁ、やめてっ……マサトさ、ま……ぁん」

蜜を零して震える分身を根元から吸い上げ、くびれの周りをくすぐる。

「やめっ……ぁぁ……ぃくっ！　ぃくっ！　はなし……て……」

懇願はいとも簡単に却下される。強く吸い上げ、蜜を零す先端の穴を舌で割り、潜り込むような刺激を与えれば、甘い啜《すす》り啼きが小さな悲鳴に変わり、ついにマサトに嬲《なぶ》られ蜜を迸《ほとばし》らせた。

「ぁ……ぁっ」

甘い声を漏らして、サクヤは遂情《すいじょう》に細い身体を震わせる。その反応にマサトももう耐えられなくなった。すぐにでも最奥を味わいたい。狂うほどにサクヤを貫きたい。弛緩《しかん》した足を大きく開かせると、露わになった蕾に指を入れた。

「ひぁぁぁっ」

まだ男を知らないはずなのにそこはしっとりと濡れ、指を奥へ奥へと誘い込もうと蠢《うごめ》きながら締め付けてくる。それがまもなく指ではなく……

マサトの頭が沸騰するほど血が上り、もう優しくなんてできなかった。乱暴に指を引き抜くと、膝が胸につくほどサクヤの身体を折り曲げ、収縮する蕾に己の欲望を突き刺した。

「いゃぁぁぁぁあ！」

衝撃にサクヤから悲鳴が上がったが、それにも構わずマサトは激しく腰を動かした。

「ぁぁぁ……いゃぁぁっ……ぁんっ！」

激しさと苦しさの中で、でもサクヤも快楽を得ているのか声が次第に甘くなり、遂情《すいじょう》したばかりの分身がまた力を持ち始める。快楽の強烈な波に押し流されないように敷布《シーツ》を細い指で乱していった。

初めて男を咥えたはずなのに、サクヤの内壁は蠢《うごめ》きながらしっとりとマサトの欲望に絡みつき、蕾は収縮し甘く強く締め付けてくる。

なんて淫《みだ》らな身体だ。もしや自分以外の男を知っているのか。

頭をカッとさせて、マサトは乱暴に激しくサクヤの身体を貪り続けた。あまりの激しさに涙を零しながらサクヤが奏でる懇願の悲鳴すら耳に届かず、ただひたすらに犯し続けた。

もう他の誰かを受け入れる暇もないほどに抱き潰してやりたい。

狂気がマサトを支配する。

「も……ゃぁ！　また……ぃくっ！」

マサトの欲望に犯されながら、サクヤはまた遂情《すいじょう》する。

その瞬間、マサトも強く欲望を締め付けられながら腰を打ち付け、そしてサクヤの最奥に熱いものを迸《ほとばし》らせた。

「や…ぁぁ……」

ピクッピクッと身体を震わせながら、サクヤが呆然とマサトを見つめている。

今、亀頭球が膨れ上がり蕾の中を大きく圧迫している。それをさらに奥へ押し込むように繋がりを深くしながら吐精しつづけた。

「ぁ……んっ！」

サクヤの唇から苦しいのか悦んでいるのかわからない声が零れる。すべてをその細い身体に出し切ってもまだ欲望は治まらなかった。

ただ、怒りと欲に任せてサクヤを犯すことしか頭になかった。

亀頭球の治まった欲望を一度引き抜き細い身体を俯せにすると、腰を抱え上げマサトの精液が零れる前にまた貫いた。

「いぁ……ぁっ」

甘い啼き声は男の劣情を煽《あお》るばかりだ。

もっと啼かせたい、もっと支配したい。身体の隅々までマサトだけのものにしたい。

細い両腕を掴み接合を深くし、荒々しく腰を使う。肉のぶつかる音が寝台を乱し、荒い息遣いはランプの灯を揺らす。

どんなに荒々しくサクヤを抱いても、その身体は甘くマサトを悦ばせるばかりだ。まるで娼婦《しょうふ》のように。清純など求めていない。そのはずだった。誰かに身体を売ったことがあってもおかしくない境遇だと理解しているはずだった。

なのに。今は男に貫かれながら悦びに啼き続けるサクヤが許せなかった。その身体をただ汚すために何度も何度も欲望を打ち付け、淫《みだ》らな内壁に精液を撒き散らす。我を失ったように。

荒々しい交情はサクヤが気を失っても止めることができなかった。


情交は一夜では終わらず、公休をいいことに食事を摂る間も与えずひたすら抱き続けた。啼き続けて声を掠れさせるサクヤに、いつの間に寝台横に設けられたテーブルの上の水を口移しで飲ませるだけで、彼が気を失うとき以外は続けられた。

元より体力のあるマサトは一日食事を摂らずとも問題はなかったが、細いサクヤは声を上げることもできなくなっていた。自分の蜜とマサトの精液とで汚れた下肢《かし》を隠すこともしないまま、意識を飛ばしたサクヤを寝台に残し、マサトは部屋を出た。

苦々しい感情が収まらない。何度抱いても満たされない。

このまま犯し続け毀《こわ》してしまうのではないかという恐怖と、自分の手で滅茶苦茶に毀《こわ》してしまいたいという暗い嗜虐心《しぎゃくしん》とに挟まれながら、苛立ちをどうにかしたくて夜着のまま書斎《しょさい》に入った。

すぐに老執事《ろうしつじ》がお茶を持って入ってくる。

ぐったりと椅子《いす》に腰かけるマサトの前に温かいお茶を置く。

「サクヤ様は発情期を迎えられたのですね」

珍しく老執事《ろうしつじ》から話しかけてきた。

「あれが発情期、なのか……」

あの強烈な甘い香りがフキヤの言っていた色香なのかと合点する。確かにあれを浴びれば抗うことができない。ただひたすらに犯すことしか考えられなくなる。そしてその香りに包まれ続けると、理性などひとたまりもない。

だが心の澱が未だにマサトの気持ちを沈ませる。貴族のこと、アルファとオメガのことに精通している老執事《ろうしつじ》に愚痴《ぐち》を零す。

「サクヤは初めてではなかったようだ。本人は今まで発情したことがないと言っていたが、男を受け入れることを悦んでいた。かつて心を通わせた相手がいたのかもしれない」

もしくは春を売っていたのか。あの色香から離れ淹れたてのお茶の香りに心が落ち着いたのか、漸《ようや》く理性的な判断ができるようになる。

もし、心を通わせた相手がいるのなら、マサトの存在は彼にとって毒でしかない。

そして夕べからの行為も。

「サクヤ様からそのようなお話を伺ったことがないため申しようがございませんが、わたくしの知る限りでございますと、オメガは発情すると初めてでも痛みより悦びを感じるそうです。それは公《こう》娼《しょう》様とて変わりません」

「なん……だと？」

「それがオメガの発情期なのでございます」

生娘だろうがなんだろうが、発情期を迎えたオメガは雄を受け入れてしまえば悦び、快楽に打ち震える。どんなに乱暴にされても。そしてその精を得て子をなすのだ、と。

老執事《ろうしつじ》は淡々と伝えてくる。

マサトは頭を抱えた。サクヤの話を信じるなら、彼は初めて発情を迎えたことになる。そして行く場所もないということは心を通わせ彼を迎え入れる相手がいないということ。

それなのにマサトは己の被虐な妄想で彼を傷つけてしまった。心だけではない、あの細い身体までもを。なにも言わず何度も犯し続け、許しを請う言葉にさえ耳を傾けなかった。今とて涙と交情の跡を残したまま寝台に置いてきてしまった。

いても立ってもいられず、寝室へと向かおうとするのを老執事《ろうしつじ》にやんわりと止められた。

「今は休ませることがサクヤ様のためでございます。部屋に入ってしまいますと、旦那様とてオメガの色香に惑わされてしまいます」

それは、どんなにマサトが理性を取り戻しても、一歩部屋に踏み入ったら最後、今のようにサクヤが気を失うまで犯し続けてしまうと言いたいのだろう。それはマサトにもわかっていた。だがあのままにはしておけない。

「ご安心くださいませ。ただいまメイドたちがサクヤ様を清めております」

「そ……うか…」

上げた腰をまた椅子《いす》に下ろす。

果たして、自分はなにをしたいのか。サクヤにどうすればいいのか。

想いを向けた相手にどうするべきなのかわからないまま、沈んだ気持ちを奮い立たせることもできず、ただ窓から降り注ぐ陽の光を浴びるだけだった。

執務室に引きこもり続けたマサトに、執事《しつじ》からサクヤが目を覚まし食事を摂ったと報告を受けても、容易に寝室に戻ることができなかった。なにをするでもなく執務椅子《いす》に座り続け、夜がやってくるのを待って小さな庭を練り歩いた。時折、己の寝室のある窓を見上げながら。

サクヤと離れて正気になったが、その分彼のことが気になって仕方なかった。本当はこの目で無事を確かめ、慈しみたいと願っても、アルファである自分が今のサクヤに近づいたら何をしでかすかわからない。またおかしな妄想に囚われ彼を傷つけてしまう。

それは嫌だが、だからといって、このまま会えないのも辛い。

どうしたらいいのかわからず、夜気に当たって冷静に己の気持ちを整理しようと庭に出たが、初めての感情に自分でも答えを導き出せずにいた。

果たしてなにがしたいのか。

いや、したいことはわかっている。サクヤのすべてを奪いつくしたい、ただそれだけだ。彼のこれからの時間すべてを、心も身体も自分のものにしたい。

近い将来、マサトが悩むとわかっていたのか、そのための方法をフキヤは教えてくれた。

だがサクヤはどうだろうか……マサトのことを果たして望んでいるだろうか。

発情し会話を交わせない今、確かめることができないのがもどかしい。

月明かりが照らす窓のむこうにサクヤがいる、ただそれだけでマサトは目を離すことができずにいる。今どうしているだろうか。身体は大丈夫だろうか。彼はなにを想っただろうか。なんと思われただろうか。やるせない気持ちのまま、ただサクヤのことばかりを考えた。

フキヤがユイにしたことが何度も頭の中を過りながら。

番《つがい》になる。確かに魅力的だ。

サクヤがそれを望むなら……。永遠にこの腕に抱き続けていたい。

放さず慈しみ、子を育みともに人生を終えたい。

アルファとしての責務などどうだっていい。彼のためにすべてを投げ出すことだって厭わない。

この想いを彼は受け止めてくれるだろうか。もし逃げ出したくなった時、自分はこの屋敷《やしき》から逃がしてやれるだろうか。地下牢に閉じ込めて無理やりにでも己のものにしやしないか不安でたまらなかった。

心通わす伴侶《はんりょ》をと願い続ける異質なアルファである自分を、果たして受け入れてくれるだろうか。

この想いを抱く己を、神に懺悔するような気持でひたすら窓を見続けた。

「なにをなさっているのですか、マサト様」

窓がゆるりと開く。そして新たな夜着を身に着けたサクヤが顔を出し見下ろしてくる。

月明かりに照らされたその顔は、元の美しさと相まって女神のようだった。男にこのような例えは無礼だとわかっていても、息を飲むほどに美しい。細く伸びた腕に窓枠を掴む長い指。その指が寝台の敷布を強く掴んで快楽に打ち震える様が脳裏に蘇る。下肢《かし》がまたはしたなく熱くなった。

あぁ、これほど距離があってもやはり発情の色香に飲まれるのか。

マサトは一歩後ずさった。

「今の私は君の傍に行けない」

また激しく犯してしまう。なのに、サクヤはその美しい顔を曇らせた。

「オレは……あなたの愛妾《あいしょう》にすらなれないんですね」

「私は君を愛妾《あいしょう》にするつもりはないし、君もそれを望んでいないだろう」

サクヤを金で買った負い目がマサトを苦しめる。

「なにをおっしゃって……」

「君を金で買い、君の想いも聞かずに犯した。申し訳ない。もう私に会いたくなければ発情期が収まったらここを出てくれて構わない。住むところがないというのなら用意しよう」

生活に困るならいくらでも渡そう。

彼が幸せに暮らせるのなら。

だが……

「少しでも私に気持ちがあるなら……どうか私の伴侶《はんりょ》になってくれないか」

「……あなたは鈍すぎます。あの夜、ショウイチ様がオレになにを仰ったかご存じですか」

『君が恋焦がれている相手は、果たしてその想いに気づいてくれるかな』

あの時フキヤがサクヤに囁いた言葉を教えてもらってマサトは頭がカッとなった。

「誰だそれは！　あの夜会にいたのか?!」

「あなたは……っ」

手近にあったのだろう、サクヤは硝子の水差しをマサトに投げつけた。マサトに当たりはしなかったが数歩離れた木にぶつかり、割れ落ちる。

「なにをする、危ないだろう！」

「鈍いにもほどがありますっ！　ショウイチ様ですらすぐに気づいたのに、当のあなたはなぜ気づかないんですか！」

「なんだと！」

「もう知りませんっ！」

窓を閉められ、会話を強制的に終わらせられたことに怒り、マサトは玄関を回ることもせず軽やかに木に登り寝室の露台《バルコニー》に飛び移った。乱暴に大きな窓を開けば、あの強烈なほどの甘い香りが部屋中を埋め尽くしていた。その中でサクヤは丈の短い透ける夜着を纏ったまま仁王立ちになっている。変わらずその下には何も身に着けていない。

「なぜ気づいてくれないのですかっ！」

怒りに任せて枕を投げてくる。

「なにに気付けというのだ！」

乱暴にその身体を寝台に押し倒し、両腕でその細い肩を掴む。

怒りきつくマサトを睨みつけてくるその顔すら美しく、マサトの劣情を掻《か》き立てる。

「なぜあなただけ気付いてくれないいんですかっ……こんなに……」

慕っているのに。

そう続いた言葉にマサトは固まった。

ずっとサクヤの想いが自分に向けばいいと思っていた。ずっと彼と想いを通わせたがっていた。なのに、それがすでに叶っている事実を目の当たりにし、頭が真っ白になる。

「それは……本心か？　いつからだ！」

「いつだっていいでしょう！」

「なんだと！」

マサトから必死で逃げようと藻掻く身体を押さえつけ、足を割り開かせ、昨晩からの度重なる交情に熱く膨らんだ蕾に指を突き入れる。

「ひぃっ！」

「言え、言うんだっ！」

「やぁっ！」

乱暴に蕾を嬲《なぶ》り、濡れた音を立てさせる。さらに蕾の中の僅かに膨らんだ場所を探し当てるとそこを執拗に刺激し続けた。

「ぁぁやっ、も……っ」

マサトの肩を必死に押し返そうとする両手を、武人の巧みさで一つにまとめ頭上に押し付ける。抵抗できないサクヤを尚も指で犯し続けた。

どんなに乱暴にしても、発情期のサクヤはすぐに甘い啜《すす》り啼きへとその声を変える。分身もまた、もっとも感じる場所を弄られ、先端から甘い蜜を零し続ける。

「やぁぁ、ぃくっ！　ゃっ！」

絶頂の兆しを見せる身体に、だがすぐには果てさせてやらない。指を抜き、打ち震える分身の根元を指で押さえつけると、己の欲望を熱い場所へと突き刺した。

「やぁぁぁぁぁぁぁあっ」

熱いものでもっとも感じる場所を抉られ、サクヤは激しい快楽にその身体を震わせるが、蜜を吐き出すことができず、狂ったように首を打ち振った。

だがマサトは許さなかった。巧みにそこを抉るように腰を打ち付け、交情の度に指で歯で刺激し続けた胸の飾りに夜着の上から噛みつき執拗に嬲《なぶ》り続ける。

「いやぁぁぁぁぁぁぁぁぁぁ！」

そこも感じる場所になったのかサクヤは甲高い声を上げマサトの欲望を強く締め付ける。蠢《うごめ》く内壁にきついまでの締め付けを繰り返す蕾。細い太ももはマサトの腰をも締め付け、高く上がったつま先はマサトの腰の動きに合わせて揺れている。そのすべてが月明かりに照らされているのだと思うと、欲望がまたひと際大きさを増す。

「やぁっ！」

中を広げられた苦しみすらサクヤには悦びに感じるのか、甘い啼き声を上げていく。

「言え、いつだ……まだ言う気になれないか」

首を振り啼き声しか立てない唇に怒りを感じる。

マサトは一度欲望を抜くとサクヤを寝台の端に引きずり俯せにする。そして彼がもっとも甘く啼く体位でまたその細い身体を貫いた。果てないよう分身の根元を押さえたまま。

「ひっぃぁぁぁぁ」

寝台から落ちた足が床を蹴る。

「こうされるのが好きだろう」

後ろから貫かれたほうが、マサトの欲望がきつくサクヤのもっとも感じる場所を抉るようだ。それを強くするために寝台に預けた上体を引き起こした。

「やぁぁぁ！」

立ったまま後ろから激しく突き上げ、ツンと尖った胸の飾りも爪で嬲《なぶ》る。様々な快楽がサクヤの身体を呑み込もうとするが、果てることができない苦しみに咽び啼き、懇願を口にする。

「言うんだ、いつからだ……」

腰の動きを緩めず、サクヤを啼かせながら問うた。

「まっ……マサト……さまのっ、就任式ぃっ」

「……なん、だと？」

就任式……それはアルファだけを集めた学び舎を出てすぐ。貴族ばかりを集めた王宮の大広間で、アルファとして国を支える礎となるべく国王の前に進み出てどこに就任するかを告げられる儀式だ。

マサトはその時のことをよく覚えていないし、騎士団への就任を告げられただけと認識していたが、あの大勢いた貴族の中にまだ幼なく自分がオメガとは知らないサクヤもいたのだろう。

もう八年も前の話だ。

「そんなっ、前から……」

「オレ……おかしっ……ずっと……ぁっあのときから……」

啼きながらサクヤは想いを吐き出すように告げた。

あの日、初めて見たマサトに胸が熱くなり目が離せなかったと。まだ幼いのに身体の奥が熱くなるのを感じたと。

そして自分がオメガだとわかったとき、マサトのことでなぜあそこまで身体が熱くなったのかを理解した。母と二人、生家から追い出され市井《しせい》に落ちたが気持ちは変わらず、母に春を売るよう命じられても拒み何度も殴られた。そしてとうとう生活に窮して売られたが、他の誰かに嬲《なぶ》られるのが嫌で、逃げ出した先でマサトに捕まったのだ。

「もっ……ゆるしてぇっ」

「……だめだっ。許さないっ！」

ずっと想い続けた人に助けられ、その人の館に住まわせてもらえると知ったサクヤの喜びも、身体を強要されないばかりか愛妾《あいしょう》の「フリ」という提案への落ち込みも、マサトは知らない。

ただなぜもっと早くに言わないんだと恨みすらあった。

細い身体を苛む動きを速める。

「ぁぁぁぁっ、ゃぁっゆるっしてぇ」

「だめだ……死ぬまでっ私の傍にいると、誓えっ」

「ぁっちかぅ……ちかいっまっ」

「いい子だ、サクヤっ」

マサトは根元を押さえる指を離すと、透明な蜜を零し続けた分身を扱いた。

「ひぃぃぃぁぁぁぁぁぁぁあっ！」

三か所からの刺激に、感じやすいサクヤの身体はひとたまりもなく、身体を震わせながら絶頂を迎えた。そして待ち望んだ瞬間に打ち震える身体のその奥に、マサトもまた己を開放する。

弛緩《しかん》した身体を抱きとめ、寝台に腰かける。

まだ終わらない吐精に抜くこともできず、痙攣《けいれん》に震える中を堪能する。

マサトによりかかったままの身体から、色香をむせるほど放つ首筋に舌を這わす。ねっとりと舐め上げ所有の赤い印をつけていく。きつく吸い上げられるたびに、サクヤの身体がピクリ、ピクリと跳ねる。どこもかしこも愛おしい。

唇がうなじに場所を移すと、サクヤの身体が強張った。

「あっ……いけません！」

なにをしようとしたのかを察したのだろう。

「なぜだ？」

「公娼《こうしょう》を抱けなくなりますっ」

「それがどうした。公娼《こうしょう》でなく君が私の子を産めばいい」

「でもオレは……」

「アルファが生まれるまで何度でも子種を出せばいいのだろう。子がアルファでもオメガでも私は気にしない。欲しいのはサクヤ、君だけだ」

「でもっ！」

「見た目に反して、君は強情だ。公娼《こうしょう》が来る前に君がアルファを産めばいい。生まれたらその時は拒まないでくれ……いいなサクヤ」

「……はぃ」

突然貴族になったマサトの元に公娼《こうしょう》がやってくるのは、まだまだ先だ。だがその事実をサクヤは知らない。

「きっと君は私の運命だ。もう離しはしないから覚悟してくれ」

「……はいっ」

「発情期は一週間と聞いた……その間君にたっぷりと子種を注ぎ込まないと」

すべて吐き出した精液をもっとサクヤの中に押し込むようにその細い身体を揺する。

「ぁぁんっ」

「まだ足りないサクヤ。もっとだ」

まだ始まったばかりの発情期。この愛おしい身体を貪るためにまた腰を動かした。

■□

「最高じゃないかっ！」

倉掛は目の前の資料を強く握りしめて感嘆した。そして妄想を引きずったまま秘書室に飛び込むが、そこに秘書はいなかった。すぐさまに社内を捜し回る。

秘書は開発部でバインダーを抱えたまま、女性社員と何か話し込んでいる。

そこに大股で近づいた。

「朔弥っ」

「社長、どうされましたか？」

物腰柔らかく秘書が振り向く。その肩を強く掴んで叫んだ。

「今から子づくりしよう！」

「………なにバカなこと言ってるんですか！」

固いバインダーが倉掛の顔面に叩きつけられたことは言うまでもない。

その後、サーシング株式会社で行われた企画会議でなぜか社長の倉掛が指揮を執っていたとか、開発されたゲームの某キャラクターが倉掛とその秘書に似ているとか、隠しルートが設けられているとか、一番の課金ユーザーのハンドルネームが『sakuya_my_life』とか、それはまた別の話である。

この作品に対する皆様のご意見・ご感想をお待ちしております。

おハガキ・お手紙は以下の宛先にお送りください。

【宛先】

〒150-6008 東京都渋谷区恵比寿 4-20-3 恵比寿ｶﾞｰﾃﾞﾝﾌﾟﾚｲｽﾀﾜｰ 8F
（株）アルファポリス　書籍感想係

メールフォームでのご意見・ご感想は右のＱＲコードから、
あるいは以下のワードで検索をかけてください。

アルファポリス　書籍の感想　検索

ご感想はこちらから

本書は、「アルファポリス」（https://www.alphapolis.co.jp/）に掲載されていたものを、
改題、改稿・加筆のうえ、書籍化したものです。

冴《さ》えない大学生《だいがくせい》はイケメン会社役員《かいしゃやくいん》に溺愛《できあい》される

椎名サクラ（しいな さくら）

2023年 12月 20日初版発行

編集－加藤美侑・森 順子
編集長－倉持真理
発行者－梶本雄介
発行所－株式会社アルファポリス
〒150-6008 東京都渋谷区恵比寿4-20-3 恵比寿ｶﾞｰﾃﾞﾝﾌﾟﾚｲｽﾀﾜｰ8F
TEL 03-6277-1601（営業） 03-6277-1602（編集）
URL https://www.alphapolis.co.jp/
発売元－株式会社星雲社（共同出版社・流通責任出版社）
〒112-0005 東京都文京区水道1-3-30
TEL 03-3868-3275
装丁・本文イラスト－波野ココロ
装丁デザイン－AFTERGLOW
（レーベルフォーマットデザイン―円と球）
印刷－中央精版印刷株式会社

価格はカバーに表示されてあります。

落丁乱丁の場合はアルファポリスまでご連絡ください。

送料は小社負担でお取り替えします。


ISBN978-4-434-33077-3 C0093